唐宋词三百首评注

许建平 选编 注释
叶志衡 徐小林 评析

浙江古籍出版社

图书在版编目（CIP）数据

唐宋词三百首评注 / 许建平选编、注释；叶志衡，徐小林评析 . -- 杭州：浙江古籍出版社，2023.1

（图解国学经典：全图本）

ISBN 978-7-5540-2421-8

Ⅰ . ①唐… Ⅱ . ①许… ②叶… ③徐… Ⅲ . ①唐宋词—选集②唐宋词—注释 Ⅳ . ① I222.84

中国版本图书馆 CIP 数据核字（2022）第 210464 号

（全图本）唐宋词三百首评注

许建平　选编、注释　叶志衡、徐小林　评析

出版发行　浙江古籍出版社

（杭州体育场路 347 号　电话：0571-85176986）

责任编辑　徐晓玲

责任校对　吴颖胤

封面设计　刘昌凤

责任印务　楼浩凯

照　　排　杭州立飞图文制作有限公司

印　　刷　北京众意鑫成科技有限公司

开　　本　880×1230　1/32

印　　张　10

字　　数　250 千字

版　　次　2023 年 1 月第 1 版

印　　次　2023 年 1 月第 1 次印刷

书　　号　ISBN 978-7-5540-2421-8

定　　价　59.80 元

前 言

一

词是隋唐时期兴起的一种新的文学体裁，本是为配乐而写的歌词，当时称为“曲子词”。它起源于民间，到唐朝，一些文人如李白、白居易、刘禹锡等也开始了词的创作，但他们还只是偶尔为之。到了晚唐五代，出现了温庭筠、韦庄、李煜等一批著名词人，词在文坛上的地位才逐步得以确立，并形成了以温、韦为首的以写艳情闺思为主的风格婉约绮丽的流派。五代时后蜀赵崇祚收集了温庭筠等鄂、蜀两地十八人的作品，编成一部《花间集》，因而后人就称这一流派为“花间派”。当时在南方的南唐，填词也蔚为风气，其中成就最大的是李煜与冯延巳。李煜的词意境开阔，感情深挚，富有强烈的感染力，在思想与艺术上都超越了晚唐五代其他词人，从而成为唐五代词的巅峰。冯延巳的词则清新婉丽，细致动人，对北宋婉约派词人产生了较大的影响。

进入宋代，词家辈出，各体竞秀，词的发展达到极盛。北宋初期，以范仲淹、晏殊、欧阳修为代表，受晚唐五代婉约词的影响较深，多为离别伤感之作。柳永、苏轼、周邦彦是北宋词坛上的三座高峰。柳永是北宋第一个全力作词的人，他通晓音律，擅长白描，将短小纤巧的小令发展成为音节繁缛的长调慢词，大大增强了词的表现力。苏轼以其天赋之才，冲破了词律的束缚，拓宽了词的境界，从而极大地丰富了词的内容，扩展了词的表现领域，笔力雄健，意境高远，一扫词坛绸缪婉转之风，开创了豪迈飘逸的豪放派。但苏轼的词风在北宋并未为大家所接受，即使是他的学生如黄庭坚、秦观等人，也未离开婉约一途。当时被认为词家正宗的则是大晟派代表人物周邦彦。他深通音律，精于词法，因而其词格律精严，风格清圆，具有很高的艺术技巧。北宋与南宋之际的词坛才女李清照，虽说属于婉约一派，但其词风格清新，善用口语，因而在宋词中别具一格。

北宋末年，金人南下，陷汴京，掳二帝，兵锋直指江淮。面对国破家亡的现实，爱国词人们继承了苏轼开创的词风，将他们的爱国情感和抗金决心融入词中，成为南宋词坛的主流，其中的代表人物是张元幹、张孝祥、陆游、辛弃疾，而尤以辛弃疾的成就最为突出。他们以文入词，以史入词，比起苏轼，题材更为丰富，境界更加开阔。但也不可避免地产生了负面影响，他们的词中往往大量地讲道理，发议论，用典故，从而造成了词的散文化，韵味不足。这一点在南宋中后期的辛派词人如刘过、刘克庄等人的词中更为明显。

由于词本身的特殊艺术规律，婉约派词始终在词坛上居于主导地位。姜夔和吴文英是南宋中晚期格律词派的代表人物。姜夔以精通音律著称，其词重视格律，注意锤炼字句，代表着南宋文人词的最高成就。但由于他的词过分追求形式的完美，不免削弱了词的思想内容。

到了南宋末年，无论是内容还是形式，词这一文学体裁已臻完善，不大可能再有突破。后代词人或模仿苏、辛，或规步周、姜，总脱不出宋词窠臼。因而欲要读词、学词，唐五代词及两宋词无疑是可供选择的最佳范本。

二

词是从诗发展来的，因而又叫“诗余”。与律诗相比，词的句子是有长短的，因而词又叫“长短句”。但并不是所有的词都如此，如《浣溪沙》《生查子》的句子就没有长短。长短句并不是词的本质特点，词的本质特点是其句子中的平仄变化与律诗不同。

唐宋时期，词人是按照乐谱的音律节拍来写词的，叫作“填词”，又叫“倚声”。词本是为配乐而写的歌词，写词时所依据的乐谱叫做词调，每种词调都有名称，即所谓词牌，如《西江月》《念奴娇》等。每种词牌都有规定的字数、句式、平仄、押韵等。如《思帝乡》，七句，三十六字，第一、二、四、六、七句押平声韵。词调有同调异名和同调异体的区别。同调异名就是一种词调有两个或两个以上的调名，如《乌夜啼》又名《相见欢》；《采桑子》又名《丑奴儿》《丑奴儿令》《罗敷媚》；《念奴娇》又名《百字令》《千秋岁》《杏花天》《大江东去》。别名一多，难免造成重复。如《念奴娇》别名《千秋岁》，但另外有《千秋岁》这样一个词调；《鹧鸪天》别名《思佳客》，但《归自谣》也有一个别名叫《思佳客》。同调异体就是同一个词调有几种别体。如《忆江南》有单调五句二十七字的，也有双调十句五十四字的。《满江红》有押平声韵的，也有押仄声韵的。因而当我们看到两个相同词牌的词在句式、字数、押韵等方面有不同的时候，千万不要轻易地认为这是错误，很有可能是因为同调异名或同调异体的原因造成的。

根据字数多少，词又可分为小令、中调与长调三类。传统上以五十八字以内为小令，五十九字到九十字为中调，九十一字以上为长调。但实际上在具体分类的时候不必如此机械。根据分段的不同，词又可分为单调、双调、三叠和四叠四类。词的一段叫作阕，也叫片。不分段的叫单调，分两段的叫双调，三段叫三叠，四段叫四叠。词中最多的是双调，最少的是四叠，只有《莺啼序》一种。

词人原是依乐谱填词的，后来乐谱失传，填词者就按照前人的作品依样填写。后来有人将各种词牌的句式、平仄、押韵标出来，编成词谱，以便人们按照格式填词。现在较通行的是清朝万树的《词律》和康熙时编的《钦定词谱》。

三

本书编写的目的是介绍一些唐宋时期的优秀词章供读者学习和欣赏，其中收入了唐宋时期的主要作家的具有代表性的作品，同时兼顾各种流派和风格。但由于要为读者提供一个学习唐宋词的范本，因而收入的主要是思想性与艺术性俱佳、符合现代人审美趣味的作品，对于那些艺术性不强的作品，则不予入选，以免使读者对词这种格律谨严、音节和谐的文学体裁产生错误的认识。

书中词家的先后次序，以生年为主；生年不详的，依卒年为序；生卒年都不详的，则参照科举时间及交游人物等置于相应位置。由于本书的读者对象主要是中学生，所以在选篇、注释、评析、配图乃至注音等方面，我们都尽量考虑这个层次读者的阅读需求和欣赏趣味，以求为他们提供一个更好的唐宋词读本。

本书由许建平选篇并注释，由叶志衡、徐小林撰写评析文字（其中从李白到宋祁部分由徐小林评析，其余部分由叶志衡评析）。

许建平

于浙江大学汉语史研究中心

目　录

唐五代词

李　白

菩萨蛮（平林漠漠烟如织）/ 1

忆秦娥（箫声咽）/ 2

张志和

渔歌子（西塞山前白鹭飞）/ 3

戴叔伦

调笑令（边草）/ 4

韦应物

调笑令（胡马）/ 5

王　建

调笑令（团扇）/ 6

刘禹锡

忆江南（春去也）/ 7

潇湘神（斑竹枝）/ 8

白居易

长相思（汴水流）/ 9

忆江南（江南好）/ 10

忆江南（江南忆）/ 10

忆江南（江南忆）/ 10

皇甫松

忆江南（兰烬落）/ 12

温庭筠

菩萨蛮（小山重叠金明灭）/ 13

菩萨蛮（水精帘里颇黎枕）/ 14

菩萨蛮（杏花含露团香雪）/ 15

菩萨蛮（玉楼明月长相忆）/ 16

菩萨蛮（宝函钿雀金鸂鶒）/ 17

更漏子（柳丝长）/ 18

更漏子（玉炉香）/ 19

忆江南（梳洗罢）/ 20

韦　庄

菩萨蛮（人人尽说江南好）/ 21

菩萨蛮（洛阳城里春光好）/ 22

思帝乡（春日游）/ 23

女冠子（四月十七）/ 24

牛　峤

菩萨蛮（舞裙香暖金泥凤）/ 25

牛希济

生查子（春山烟欲收）/ 26

生查子（新月曲如眉）/ 27

李　珣

南乡子（乘彩舫）/ 28

南乡子（相见处）/ 29

孙光宪

酒泉子（空碛无边）/ 30

浣溪沙（蓼岸风多橘柚香）/ 31

谒金门（留不得）/ 32

欧阳炯
定风波（暖日闲窗映碧纱）/ 33
顾　敻
诉衷情（永夜抛人何处去）/ 34
鹿虔扆
临江仙（金锁重门荒苑静）/ 35
冯延巳
鹊踏枝（谁道闲情抛掷久）/ 36
鹊踏枝（几日行云何处去）/ 37
清平乐（雨晴烟晚）/ 38
谒金门（风乍起）/ 39
李　璟
摊破浣溪沙（菡萏香销翠叶残）/ 40
摊破浣溪沙（手卷真珠上玉钩）/ 41
李　煜
虞美人（春花秋月何时了）/ 42
乌夜啼（林花谢了春红）/ 43
乌夜啼（无言独上西楼）/ 44
望江南（多少恨）/ 45
望江南（多少泪）/ 45
清平乐（别来春半）/ 46
捣练子（深院静）/ 47
浣溪沙（红日已高三丈透）/ 48
浪淘沙（帘外雨潺潺）/ 49
浪淘沙（往事只堪哀）/ 50
破阵子（四十年来家国）/ 51

北宋词

徐昌图
临江仙（饮散离亭西去）/ 52
王禹偁
点绛唇（雨恨云愁）/ 53
潘　阆
酒泉子（长忆观潮）/ 54
酒泉子（长忆西湖）/ 55
林　逋
长相思（吴山青）/ 56
点绛唇（金谷年年）/ 57
杨　亿
少年游（江南节物）/ 58
柳　永
凤栖梧（伫倚危楼风细细）/ 59
雨霖铃（寒蝉凄切）/ 60
定风波（自春来）/ 61
戚　氏（晚秋天）/ 62
夜半乐（冻云黯淡天气）/ 64
望海潮（东南形胜）/ 65
玉蝴蝶（望处雨收云断）/ 66
满江红（暮雨初收）/ 67
八声甘州（对潇潇暮雨洒江天）/ 68
竹马子（登孤垒荒凉）/ 69
木兰花慢（拆桐花烂漫）/ 70
鹤冲天（黄金榜上）/ 71
范仲淹
苏幕遮（碧云天）/ 72
渔家傲（塞下秋来风景异）/ 73

御街行（纷纷坠叶飘香砌）/ 74
张　先
一丛花令（伤高怀远几时穷）/ 75
天仙子（《水调》数声持酒听）/ 76
千秋岁（数声鶗鴂）/ 77
木兰花（龙头舴艋吴儿竞）/ 78
剪牡丹（野绿连空）/ 79
画堂春（外湖莲子长参差）/ 80
青门引（乍暖还轻冷）/ 81
晏　殊
浣溪沙（一曲新词酒一杯）/ 82
浣溪沙（一向年光有限身）/ 83
蝶恋花（槛菊愁烟兰泣露）/ 84
清平乐（红笺小字）/ 85
清平乐（金风细细）/ 86
采桑子（时光只解催人老）/ 87
诉衷情（青梅煮酒斗时新）/ 88
踏莎行（细草愁烟）/ 89
踏莎行（祖席离歌）/ 90
踏莎行（小径红稀）/ 91
破阵子（燕子来时新社）/ 92
玉楼春（绿杨芳草长亭路）/ 93
宋　祁
玉楼春（东城渐觉风光好）/ 94
蝶恋花（绣幕茫茫罗帐卷）/ 95
欧阳修
采桑子（轻舟短棹西湖好）/ 96
采桑子（群芳过后西湖好）/ 97
朝中措（平山栏槛倚晴空）/ 98
踏莎行（候馆梅残）/ 99
生查子（去年元夜时）/ 100
玉楼春（尊前拟把归期说）/ 101
浪淘沙（把酒祝东风）/ 102
蝶恋花（庭院深深深几许）/ 103
阮郎归（南园春半踏青时）/ 104
韩　缜
凤箫吟（锁离愁）/ 105
王安石
桂枝香（登临送目）/ 106
浪淘沙令（伊吕两衰翁）108
王安国
清平乐（留春不住）109
张舜民
卖花声（木叶下君山）/ 110
李之仪
卜算子（我住长江头）/ 111
苏　轼
水龙吟（似花还似非花）/ 112
满庭芳（归去来兮）/ 114
水调歌头（明月几时有）/ 115
归朝欢（我梦扁舟浮震泽）/ 116
念奴娇（大江东去）/ 117
西江月（照野弥弥浅浪）/ 118
临江仙（夜饮东坡醒复醉）/ 119
定风波（莫听穿林打叶声）/ 120
卜算子（缺月挂疏桐）/ 121
洞仙歌（冰肌玉骨）/ 122
八声甘州（有情风万里卷潮来）/ 123
江城子（天涯流落思无穷）/ 124
江城子（十年生死两茫茫）/ 125

江城子（老夫聊发少年狂）/ 126
蝶恋花（灯火钱塘三五夜）/ 127
蝶恋花（花褪残红青杏小）/ 128
浣溪沙（山下兰芽短浸溪）/ 129
浣溪沙（蔌蔌衣巾落枣花）/ 130

晏幾道

临江仙（梦后楼台高锁）/ 131
鹧鸪天（彩袖殷勤捧玉钟）/ 132
鹧鸪天（小令尊前见玉箫）/ 133

黄庭坚

清平乐（春归何处）/ 134
水调歌头（瑶草一何碧）/ 135
定风波（万里黔中一漏天）/ 136
念奴娇（断虹霁雨）/ 137

秦　观

浣溪沙（漠漠轻寒上小楼）/ 138
八六子（倚危亭）/ 139
满庭芳（山抹微云）/ 140
江城子（西城杨柳弄春柔）/ 141
鹊桥仙（纤云弄巧）/ 142
减字木兰花（天涯旧恨）/ 143
踏莎行（雾失楼台）/ 144
望海潮（梅英疏淡）/ 145
阮郎归（湘天风雨破寒初）/ 146
好事近（春路雨添花）/ 147

王　观

卜算子（水是眼波横）/ 148

贺　铸

鹧鸪天（重过阊门万事非）/ 149
捣练子（砧面莹）/ 150
捣练子（边堠远）/ 151
青玉案（凌波不过横塘路）/ 152
浣溪沙（楼角初消一缕霞）/ 153
天香（烟络横林）/ 154

周邦彦

苏幕遮（燎沉香）/ 155
兰陵王（柳阴直）/ 156
应天长（条风布暖）/ 158
满庭芳（风老莺雏）/ 159
瑞龙吟（章台路）/ 160
齐天乐（绿芜凋尽台城路）/ 161
夜游宫（叶下斜阳照水）/ 162
解语花（风消焰蜡）/ 163
六丑（正单衣试酒）/ 164
西河（佳丽地）/ 165
蝶恋花（月皎惊乌栖不定）/ 166

朱敦儒

相见欢（金陵城上西楼）/ 167
好事近（摇首出红尘）/ 168

吕本中

采桑子（恨君不似江楼月）/ 169
南歌子（驿路侵斜月）/ 170

李清照

如梦令（昨夜雨疏风骤）/ 171
点绛唇（寂寞深闺）/ 172
渔家傲（天接云涛连晓雾）/ 173
如梦令（常记溪亭日暮）/ 174
凤凰台上忆吹箫（香冷金猊）/ 175
一剪梅（红藕香残玉簟秋）/ 176
小重山（春到长门春草青）/ 177
醉花明（薄雾浓云愁永昼）/ 178

念奴娇（萧条庭院）/179
永遇乐（落日熔金）/180
武陵春（风住尘香花已尽）/181
声声慢（寻寻觅觅）/182
向子諲
秦楼月（芳菲歇）/183
李重元
忆王孙（萋萋芳草忆王孙）/184
陈与义
临江仙（忆昔午桥桥上饮）/185
临江仙（高咏楚词酬午日）/186
张元幹
贺新郎（曳杖危楼去）/187
贺新郎（梦绕神州路）/189
石州慢（雨急云飞）/190
胡　铨
好事近（富贵本无心）/191
岳　飞
小重山（昨夜寒蛩不住鸣）/192
满江红（怒发冲冠）/193
康与之
长相思（南高峰）/194
韩元吉
霜天晓角（倚天绝壁）/195
好事近（凝碧旧池头）/196
朱淑真
谒金门（春已半）/197
眼儿媚（迟迟春日弄轻柔）/198
蝶恋花（楼外垂杨千万缕）/199
张　抡
踏莎行（秋入云山）/200
烛影摇红（双阙中天）/201
袁去华
水调歌头（雄跨洞庭野）/202
瑞鹤仙（郊原初过雨）/203
陆　游
鹊桥仙（茅檐人静）/204
鹧鸪天（家住苍烟落照间）/205
钗头凤（红酥手）/206
秋波媚（秋到边城角声哀）/207
汉宫春（羽箭雕弓）/208
夜游宫（雪晓清笳乱起）/209
鹊桥仙（华灯纵博）/210
水调歌头（江左占形胜）/211
卜算子（驿外断桥边）/212
诉衷情（当年万里觅封侯）/213
谢池春（壮岁从戎）/214
范成大
蝶恋花（春涨一篙添水面）/215
南柯子（怅望梅花驿）/216
水调歌头（细数十年事）/217
杨万里
好事近（月未到诚斋）/218
严　蕊
如梦令（道是梨花不是）/219
卜算子（不是爱风尘）/220

南宋词

张孝祥
六州歌头（长淮望断）/221
水调歌头（江山自雄丽）/223
念奴娇（洞庭青草）/224

辛弃疾

八声甘州（故将军饮罢夜归来）/ 225
水龙吟（楚天千里清秋）/ 227
菩萨蛮（郁孤台下清江水）/ 228
祝英台近（宝钗分）/ 229
青玉案（东风夜放花千树）/ 230
清平乐（茅檐低小）/ 231
清平乐（绕床饥鼠）/ 232
鹧鸪天（陌上柔桑破嫩芽）/ 233
鹧鸪天（著意寻春懒便回）/ 234
鹧鸪天（壮岁旌旗拥万夫）/ 235
破阵子（醉里挑灯看剑）/ 236
西江月（醉里且贪欢笑）/ 237
西江月（明月别枝惊鹊）/ 238
永遇乐（千古江山）/ 239
南乡子（何处望神州）/ 241
丑奴儿（少年不识愁滋味）/ 242
丑奴儿近（千峰云起）/ 243
沁园春（叠嶂西驰）/ 244
摸鱼儿（更能消几番风雨）/ 245
贺新郎（绿树听鹈鴂）/ 246
贺新郎（甚矣我衰矣）/ 248
浣溪沙（父老争言雨水匀）/ 249

陈　亮

水调歌头（不见南师久）/ 250
贺新郎（老去凭谁说）/ 252

刘　过

唐多令（芦叶满汀洲）/ 253

姜　夔

点绛唇（燕雁无心）/ 254
鹧鸪天（肥水东流无尽期）/ 255
踏莎行（燕燕轻盈）/ 256
齐天乐（庾郎先自吟《愁赋》）/ 257
念奴娇（闹红一舸）/ 258
琵琶仙（双桨来时）/ 260
扬州慢（淮左名都）/ 262
长亭怨慢（渐吹尽枝头香絮）/ 264
淡黄柳（空城晓角）/ 265
暗香（旧时月色）/ 266
疏影（苔枝缀玉）/ 267

俞国宝

风入松（一春长费买花钱）/ 268

史达祖

双双燕（过春社了）/ 269
绮罗香（做冷欺花）/ 270

卢祖皋

江城子（画楼帘幕卷新晴）/ 271
贺新郎（挽住风前柳）/ 272

刘克庄

贺新郎（北望神州路）/ 273
贺新郎（湛湛长空黑）/ 275
玉楼春（年年跃马长安市）/ 276
清平乐（风高浪快）/ 277

吴文英

浣溪沙（门隔花深梦旧游）/ 278
风入松（听风听雨过清明）/ 279
八声甘州（渺空烟四远）/ 280
唐多令（何处合成愁）/ 281

李好古

谒金门（花过雨）/ 282

刘辰翁

柳梢青（铁马蒙毡）/ 283

宝鼎现（红妆春骑）/ 284

周　密

曲游春（禁苑东风外）/ 286

高阳台（照野旌旗）/ 288

一萼红（步深幽）/ 289

王沂孙

眉妩（渐新痕悬柳）/ 290

齐天乐（一襟余恨宫魂断）/ 292

高阳台（残雪庭阴）/ 293

蒋　捷

贺新郎（深阁帘垂绣）/ 294

一剪梅（一片春愁待酒浇）/ 296

虞美人（少年听雨歌楼上）/ 297

女冠子（蕙花香也）/ 298

张　炎

高阳台（接叶巢莺）/ 299

解连环（楚江空晚）/ 301

清平乐（采芳人杳）/ 302

八声甘州（记玉关踏雪事清游）/ 303

李白（701—762），字太白，号青莲居士。祖籍陇西成纪(今甘肃静宁西南)人，出生在中亚的碎叶（在今吉尔吉斯斯坦北部托克马克附近），五岁时随父迁居绵州昌隆（今四川江油）青莲乡。唐玄宗天宝元年（742）供奉翰林，不到三年即遭谗去职。安史之乱时为永王李璘幕僚，因受牵连而流放夜郎（在今贵州正安），中途遇赦放还。不久病死于当涂（今安徽当涂）。他是我国历史上杰出的浪漫主义诗人，对后世产生了很大的影响。有《李太白集》。今存词二首，但有人怀疑非李白之作。

菩萨蛮

李白

平林漠漠烟如织[①]，寒山一带伤心碧[②]。暝（míng）色入高楼[③]，有人楼上愁。　玉阶空伫（zhù）立[④]，宿鸟归飞急[⑤]。何处是归程？长亭连短亭[⑥]。

①**平林**：平原上的树林。**漠漠**：布列密集的样子。**烟**：指云雾。**织**：比喻密集。　②**一带**：远处的群山像一条带子。　③**暝色**：暮色。　④**玉阶**：玉石般的台阶。　⑤**宿鸟**：归巢的鸟。　⑥**长亭、短亭**：设在大路边供行人歇脚的亭子。十里之亭为长亭，五里之亭为短亭。

此词写行人思乡之情。上片从全景式的平林远山拉到妇人楼头盼归的特写镜头，暮色中弥漫着深深的离愁。下片写黄昏鸟儿归巢，而行人却不归来。全篇语言含蓄，不露哀怨。

李白

忆秦娥

箫声咽[①]，秦娥梦断秦楼月[②]。秦楼月。年年柳色，灞(bà)陵伤别[③]。

乐游原上清秋节[④]，咸阳古道音尘绝[⑤]。音尘绝。西风残照[⑥]，汉家陵阙(què)[⑦]。

①**咽**：呜咽。 ②**秦娥**：指长安女子。长安古属秦地。娥，美女。 ③**灞陵**：因汉文帝陵墓而得名，在今陕西西安东。附近有灞桥，古人常在此折柳送别。 ④**乐游原**：唐代都城长安的游览胜地，为长安城中最高处。**清秋节**：即九月九日重阳节。重阳节有登高望远的习俗。 ⑤**音尘**：声音和踪迹，比喻音讯。 ⑥**残照**：夕阳。 ⑦**汉家陵阙**：长安为西汉都城，皇帝陵墓都在长安。阙，墓前牌楼。

此词写长安女子的愁思。先以箫声、残梦、秦楼月、灞桥柳来写离情，以凄清的环境烘托孤寂的秦娥。后写秦娥的秋望：在西风残照之中，消绝了行人的音尘，只能看见通向西域的咸阳古道和汉代皇帝的陵墓，以此来抒写秦娥的哀思。这首词与上一首同被称为“百代词曲之祖”。

张志和（约730—约810），字子同，自号玄真子，婺（wù）州金华（今属浙江）人。唐肃宗时曾为小官，后因事贬官，遇赦后隐居江湖，自号烟波钓徒。精通音乐书画，作品多表现隐居生活的闲情逸致。有《玄真子》。其词今存五首。

渔歌子

张志和

西塞(sài)山前白鹭(lù)飞[①]，桃花流水鳜(guì)鱼肥。
青箬(ruò)笠[②]，绿蓑(suō)衣[③]，斜风细雨不须归。

①**西塞山**：在今浙江湖州。　②**箬笠**：箬竹叶编成的帽子。　③**蓑衣**：用棕编成的雨衣。

张志和有《渔歌子》五首，作于湖州，这是第一首。词中展现了一幅水乡三月桃花汛期、春江水涨、烟雨蒙蒙的图景，雨中青山、江上渔舟、天空白鹭、夹岸桃红，整个空间色彩鲜明，生机盎然。从中可以感受到作者身心与自然融合、超凡脱俗、任情而行的自由精神。

戴叔伦

调笑令

边草[1]，边草，边草尽来兵老。山南山北雪晴，千里万里月明。明月，明月，胡笳（jiā）一声愁绝[2]。

①**边草**：生在边疆的草。　②**胡笳**：管乐器，流行于塞北与西域。

这首词以比兴手法和明白如话的语言，将荒凉苦寒的边疆、戍边士兵无穷的愁怨寄于广漠夜空的凄凉胡笳声中，揭示了中唐边防吃紧的现实和民间以戍边为苦的社会心理。《调笑令》原来是酒席上的酒令，作者用它来写边事，开了边塞词的先声。

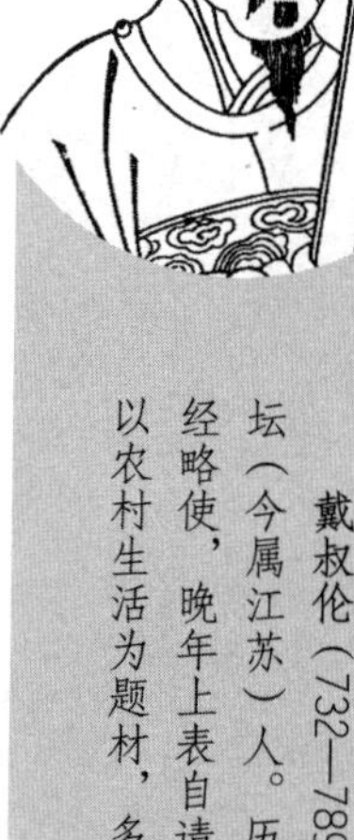

戴叔伦（732—789），字幼公，润州金坛（今属江苏）人。历官抚州刺史、容管经略使，晚年上表自请为道士。其诗大都以农村生活为题材，多表现隐逸生活和闲适情调，诗词创作主张余味深远，对后来的神韵派理论有一定影响。有《戴叔伦集》。词仅存一首。

韦应物（约737—791），京兆万年（今陕西西安）人。自天宝十载(751)至天宝末，以三卫郎为玄宗近侍。安史乱起，他流落失职，始立志读书。后历官洛阳丞、滁州刺史、江州刺史、苏州刺史。唐德宗贞元七年（791）退职，寄居苏州永定寺。世称韦江州或韦苏州。韦应物诗中最为人们传诵的是山水田园诗，后人把他归入山水田园诗派。此外，韦应物亦偶作小词。有《韦苏州集》。

调笑令

韦应物

胡马①，胡马，远放燕(yān)支山下②。跑(páo)沙跑(páo)雪独嘶(sī)③，东望西望路迷。迷路，迷路，边草无穷日暮④。

①胡马：指西北地区的马。 **②燕支山**：又叫焉支山、胭脂山，在今甘肃省境内。 **③跑**：兽蹄刨地。 **④边草**：边地野草。

韦应物创作了多首《调笑令》，属联章体，这是其中之一。词中描写了燕支山下胡马奔跑、嘶鸣的神态，抒发了作者对“边草无穷”的大草原的惊叹和赞赏。该词运思独到，所写的远山落照、沙雪边草、独马嘶鸣等景象浑然一体，组成了寂静苍凉、豪迈壮丽的塞北风景图。

王建

调笑令

团扇[①]，团扇，美人病来遮面。玉颜憔悴三年，谁复商量管弦[②]？弦管，弦管，春草昭阳路断[③]。

①**团扇**：圆形的扇子。据说汉成帝宠幸赵飞燕后，班婕妤（jiéyú）失宠，她就要求到长信宫去侍奉太后，并作《怨歌行》一首，其中有“裁成合欢扇，团团似明月……弃捐箧（qiè）笥（sì）中，恩情中道绝”的诗句。后来常用团扇表示失宠。 ②**管弦**：管乐器与弦乐器。这里泛指乐器。③**昭阳路**：通往昭阳宫的路。昭阳宫是汉成帝宠妃赵合德的住处。这里是说自己失宠，皇帝不再前来，以致青草阻断了宫前的路。

这是王建《调笑令》联章之一，一反其百首《宫词》着力描写帝王奢靡、宫闱琐事的风格，转而描写宫怨，以团扇被弃、美人憔悴、无人理会管弦、春草阻断昭阳殿，来抒写主人公失去皇帝宠幸的惆怅心绪。

王建（约767—约830），字仲初，许州（治今河南许昌）人。唐代宗大历十年（775）进士，授渭南尉，官至陕州司马。

擅长乐府诗，与张籍齐名，人称『张王』。所作《宫词》百首最为著名。有《王司马集》。今存词四首。

刘禹锡

忆江南

春去也！多谢洛城人[1]。弱柳从风疑举袂（mèi）[2]，从兰裛（yì）露似沾巾[3]。独坐亦含颦（pín）[4]。

①洛城：洛阳。 **②疑**：似。**袂**：衣袖。 **③裛**：通“浥”，沾湿。 **④颦**：皱眉。

刘禹锡曾作《忆江南》联章二首，是对白居易《忆江南》三首的和作，这是第一首。全词采用了拟人化的手法。在词人眼中，弱柳从风仿佛是挥袂向春天告别，从兰被露水打湿就是泪洒罗巾，体现了作者对洛阳春天不胜留恋的惜春之情。这首词标志着词体走向成熟。

刘禹锡（772—842），字梦得，洛阳（今属河南）人。唐代著名的文学家、诗人、哲学家。唐德宗贞元九年（793）进士，官监察御史。因永贞革新失败，被贬为朗州司马。十年后召还，又为连州、苏州等地刺史。晚年为太子宾客加检校礼部尚书，世称『刘宾客』。诗文与白居易齐名，人称『刘白』。其诗通俗清新，多使用比兴手法，词浅意深，格律精切。其词注重从民歌中吸收营养，清新宜人，别开生面。有《刘梦得文集》。

刘禹锡

潇湘神

斑竹枝[1]，斑竹枝，泪痕点点寄相思。楚客欲听瑶瑟(sè)怨[2]，潇湘深夜月明时[3]。

①**斑竹**：湘妃竹，相传舜出巡死于苍梧（今湖南永宁），他的两个妃子娥皇、女英悲痛欲绝，泪洒竹上，因成斑竹。 ②**楚客**：客居楚地的人，此指被贬官或被放逐之人。楚地在今湖北一带，春秋时此地属楚国。**瑶瑟**：瑟的美称。 ③**潇湘**：指湘江。

永贞革新失败后，刘禹锡被贬官朗州（今湖南常德），曾作两首祭祀湘水之神的迎神曲——《潇湘神》，这是其中之一。开篇两句反复歌咏，颇具民歌特色和鲜明的湘中地方色彩。词中运用了斑竹泪痕、湘妃瑶琴、舜和二妃的神话，曲调哀苦，情辞凄咽。这是作者凄怨心情的形象化写照。

白居易（772—846），字乐天，号香山居士，下邽（今陕西渭南北）人。唐德宗贞元十六年（800）进士，历官左拾遗、江州司马、杭州刺史、苏州刺史、刑部尚书。他是我国历史上杰出的现实主义诗人，是唐代新乐府运动的倡导者。与刘禹锡一起首创中唐文人倚声填词之风，今存词二十六首。有《白氏长庆集》。

长相思

白居易

汴(biàn)水流[①]，泗(sì)水流[②]，流到瓜洲古渡头[③]。吴山点点愁[④]。　思悠悠[⑤]，恨悠悠，恨到归时方始休[⑥]。月明人倚楼。

①汴水：水名，源于河南，流入淮河。 **②泗水**：源于山东，亦流入淮河。 **③瓜洲**：在今江苏扬州。**渡头**：渡口。 **④吴山**：泛指今江苏一带的山，因江苏古属吴国，故称。 **⑤思**：相思之情。**悠悠**：形容绵长。 **⑥归**：指所爱之人归来。

词中写到的汴水、泗水、瓜洲、吴山，是唐时从洛阳南下到达江南的水运路线，而行人正在这条航线上越走越远。与此同时，思妇相思别恨的幽绵之情也顺着江水、伴着行人流到远方。全词借水寄情，句句押韵，频繁使用叠字，显得舒徐悠扬，有如行云流水。

白居易

忆江南

其一

江南好，风景旧曾谙（ān）①。日出江花红胜火，春来江水绿如蓝②。能不忆江南？

①**谙**：熟悉。　②**蓝**：蓝草，可制蓝色染料。

其二

江南忆，最忆是杭州。山寺月中寻桂子①，郡亭枕上看潮头②。何日更重游？

①**山寺**：指天竺寺、灵隐寺。**桂子**：桂花。　②**郡亭**：指杭州郡守官衙里的虚白亭。

其三

江南忆，其次忆吴宫①。吴酒一杯春竹叶②，吴娃双舞醉芙蓉③。早晚复相逢④？

①**吴宫**：吴王夫差为西施修建的馆娃宫，在今江苏苏州。　②**春竹叶**：酒名。③**吴娃**：指西施。娃，美女。**芙蓉**：荷花。　④**早晚**：何时。

白居易

忆江南

这三首《忆江南》作于唐文宗开成三年（838），是白居易任职苏杭五年，病免回洛阳以后所写。第一首兼写苏杭两地，以回忆的口吻，在洋溢着浓郁江南水乡风韵的画面上，着力突出江花、江水红绿相映的色彩对比。第二首描绘了杭州秋日的两处胜景，一是天竺寺的中秋明月，静谧清幽；一是钱塘江的八月大潮，壮阔雄美。简单两句，似乎作文章，作者却早已坠入了对杭州胜景的无穷回味之中。第三首写苏州，选择了两件颇具情韵的人事，即香醇浓郁的美酒和娇美善舞的吴娃，表现了楚楚可怜的江南人物。三词均以“江南好”起句，属联章体。作者虽身在洛阳，而心却早已飞到了江南。

皇甫松

忆江南

兰烬（jìn）落①，屏上暗红蕉②。闲梦江南梅熟日③，夜船吹笛雨潇潇④。人语驿（yì）边桥。

①兰烬：灯烛芯结成的如兰心的灯花。 **②红蕉**：美人蕉。 **③梅熟日**：黄梅季节，在农历四、五月间。 **④潇潇**：雨声。

作者是江南人，不写江南之春而专写极具江南特色的五月梅雨之夜。词中凸现了夜船、驿桥等水乡景物，配以幽怨的笛声、潇潇的雨声和缠绵的对话，构成了令人依恋难舍、充满浪漫情调的江南之梦。

皇甫松，字子奇，自号檀栾子，睦州新安（今浙江淳安）人，唐代文学家皇甫湜（shí）之子。其词今存二十首，多绮艳之作，也有一些语言清雅秀丽、富于诗情画意的作品。王国维辑有《檀栾子词》。

菩萨蛮

温庭筠

温庭筠（yún）（?—866），字飞卿，太原（今山西太原西南）人。才思敏捷，精通音律，据说八叉手而成诗，人称『温八叉』。科举屡试不第，做过国子助教、方城尉等小官，行无检束，生活放荡。

他的主要成就在于词，是第一个注意写词的文人，使民间词在辞藻、音律方面得到了提高。他的词偏重闺情，秾艳绮丽，开花间词派之先声。现存词七十多首，在唐代词人中数量最多。后人辑有《金荃集》。

小山重叠金明灭①，鬓云欲度香腮雪②。懒起画蛾眉③，弄妆梳洗迟。　照花前后镜④，花面交相映。新帖绣罗襦(rú)⑤，双双金鹧鸪(zhè gū)。

①**小山**：屏山，即屏风。**金明灭**：指阳光照在屏风的彩画上闪烁不定，表示天已大亮。金，指阳光。　②**鬓云**：指头发。**香腮雪**：白而香的面颊。　③**蛾眉**：指女子细长而美的眉毛。　④**花**：指头上插戴的花。**前后镜**：两面前后对着照的镜子。　⑤**帖**：绣贴。此指将鹧鸪的图案绣贴在襦上。**罗襦**：丝织短上衣。

《花间集》录温庭筠《菩萨蛮》词十四首，这是第一首。此词详细地摹写了一位迟起梳洗打扮的女子。通篇不用抒情笔法，而是从神态动作、服饰景物的细微描写中，层层展示女子寂寞哀怨的心绪。此词突出地体现了温庭筠秾密绵丽的词风，是他的代表作之一。

温庭筠

菩萨蛮

水精帘里颇黎枕①，暖香惹梦鸳鸯锦②。江上柳如烟，雁飞残月天。　藕丝秋色浅③，人胜参差(cēn cī)剪④。双鬓隔香红⑤，玉钗头上风⑥。

①**水精**：水晶。**颇黎**：水晶。　②**惹梦**：引人做梦。**鸳鸯锦**：绣有鸳鸯的锦被。③**藕丝**：藕合色，是淡紫近白的一种颜色。此指这种颜色的衣服。　④**人胜**：又叫花胜、春胜。是用彩纸或金箔剪成的饰品，可以贴在屏风上，也可以戴在头发上。**参差**：长短不齐的样子。⑤**香红**：指脸庞。　⑥**风**：形容玉钗颤动的样子。

这是温庭筠《菩萨蛮》词的第二首。这首词描绘的是一个年轻女子的怀春图。上片写她的居处环境和独居怀人的心理活动；下片写她的穿戴打扮，从细处着手，勾勒出美丽可爱的女子形貌，并委婉地暗示了她的孤单处境。

温庭筠

菩萨蛮

杏花含露团香雪[①]，绿杨陌(mò)上多离别[②]。灯在月胧明[③]，觉来闻晓莺。　　玉钩褰(qiān)翠幕[④]，妆浅旧眉薄[⑤]。春梦正关情，镜中蝉鬓轻[⑥]。

①**团**：凝聚。**香雪**：香气与白色。　②**绿杨陌**：绿杨夹立两旁的大道。陌，原指田间的道路，这里泛指道路。　③**胧明**：月光明亮。　④**褰**：挂起。**翠幕**：绿色窗帘。⑤**旧眉薄**：原先画的眉色已淡。　⑥**蝉鬓轻**：形容鬓发枯槁。

这是温词《菩萨蛮》的第五首。这首词借闺梦抒发离情。主人公梦到的是杏花绿杨中陌上送别的场面，醒后残灯未灭，月色朦胧，更显梦境的迷离。次写梦后晨起理妆，在主人公生活环境和行动的描写中，体现了深刻幽微的情绪：春梦虽了，余情难消，不可名状的愁苦在梦与非梦之间徘徊。

温庭筠

菩萨蛮

玉楼明月长相忆①，柳丝袅娜(niǎo nuó)春无力②。门外草萋萋(qī)③，送君闻马嘶。　画罗金翡翠④，香烛销成泪。花落子规啼⑤，绿窗残梦迷。

①**玉楼**：美女所住之楼。 ②**袅娜**：形容柳枝柔弱细长的样子。 ③**萋萋**：茂盛的样子。 ④**画罗**：帷帐之类，上有刺绣。**金翡翠**：用金线绣成的翡翠鸟。 ⑤**子规**：杜鹃。

这是温庭筠《菩萨蛮》词的第六首。这首词描写一位思念情人的深闺女子。她在柳丝袅娜、春草萋萋的暮春时节惜别情人。回到楼中，香烛泪、子规啼更加重了她哀伤的心绪。她斜倚绿窗，痴迷地回想着往昔的欢爱，思绪亦随着离别的人远行天涯。

菩萨蛮

宝函钿（diàn）雀金鸂鶒（xī chì）[①]，沉香阁上吴山碧。杨柳又如丝，驿桥春雨时。　　画楼音信断，芳草江南岸。鸾（luán）镜与花枝[②]，此情谁得知？

①**宝函**：华美的梳妆盒。**钿**：首饰。**鸂鶒**：紫鸳鸯。　②**鸾镜**：有鸾鸟图案的镜子。鸾是凤凰一类的鸟，常用来比喻夫妻。**花枝**：指女子花枝般的容颜。

这是温词《菩萨蛮》的第十首。满目春光引发了女主人公对青春虚度的嗟叹。女主人公晨起远眺，在如丝杨柳的触动下，不禁想起了当年驿桥春雨中的离别之景。一个“又”字，便含了无限的辛酸泪。别后心情更是沉郁，对镜顾影，顿起自怨自艾之感。虽春色浓郁，风华正茂，但画楼空守，青春寂寞，孤寂落寞之情油然而生。

温庭筠

更漏子

柳丝长，春雨细，花外漏声迢（tiáo）递[①]。惊塞雁，起城乌，画屏金鹧鸪（zhè gū）[②]。　香雾薄，透帘幕[③]，惆怅谢家池阁[④]。红烛背，绣帘垂，梦长君不知。

①**漏声**：漏壶滴水的声音。**迢递**：遥远的样子。　②**画屏**：绘画的屏风。　③**幕**：帐子。　④**谢家池阁**：泛指豪华的池塘和楼阁。谢家，西晋豪门谢安家族。

《更漏子》是词调中的小夜曲。这是温庭筠六首《更漏子》中的第一首。这首词咏春夜相思。开篇以柳丝细长、雨丝迷蒙来烘托漏声的悠远，营造出轻细迷惘的情调。围绕着漏声，写出了相思女子对外界的感受。在美好的环境中，女子因寂寞相思而更感惆怅。“君不知”显出孤独苦闷，幽怨之情如丝飘扬。全词绮艳含蓄，蕴藉深厚。

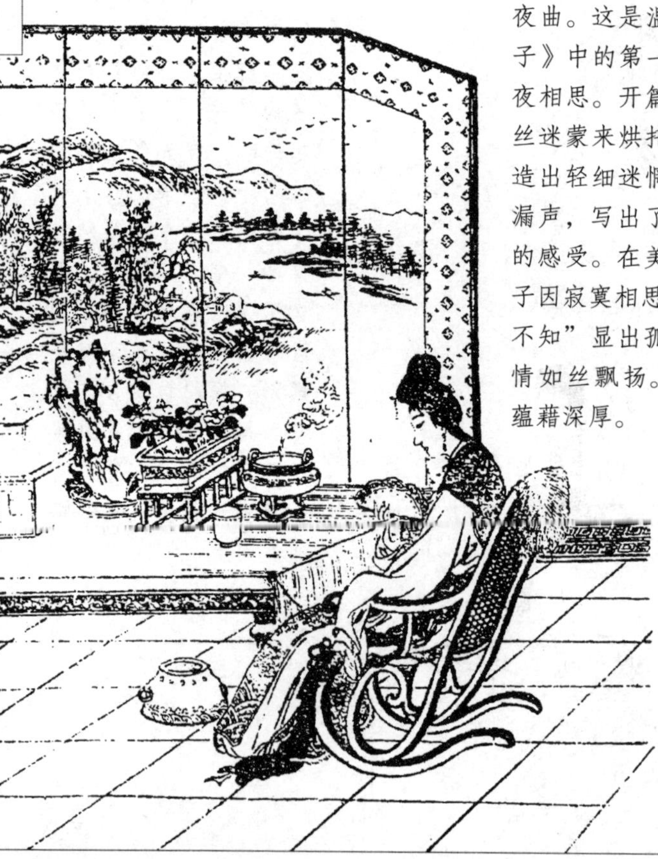

温庭筠

更漏子

玉炉香[①]，红蜡泪，偏照画堂秋思[②]。眉翠薄，鬓云残[③]，夜长衾(qīn)枕寒。　梧桐树，三更雨，不道离情正苦[④]。一叶叶，一声声，空阶滴到明。

①玉炉：玉制香炉。　**②画堂**：华丽的堂舍。　**③鬓云**：鬓发。　**④不道**：不顾。

这首词吟咏秋夜相思，是温庭筠六首《更漏子》中的末首，上下片风格迥异。上片以“秋思”二字串起画堂中人一系列的所见所感，继承了温词一贯的秾丽风格。下片疏淡明快，主写离情，通过对潇潇秋雨的描写，衬托出少妇的思人之苦。全词浓淡相间，韵味十足，凄丽而有情致。

温庭筠

忆江南

梳洗罢，独倚望江楼。过尽千帆皆不是[①]，斜晖(huī)脉脉(mò)水悠悠[②]。肠断白蘋(pín)洲[③]。

①帆：代指船。 **②脉脉**：默默。**悠悠**：连绵不绝的样子。 **③白蘋洲**：河中长着白色蘋草的小洲。

此词写思妇独上高楼，望人不归。开篇以疏淡之笔，勾勒出思妇形象，用一系列动词来动态地表现她切盼重逢的心理；继以拟人手法写斜阳、流水，暗示思妇望人不归的失望心情，具有唐人绝句的神韵；结句则暗示了当初分手之地。全词风格疏朗，韵味深长，是温庭筠词作中脍炙人口的代表作之一。

韦庄

菩萨蛮

人人尽说江南好，游人只合江南老[①]。春水碧于天，画船听雨眠[②]。　垆(lú)边人似月[③]，皓腕凝霜雪。未老莫还乡，还乡须断肠[④]。

①合：应该。　**②画船**：画舫，有彩绘的船。　**③垆**：酒店里安放酒坛的土台子，此指酒店。　**④须**：会。

韦庄共有《菩萨蛮》词五首，是他晚年回忆旧游之作，这是其中的第二首。此词前写江南之好，有蓝天下的春水、细雨下的画船、垆边的佳人。而当时作者家乡处于战乱之中，作者有家难归，看看江南的美景，想想家乡的动荡，不由得发出“还乡须断肠”的无可奈何的叹息。

韦庄（约836—910），字端己，长安杜陵（今陕西西安东南）人。唐昭宗乾宁元年（894）进士。五代时，在前蜀王建手下官至门下侍郎同平章事（宰相）。其诗多记游怀古，情调凄婉感伤。其词与温庭筠齐名，为花间派的代表人物，风格清丽，善于用白描手法抒写情怀。王国维辑有《浣花词》。

韦庄

菩萨蛮

洛阳城里春光好，洛阳才子他乡老[1]。柳暗魏王堤[2]，此时心转迷。

桃花春水渌(lù)[3]，水上鸳鸯浴。凝恨对残晖(huī)，忆君君不知。

①**洛阳才子**：韦庄自称。作者早年曾寓居洛阳。 ②**魏王堤**：洛水堤。唐朝时，洛水在洛阳溢成一个池，成为有名的名胜。唐太宗将它赐给魏王李泰，因而此池名为魏王池，堤称魏王堤。 ③**桃花春水**：指三月桃花盛开时的汛水。**渌**：清澄。

这是韦庄《菩萨蛮》词五首中的末首。由洛阳春光的无限美好转至当时蜀地桃花春水的风光，从鸳鸯相亲相爱想到当日洛阳的红楼美人，然而造化弄人，华年已逝而重返无期。借她之口怨己不归，更道出了词人怀念爱人的真挚之心以及不能重聚而终老他乡的悲苦之情。

韦庄

思帝乡

春日游，杏花吹满头。陌上谁家年少[1]，足风流？　妾拟将身嫁与[2]，一生休。纵被无情弃，不能羞。

①陌：田间小道，这里泛指道路。
②妾：女子自称。

唐五代的恋情词，大都用比兴手法，隐约含蓄。而这首词却直接运用赋体，写一个少女在春暖花开、风流少年等外物触动下发出的爱情表白：敢于表达自己的爱，敢于以身相许，即使将来遭到遗弃也在所不惜。这是一种不计后果的炽热恋情。“不能羞”三字更显信誓旦旦，干脆坚决。

韦庄

女冠子

四月十七，正是去年今日，别君时。忍泪佯(yáng)低面，含羞半敛(liǎn)眉[①]。　　不知魂已断，空有梦相随。除却天边月，没人知。

①敛眉：皱着眉毛。

韦庄有联章《女冠子》二首，这是第一首。写男女别离和相思。女子忍泪敛眉与男子分别，连梦也随他远去，心中的相思除了天边的月亮外，无人知晓。首句“四月十七”是特予标明的离别时间，更有助于相思人心曲的抒发。

菩萨蛮

牛峤

舞裙香暖金泥凤[1]，画梁语燕惊残梦[2]。门外柳花飞，玉郎犹未归。　　愁匀红粉泪，眉剪春山翠。何处是辽阳[3]？锦屏春昼长。

①**金泥凤**：饰有金线的凤凰。　②**语燕**：讲话的燕子。
③**辽阳**：唐时为东北边境，常驻重兵。后作为征戍地的代称。

这首词写的是少妇春闺怀人。开篇作者就用浓彩重墨构勒了一个华美的梦境，而少妇梦醒凝望，玉郎未归，更觉离情悲苦。下片写少妇含泪整妆，独坐待人。然而边塞音信全无，重逢之日更是遥遥无期，揭示了少妇悲凄的内心世界。全词形象鲜明，声情顿挫，颇值一读。

牛峤（qiáo），字松卿，一字延峰，陇西（今属甘肃）人，牛僧孺之孙。唐僖宗乾符五年（878）进士，曾为拾遗、尚书郎等小官。五代前蜀时，为给事中。其词今存《花间集》中。

牛希济

生查子

春山烟欲收①，天淡稀星小。残月脸边明，别泪临清晓。　　语已多、情未了，回首犹重道：记得绿罗裙，处处怜芳草②。

①烟：雾。　②怜：爱。

这首词形象地构摹了一对恋人在破晓时依依惜别的情景。上片描绘了分别时雾绕春山、月残星稀的朦胧环境，并构勒了女子的面部轮廓。下片“语已多、情未了”表现了不忍分别的心情。最后两句是女子对男子的反复叮咛，希望他对自己能念念不忘。

牛希济，陇西（今属甘肃）人。牛峤之侄。前蜀王衍时官翰林学士、御史中丞，后唐时为雍州节度副使。词风接近韦庄，《花间集》中收有十一首他的词。

牛希济

生查子

新月曲如眉，未有团圞(luán)意①。红豆不堪看，满眼相思泪。
终日劈桃穰(ráng)②，人在心儿里③。两朵隔墙花，早晚成连理④？

①**团圞**：团圆。 ②**桃穰**：桃核。 ③**人**：与“桃仁”之“仁”谐音，此指心上人。
④**早晚**：何时。

这首词从新月、红豆等相思之物写到不能和爱人团圆的相思之苦，用的是比兴手法。“人在心儿里”，用了“人”和“仁”的谐音，一语双关。全词均用后句解释前句，表达了女子对爱情的不懈追求。遣词造句雅俗并用，具有乐府民歌的特色。

李珣

南乡子

乘彩舫[①]，过莲塘[②]，棹歌惊起睡鸳鸯[③]。游女带花偎伴笑，争窈窕[④]，竞折团荷遮晚照[⑤]。

①**彩舫**：画船。 ②**莲塘**：荷塘。 ③**棹歌**：划船时唱的歌。 ④**窈窕**：体态轻盈美好。 ⑤**团荷**：荷叶。**晚照**：傍晚的阳光。

李珣共有《南乡子》词十七首，表现的均是东粤风情，是李珣东游粤地时写下的，这是第四首。词人为读者展示了一幅动人的美女泛舟图，将女子的美好姿态，用带、偎、笑、争、折、遮等一系列动词表现得生动鲜活。此词清新自然，情趣盎然，饶有民歌风味，却比民歌典雅精致。

李珣（xún）（约855—约930），字德润，其祖先是波斯人，后家梓州（治今四川三台），五代前蜀时秀才，蜀亡不仕。其词风格清婉，多写闺情离愁，今存词五十四首。王国维辑有《琼瑶集》。

李珣

南乡子

相见处，晚晴天，刺桐花下越台前[①]。暗里回眸深属（zhǔ）意，遗双翠[②]，骑象背人先过水。

①**越台**：汉朝时南越王赵佗所建，在今广州越秀山。　②**翠**：翠羽装饰的钗子。

这首词写的是少女恋情。前三句点明了二人相见的时间、地点，后三句则生动形象地刻画了少女深爱对方，却又囿于种种束缚而不敢大胆直率地表露心意，所以唯有“暗里回眸”，留下深情，只有佯遗双翠，以待再次相会。该词格调清新，迥然有别于《花间集》的艳情之作，展示了岭南独特的风土人情。

酒泉子

孙光宪

空碛无边①，万里阳关道路②。马萧萧③，人去去④，陇云愁⑤。 香貂旧制戎衣窄⑥，胡霜千里白⑦。绮罗心⑧，魂梦隔，上高楼。

①碛：沙漠。 ②阳关：关口名，在今甘肃敦煌。 ③萧萧：马鸣声。 ④去去：一程一程地往前走。 ⑤陇：指今甘肃一带。 ⑥香貂：貂皮所制的皮袍。戎衣：军衣。 ⑦胡霜：指西北边地的霜。 ⑧绮罗心：指身穿绮罗所制衣服的女子之心，代指战士之妻。

这首词写征夫戍边的艰辛和思妇闺中想念的愁苦。上片展示的是无边大漠、万里征途、马嘶人去的悲辛之图。下片先写思妇怀念寒冷边关上戎衣单薄的丈夫，担忧和思念之情溢于言表。那种无奈的凄苦心绪，读来令人酸鼻。

孙光宪（约895—968），字孟文，自号葆光子，陵州贵平（今四川仁寿东北）人。长期在南平国做官，归宋后，官黄州刺史。

其词今存八十多首，大多被收入《花间集》中。但他的词风与花间派的浮艳、绮靡不同，题材较广，内容丰富，气骨遒劲，措语警炼。

浣溪沙

孙光宪

蓼（liǎo）岸风多橘柚香[①]，江边一望楚天长，片帆烟际闪孤光。

目送征鸿飞杳（yǎo）杳[②]，思随流水去茫茫，兰红波碧忆潇湘[③]。

①**蓼岸**：开满蓼花的江岸。　②**征鸿**：飞雁。　③**潇湘**：代指朋友所居之地。

这首词是作者在荆南做官时写的，描写送别友人的场面。此词看似句句写景，实则字字含情。全词就一个“望”字，把红蓼橘柚的特写镜头拉向江天无际、水远舟行的全景与远景，而离别之情弥漫于征鸿杳杳、流水茫茫之中。

谒金门

孙光宪

留不得！留得也应无益。白纻（zhù）春衫如雪色[1]，扬州初去日。

轻别离，甘抛掷，江上满帆风疾。却羡彩鸳三十六[2]，孤鸾（luán）还一只。

①**白纻**：细而白的夏布。

②**彩鸳三十六**：比喻美满姻缘很多。鸳鸯常用来比喻相亲相爱的夫妻。

此词代闺中人抒写离情。上片写男子离家前去风月繁华的扬州；下片写女子怨恨那人忍心抛下自己而走。女子对意中人还是十分倾心，爱恨交织，恨罢更爱，只是羡慕别人婚姻美满，自己却孤单一人。

欧阳炯

定风波

暖日闲窗映碧纱，小池春水浸晴霞。数树海棠红欲尽，争忍[①]，玉闺深掩过年华[②]。

独凭绣床方寸乱，肠断，泪珠穿破脸边花[③]。邻居女郎相借问，音信，教人羞道未还家。

①**争**：怎。 ②**玉闺**：闺房。 ③**脸边花**：脸上的化妆物。

该词写一位思妇的悲哀。上片写静景，营造出寂寞无聊的氛围；又以海棠凋谢象征女子青春将逝，年华虚度。下片前三句揭示了女子愁肠寸断的哀怨；后三句则刻画了她企盼丈夫回到身边的心理。结尾对邻家女子的问讯无言以对，更令读者对其产生由衷的同情。该词一反作者一贯的浓艳词风，写得淡雅凄美。

欧阳炯（约896—971），益州华阳（今四川成都）人。前蜀时任中书舍人，后蜀时任翰林学士、门下侍郎同平章事（宰相），入宋官左散骑常侍。善吹长笛，工词，曾为赵崇祚所编《花间集》作序。其词多写艳情，今存四十八首。

顾夐

诉衷情

永夜抛人何处去[1]？绝来音。香阁掩，眉敛（liǎn），月将沉，争忍不相寻[2]？怨孤衾（qīn）。换我心，为你心，始知相忆深。

①**永夜**：长夜。 ②**争**：怎。

这首词写女子思念对方而希望对方知情的想法。最后"换我心"三句，是典型的恋人心语，更确切地表露了女子的伤心之情。但从最后三句与开头两句相对照来看，说明对方早已负心，而女子却不敢面对现实。

顾夐（xiòng），前蜀王建时为小臣，后官茂州刺史。后蜀时官至太尉。其词今存《花间集》中。

临江仙

鹿虔扆

金锁重门荒苑静，绮(qǐ)窗愁对秋空[1]。翠华一去寂无踪[2]。玉楼歌吹[3]，声断已随风。烟月不知人事改，夜阑(lán)还照深宫[4]。藕花相向野塘中[5]。暗伤亡国，清露泣香红[6]。

①绮窗：有镂空花纹的窗户。 **②翠华**：翠鸟羽毛装饰的仪仗旗，这里指代帝王车驾。 **③歌吹**：歌唱鼓吹。 **④夜阑**：夜深。 **⑤藕花**：荷花。 **⑥香红**：荷花。

这首词是暗伤亡国之作，写出了作者在亡国之后的沉痛心情。前三句写秋空里的荒芜宫殿，重门深锁，景色凄凉。下片以荷花尚能哭泣，更突出了作者的悲惋，真是句句凝重，字字含泪。

鹿虔扆（yǐ），后蜀时登进士第，曾任永泰军节度使、检校太尉，加太保。蜀亡不仕。其词虽收在《花间集》中，但浮艳之风较少。今存词六首。

冯延巳

鹊踏枝

谁道闲情抛掷(zhì)久？每到春来，惆怅还依旧。日日花前常病酒，不辞镜里朱颜瘦。

河畔青芜(wú)堤上柳[①]。为问新愁，何事年年有？独立小桥风满袖，平林新月人归后[②]。

①芜：青草。 **②平林**：平原上的树林。

这首词写春愁。春天本是充满生机、催人向上的季节，词人却惆怅满怀，借酒浇愁。原因是词人在惊觉又一个春天来临时，深感时光易逝，青春难再，更兼世事艰难，旧友离散。因而春光虽然美丽，词人却无法摆脱愁情。全篇清淡隽永，既有感情意境的传达，又有鲜明个性的表现，颇具冯词特色。

冯延巳（903—960），一名延嗣，字正中，广陵（今江苏扬州）人。南唐时历官谏议大夫、翰林学士、户部侍郎、左仆射同平章事（宰相）。其词多写闲情逸致、相思离别，词意缠绵悱恻，语言清新流畅，文人气息浓厚，对北宋晏殊、欧阳修等词人颇有影响。有《阳春集》。

冯延巳

鹊踏枝

几日行云何处去[①]？忘却归来，不道春将莫[②]。百草千花寒食路[③]，香车系在谁家树[④]？　　泪眼倚楼频独语。双燕来时，陌上相逢否？撩乱春愁如柳絮[⑤]，悠悠梦里无寻处[⑥]。

①**行云**：指在外游荡的男子。　②**莫**："暮"的古字。　③**寒食**：寒食节，在清明前二天。　④**香车**：指荡子的车。　⑤**撩乱**：纷乱。　⑥**悠悠**：形容长。

这首词写痴情女子由于对方另结新欢而遭遗弃的闺怨。上片充满幽怨不平之气，下片代以想念盼望之情。词中女子徘徊于怨嗟与期待、苦闷与寻觅之间，其缠绵痴情就在这曲折的情感历程中，展现得一览无遗。

冯延巳

清平乐

雨晴烟晚，绿水新池满。双燕飞来垂柳院，小阁画帘高卷①。

黄昏独倚朱阑（lán）②，西南新月眉弯。砌下落花风起③，罗衣特地春寒④。

①**阁**：女子闺房。 ②**朱阑**：红色栏杆。 ③**砌**：台阶。 ④**特地**：特别。

该词写的是春夏之交女子登阁远眺的景象，表现了闺中人淡淡的愁思怨情。上片写雨后阁中闲眺所见，心情惆怅。下片先写“独倚朱阑”，表现少妇黄昏后的寂寞空虚；继写花落风起，寒意袭人，包蕴着少妇对红颜易老的感慨，芳心自警。通篇以景衬情，构思独具匠心，遣词造句颇见功力。

谒金门

冯延巳

风乍起，吹皱一池春水。闲引鸳鸯香径里[①]，手挼(ruó)红杏蕊(ruǐ)[②]。

斗鸭阑(lán)干独倚，碧玉搔(sāo)头斜坠[③]。终日望君君不至，举头闻鹊喜。

①香径：花园里的小路。 **②挼**：揉搓。 **③搔头**：簪子。

词中描写了一位上层社会的思妇。随着细节的展开，揭开了她从孤独失望转向宽慰痴情的复杂心理。词中以鸳鸯、斗鸭、喜鹊等点缀风物，是其特点。尤其首句“风乍起，吹皱一池春水”，使用象征手法，自然贴切地表现了少妇内心的惆怅与不安，因而广为传颂。

李璟

摊破浣溪沙

菡萏（hàn dàn）香销翠叶残[①]，西风愁起绿波间。还与韶（sháo）光共憔悴[②]，不堪看。　细雨梦回鸡塞（sài）远[③]，小楼吹彻玉笙（shēng）寒[④]。多少泪珠无限恨，倚阑（lán）干。

①**菡萏**：荷花。　②**韶光**：美好的时光。　③**鸡塞**：鸡鹿塞，汉朝的边关。此指边远地区。　④**吹彻**：吹遍。

李璟在这首满怀愁绪的词中描绘了一幅香消叶残的荷花图，更用西风愁起、韶光憔悴，突出了鲜明的"不堪看"形象。在细雨中入梦的征夫，本该梦到日思夜想的快乐生活，但醒来却身处穷荒的鸡鹿塞，故而心情愁苦。"小楼吹彻玉笙寒"一句曾广为传颂。

李璟（916—961），本名景通，字伯玉，徐州（今属江苏）人。五代南唐中主，在位十九年，庙号元宗，世称中主或嗣主。多才多艺，其词今存四首，多写怀人惜别，感时伤秋，情调低沉，用语清雅。后人将他的词与李煜的词合编为《南唐二主词》。

李璟

摊破浣溪沙

手卷真珠上玉钩[①]，依前春恨锁重楼[②]。风里落花谁是主？思悠悠[③]。　　青鸟不传云外信[④]，丁香空结雨中愁[⑤]。回首绿波三峡暮，接天流。

①**真珠**：珍珠，此指珍珠帘。**玉钩**：用玉制成的帘钩。　②**春恨**：伤春之愁。**重楼**：高楼。　③**悠悠**：长的样子。　④**青鸟**：传说西王母要来访问汉武帝，先派青鸟前来报信。后人以"青鸟"指代传信的人。　⑤**"丁香"句**：人们常用丁香结象征愁思不解。

这首词从时空交错中写幽闺春恨。"风里落花"象征由来已久的深深春恨，暗示主人公彷徨不安、无可诉说的心绪。继写因无法传达信息，使得愁恨越发不可解，只好对着广漠的江天寄托自己浩渺无声的思念。在《浣溪沙》词调的基础上添加"思悠悠""接天流"这两个三字句，形成"摊破浣溪沙"词调，从而使此词的境界更为悠远浩阔，余韵深长。

李煜

虞美人

春花秋月何时了[①]，往事知多少？小楼昨夜又东风，故国不堪回首月明中[②]。

雕栏玉砌应犹在[③]，只是朱颜改[④]。问君能有几多愁？恰似一江春水向东流。

①**了**：完结。 ②**故国**：指已灭亡的南唐。 ③**雕栏**：雕花的栏杆。**玉砌**：白玉般的台阶。 ④**朱颜**：指作者的容颜。

作者曾是显赫的南唐后主，而作此词时已是北宋的阶下囚，因而词中充溢着物是人非、往事不堪回首的哀怨。这首词是李煜词中最为引人注目的作品之一，尤其是最后两句，以春水喻愁思，起伏跌宕，连绵不尽，词境深邃，因而倍受后人称道，亦被广为传颂，此词也因此被誉为“词中之帝”。

李煜（yù）（937—978），字重光，号钟隐，李璟之子，五代十国南唐最后一个皇帝，世称李后主。在位十五年，纵情声色。宋灭南唐，封为违命侯，不久即被宋太宗毒死。他前期的词，主要描写宫廷中的淫靡生活；被俘后，由于生活环境的变化，词风大变，多抒写对昔日生活的眷念与眼前囚徒生活的哀叹。他的词艺术成就很高，语言生动、简炼，直抒胸臆，不加雕饰。突破了花间词派狭窄的意境，对词的发展有很大影响。

李煜

乌夜啼

林花谢了春红[1]，太匆匆！无奈朝来寒雨晚来风。　胭脂泪[2]，留人醉，几时重？自是人生长恨水长东！

①**谢**：凋谢。　②**胭脂泪**：化用杜甫《曲江对雨》“林花著雨胭脂湿”诗意，指别离时脸上的泪和胭脂。

这首词写伤春和离别，哀痛入骨。上片写春归，萦绕着作者千回百转的伤感；下片写离别，只怕相逢无期。末句由伤春伤别转到了深刻的人生反思，领悟并肯定了“人生长恨水长东”的哲理。

无言独上西楼，月如钩。寂寞梧桐深院锁清秋。　剪不断，理还乱，是离愁[1]。别是一般滋味在心头。

①**愁**：指离开国家的哀愁。

南唐亡国后，李煜被幽禁在汴京。词人在这首词中，化抽象为具体，写出了愁之味。“别是一般滋味在心头”，是一种独特而真切的感觉，味在咸酸之外，但又深植内心，是心灵深处的滋味。因此不用诉诸视觉，而直接触人心底，令人自然地结合自身的体验而产生同感。此词一向被认为是李煜词的代表作之一。

李煜 望江南

其 一

多少恨，昨夜梦魂中。还似旧时游上苑[①]，车如流水马如龙。花月正春风。

①**上苑**：帝王的园林。

其 二

多少泪，断脸复横颐（yí）[①]。心事莫将和泪说，凤笙（shēng）休向泪时吹[②]。肠断更无疑[③]！

①**颐**：面颊。 ②**凤笙**：笙。 ③**肠断**：比喻极度哀痛。

这两首词是李煜亡国入宋后写的。两词相得益彰，词意是连贯的，都是抒发沉痛的亡国之恨。第一首词从反面入手，极力渲染昨夜所梦：生活之优裕，游苑之奢华。今昔对比，使词中陡然起笔的“恨”字具有更深刻的含义。第二首词从正面入手，揭示深刻的亡国之痛。怕听往事，怕听美乐，伤痛积于心，且连用三个“泪”字，最大限度地张扬了“肠断更无疑”的艺术效果，读来令人心酸。

李煜

清平乐

别来春半[①]，触目愁肠断。砌下落梅如雪乱[②]，拂了一身还满。

雁来音信无凭，路遥归梦难成。离恨恰如春草，更行更远还生。

①春半：仲春，即农历二月。 **②砌**：台阶。

这是一首抒发离愁别恨的名作。春半景残，令人触目惊心，无限伤感。落梅如雪，哀痛之情更是难以名状。远方的人音信全无，遥无归期，离恨悠悠。愁如春草，恰又“更行更远还生”，与“恰似一江春水向东流”对照，更有一波三折之效，哀怨横亘胸中，挥之不去。

李煜

捣练子

深院静，小庭空，断续寒砧(zhēn)断续风[①]。无奈夜长人不寐(mèi)，数声和月到帘栊(lóng)[②]。

①寒砧：指寒夜中捣衣的声音。砧，捶衣服时垫在下面的石头。　**②栊**：有横直格子的窗子。

此词用白描手法，通过对一个失眠者寒夜闻砧声的描绘，写出了主人公深夜思远人的相思之情。通篇虽写捣练，但深夜独自怀人的情味却始终摇漾于寒砧的断续声中，将《捣练子》词牌的内涵发挥到了极致。

李煜

浣溪沙

红日已高三丈透，金炉次第添香兽①，红锦地衣随步皱②。佳人舞点金钗溜③，酒恶时拈花蕊(ruǐ)嗅④，别殿遥闻箫鼓奏。

①**香兽**：杂以香料、做成兽形的木炭。 ②**地衣**：地毯。 ③**舞点**：按节拍舞完一个曲调。**溜**：滑下来。 ④**酒恶**：酒醉。

这首词是李煜早期宫殿奢靡生活的写照，真实地反映了他纵情逸乐的情态。“日高三丈”表明他们通宵达旦地歌舞，有欢娱嫌夜短的寓意。继而描写宫中的奢侈陈设和华贵气象。下片写钗滑酒醉的舞女，舞姿疯狂但又不失高雅风范。而首尾呼应，则点明了宫中夜以继日、轻歌曼舞的享乐氛围。

李煜

浪淘沙

帘外雨潺潺①，春意阑珊②。罗衾不耐五更寒。梦里不知身是客，一晌贪欢③。　独自莫凭栏，无限江山④。别时容易见时难。流水落花春去也，天上人间。

①**潺潺**：雨声。　②**阑珊**：衰残将尽的样子。　③**一晌**：片刻。　④**江山**：指原来南唐的国土。

李煜入宋后被封为违命侯，处于囚居状态。这首词寄寓了他抚今追昔的亡国之思。雨声惊梦，寒气袭人；梦里短暂欢聚，醒后更感冷落；家国不再，不忍遥望；往日的欢乐如同落花流水，一去不返。今昔对照，真有天上人间之别。此词基调低沉，词意凄凉，读来能断人肝肠，是李煜词的代表作，也是他遗恨千古的绝笔词。

李煜

浪淘沙

往事只堪哀，对景难排①。秋风庭院藓(xiǎn)侵阶②。一任珠帘闲不卷，终日谁来？　金剑已沉埋，壮气蒿(hāo)莱③。晚凉天净月华开④。想得玉楼瑶殿影，空照秦淮⑤。

①**排**：排遣。　②**藓**：苔藓。　③**蒿莱**：野草。此句谓志气消沉。　④**月华**：月光。⑤**秦淮**：秦淮河，在金陵（今南京），这里本是南唐首都。

这首词作于李煜被俘入宋以后。上片抒写囚居生活的苦楚寂寥及无法排遣的悲哀，下片抒写思念故国之情、往事成空以及心中涌起的亡国之痛。词境凄恻而笔力精健。

李煜 破阵子

四十年来家国[①]，三千里地山河。凤阁龙楼连霄汉[②]，玉树琼枝作烟萝[③]。几曾识干戈[④]？　　一旦归为臣虏[⑤]，沈腰潘鬓消磨[⑥]。最是仓皇辞庙日[⑦]，教坊犹奏别离歌[⑧]。垂泪对宫娥[⑨]。

①**四十年**：南唐自937年开国，至李煜写这首词的975年，将近四十年。②**凤阁龙楼**：指帝王住的楼台殿阁。**霄汉**：天空。③**玉树琼枝**：对树木的美称。**作**：如。**烟萝**：意为像雾气与女萝那样茂密。④**干戈**：战争。⑤**臣虏**：俘虏。⑥**沈腰**：南朝梁文学家沈约写信给朋友说，自己年老多病，腰肢一天天瘦下去。后来因以“沈腰”代指人的消瘦。**潘鬓**：晋朝诗人潘岳在《秋兴赋》中说自己鬓发花白，后人因以“潘鬓”代指头发花白。**消磨**：打发时光。⑦**辞庙日**：告别祖庙的那一天，指被宋人俘虏、破国亡家之日。⑧**教坊**：宫廷里的歌舞班子。⑨**宫娥**：宫女。

这首词是李煜被俘后，在软禁中追忆往事而作。上片回忆南唐的盛况及其灭亡的原因；下片写自己离家别国的悲惨遭遇及幽禁生活的隐痛。作者能以一种毫不掩饰的姿态来披露自己的真情实感，实属难能可贵。全词语言浅明，感情真挚。

临江仙

徐昌图

饮散离亭西去[①]，浮生长恨飘蓬[②]。回头烟柳渐重重[③]。淡云孤雁远，寒日暮天红。

今夜画船何处？潮平淮月朦胧[④]。酒醒人静奈愁浓。残灯孤枕梦，轻浪五更风。

①**离亭**：建于路旁供人歇息的亭子，古人常于此送别。②**飘蓬**：飞蓬。 ③**烟柳**：密如烟雾的柳树。 ④**淮月**：映在淮河上的月亮。

这首词写羁旅行役的愁苦。先叙别时之景，后设想别后境况。淡云孤雁、寒日暮天的景致，引发了画船不知何处去的茫然和飘泊感。酒醒人愁、残灯孤梦则揭示了行客的孤凄心境。其意境可与柳永《雨霖铃》词媲美。

徐昌图，莆田（今福建莆田）人。五代时在闽国做官，入宋后历官国子博士、殿中丞。今存词三首。

王禹偁（chēng）（954—1001），字元之，济州巨野（今属山东）人。宋太宗太平兴国八年（983）进士，历任右拾遗、大理评事、知制诰、知黄州等官职。以敢于直谏闻名。他反对浮靡文风，提倡平易朴素。于文推崇韩愈、柳宗元，于诗推崇杜甫、白居易。有《小畜集》。词仅存一首。

王禹偁

点绛唇

雨恨云愁，江南依旧称佳丽[1]。水村渔市，一缕孤烟细[2]。　天际征鸿[3]，遥认行（háng）如缀（zhuì）[4]。平生事，此时凝睇（dì）[5]，谁会凭栏意[6]。

①**佳丽**：风景秀丽。　②**孤烟**：指炊烟。　③**征鸿**：飞雁。　④**行如缀**：排成行的雁如同一个一个接起来一样。缀，连接。　⑤**凝睇**：凝视。　⑥**会**：懂。

这是一首即景抒怀之作。前两句总写江南虽然烟雨迷蒙，却无损其天然秀丽。作者通过描绘江南水村渔市的恬淡宁静，借此烘托游子的思乡情怀。继而又通过凝望征鸿来抒发其建功立业之心无人可解的孤独。全词情景交融，清新自然，是对宋初词坛艳冶文风的反拨。

酒泉子

潘阆

长忆观潮[①]，满郭人争江上望[②]。来疑沧海尽成空，万面鼓声中。　弄潮儿向涛头立[③]，手把红旗旗不湿。别来几向梦中看，梦觉尚心寒[④]。

①**长**：常。　②**郭**：城的外墙，此指城墙。　③**弄潮儿**：在浪涛中游泳戏耍的青年。　④**心寒**：意为心惊胆战。

这是一首描绘钱江潮壮丽景象的词。作者在词中追忆了钱江观潮的所见所感，着重描写了观潮场景之盛、潮水声势之壮以及弄潮儿的既勇且武。全词意境雄阔，笔力劲健，一扫五代绮靡之词风。在作者十首《酒泉子》中，此词最为后人传诵。

潘阆（láng）（?—1009），字逍遥，大名府大名（今属河北）人。宋太宗至道元年（995）赐进士及第，授四门国子博士。为人狂放不羁，屡遭贬谪，甚至获罪，乃改名换姓，逃匿于外。真宗时遇赦，任滁州参军。他以诗闻名，词作不多，今存十首《酒泉子》。著有《逍遥集》。

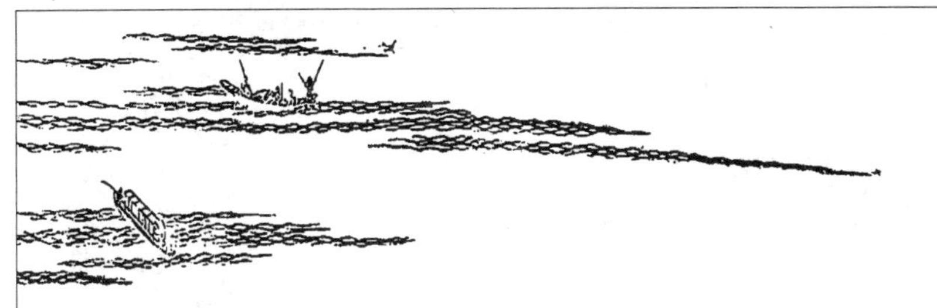

潘阆

酒泉子

长忆西湖，尽日凭阑(lán)楼上望[1]。三三两两钓鱼舟，岛屿正清秋。

笛声依约芦花里[2]，白鸟成行(háng)忽惊起。别来闲整钓鱼竿，思入水云寒。

①**尽日**：整天。　②**依约**：隐约。

这是潘阆忆杭州组词十首之一。词中抒发了作者对西湖的思念之情，用“忆”字统摄全篇，说明时间的流逝始终未能冲淡作者对西湖风光的深情怀念，更从侧面反映了西湖风光的引人入胜。最后两句表明了作者想要长伴西湖的迫切心情。此词写景如画，意趣高妙。

林逋

长相思

吴山青①，越山青②，两岸青山相送迎。谁知离别情？　　君泪盈，妾泪盈，罗带同心结未成③。江头潮已平。

①**吴山**：指钱塘江北岸的山，此地春秋时属吴国，故称。
②**越山**：指钱塘江南岸的山，此地春秋时属越国，故称。
③**罗带**：丝带。古人将带子打成同心结，表示永不分离，永远相爱。

此词借用女子口吻，描写江上惜别场面。词中以比兴开篇，意在抒发离愁别恨。青山不解离情，以此反衬人生有恨。下片改用赋体，正面刻画分别在即的哀怨情态。结句暗示启航在即，为读者想象其别后的悲愁留下了空间。全词反复咏叹，具有浓郁的民歌风味。

林逋（bū）（967—1029），字君复，钱塘（今浙江杭州）人。一生没做官，长期漫游于江淮一带，后半生隐居于杭州西湖孤山，喜欢梅、鹤，自称『以梅为妻，以鹤为子』。卒谥和靖先生。作品以诗为主，风格淡远，多写其隐居生活及恬淡的心境。有《林和靖诗集》。词作很少，仅存三首。

点绛唇

林逋

金谷年年[1]，乱生春色谁为主[2]？余花落处，满地和烟雨。

又是离别，一阕(què)长亭暮。王孙去[3]，萋萋(qī)无数[4]，南北东西路。

①**金谷**：西晋石崇在洛阳建的豪华别墅金谷园。　②**春色**：指逢春而发的草木。
③**王孙**：指出门远游的人。　④**萋萋**：指茂盛的春草。

林逋仅留下三首词，这首词被称为“咏春草绝调”。词中以草喻离愁，上片写烟雨中的废宅、乱草、落花，烘托出凄清荒凉的氛围，更用典故为下片渲染出离别气氛。下片写长亭落日，春草萋萋，构成了一幅悲凉的送别画面，在声声离歌中，行人渐行渐远。此词意境凄婉，感情含蓄深沉。

少年游

杨亿

江南节物[1]，水昏云淡，飞雪满前村。千寻翠岭[2]，一枝芳艳，迢(tiáo)递寄归人[3]。　寿阳妆罢[4]，冰姿玉态，的的写天真[5]。等闲风雨又纷纷，更忍向、笛中闻[6]。

①**节物**：当季之物，此指梅花。　②**千寻**：比喻极高，古以八尺为寻。**翠岭**：指广东与江西交界处的梅岭。　③**迢递**：遥远的样子。　④**寿阳妆罢**：南朝宋武帝之女寿阳公主曾躺在屋檐下，梅花落到额上，变成五出之花而印在额上，于是宫中争相仿效，形成著名的梅花妆。　⑤**的的**：明明白白。**天真**：天然本色。　⑥**笛中闻**：用李白《与史郎中听黄鹤楼上吹笛》"黄鹤楼中吹玉笛，江城五月落梅花"诗意。笛所吹即《梅花落》曲调。

杨亿是"西昆体"的代表作家。此词用典自然贴切，不着痕迹。词中咏梅，却不着一个梅字。起笔借水、云、雪衬托初春梅花的傲然姿态；雪中寻梅，则抒发了无限的悠悠情思。下片化用寿阳公主梅落额头之事，赞美梅花的自然纯真。继又感慨风雨对梅花的无情摧残，寄托了作者的惆怅与感伤。

杨亿（974—1020），字大年，建州浦成（今属福建）人。宋太宗淳化进士，任翰林学士兼史馆修撰。为西昆诗体的代表作家，词藻华丽，内容贫乏。今存《武夷新集》。

凤栖梧

柳永

伫(zhù)倚危楼风细细[①]。望极春愁，黯(àn)黯生天际[②]。草色烟光残照里，无言谁会凭阑(lán)意[③]？

拟把疏狂图一醉[④]。对酒当歌，强乐还无味。衣带渐宽终不悔，为伊消得人憔悴[⑤]。

①**伫倚**：长久地倚立。**危楼**：高楼。 ②**黯黯**：忧愁的样子。**天际**：天边。 ③**会**：懂。 ④**拟**：打算。**疏狂**：狂放散漫。 ⑤**消得**：值得。

这是一首怀人之作。主人公倚楼远望，目之所及均不离愁字。结尾“衣带渐宽终不悔，为伊消得人憔悴”两句，是主人公坚定的爱情表白。此词以健笔写柔情，词境因此得以升华。又因其含有一种锲而不舍的执着精神，被王国维引为“古今成大事、大学问”的一种境界。

柳永（约987—约1053），字耆卿，原名三变，字景庄，崇安(今福建武夷山)人。少年时应试不第，浪迹江湖，出入歌楼妓馆。晚年始中进士，官至屯田员外郎，世称柳屯田。他的词主要反映下层市民的生活和城市繁华的景象。语言通俗，口语化成分较重，因而流传很广。他还是第一个大量创作慢词的词人，对词调的发展也起了较大的作用。有《乐章集》。

柳永

雨霖铃

寒蝉凄切①，对长亭晚②，骤雨初歇③。都门帐饮无绪④，方留恋处，兰舟催发⑤。执手相看泪眼，竟无语凝噎(yē)⑥。念去去、千里烟波⑦，暮霭沉沉楚天阔⑧。　多情自古伤离别，更哪堪冷落清秋节⑨。今宵酒醒何处？杨柳岸、晓风残月。此去经年⑩，应是良辰好景虚设。便纵有千种风情⑪，更与何人说？

①**寒蝉**：秋后的蝉。　②**长亭**：设在大路边供行人歇脚的亭子。　③**骤雨**：急雨。　④**都门**：京城的城门。**帐饮**：在郊外张设帐幕宴饮饯别。**无绪**：没有情绪。　⑤**兰舟**：船的美称。　⑥**凝噎**：喉咙哽塞。　⑦**去去**：一程一程向前走，表示路远。　⑧**霭**：云气。**沉沉**：深厚的样子。**楚天**：指南方天空。春秋时这一带属楚国。　⑨**清秋节**：冷落凄凉的秋天。　⑩**经年**：一年或多年。　⑪**风情**：情意。

这首词是柳永最有名的作品，表现的是传统的送别场面。上片记别，从都门饯行到泪眼相对，逐层描写惜别的场景与情态。下片述怀，设想别后境况。“今宵酒醒何处？杨柳岸、晓风残月”以虚景实写，融情入景，创造出凄清寂寥的意境，因而成为经久不衰的名句。

定风波

柳永

自春来、惨绿愁红，芳心是事可可[①]。日上花梢，莺穿柳带[②]，犹压香衾(qīn)卧。暖酥消[③]，腻云亸(duǒ)[④]，终日厌厌倦梳裹[⑤]。无那(nuó)[⑥]！恨薄情一去[⑦]，音书无个。　早知恁(nèn)么[⑧]，悔当初、不把雕鞍锁[⑨]。向鸡窗、只与蛮笺象管拘束教吟课[⑩]。镇相随[⑪]，莫抛躲[⑫]，针线闲拈伴伊坐。和我，免使年少光阴虚过。

①**是事**：凡事。**可可**：平常。　②**柳带**：柳枝。　③**暖酥消**：胸部消减。　④**腻云**：头发。**亸**：下垂。　⑤**梳裹**：梳妆。　⑥**无那**：无奈。　⑦**薄情**：薄情郎。　⑧**恁么**：如此。　⑨**雕鞍**：指马。　⑩**鸡窗**：书房。**蛮笺象管**：纸笔。蛮笺，蜀地产的纸。象管，象牙做的笔。　⑪**镇**：长。　⑫**抛躲**：分离。

柳永之前，词坛盛行小令，要求含蓄文雅。而柳永创制了大量慢词长曲，有着鲜明的市民文学色彩。柳词只求淋漓尽致地一吐为快，对传统词风进行了俗化。该词以代言体的形式，坦率直露地表达了思妇的闺怨，充分体现了柳词“以俗为美”的特征。

柳永

戚氏

晚秋天，一霎(shà)微雨洒庭轩。槛(jiàn)菊萧疏①，井梧零乱②，惹残烟③。凄然，望江关，飞云黯淡夕阳间。当时宋玉悲感④，向此临水与登山。远道迢(tiáo)递⑤，行人凄楚，倦听陇水潺湲(chányuán)⑥。正蝉鸣败叶，蛩(qióng)响衰草⑦，相应喧喧⑧。　　孤馆度日如年，风露渐变，悄悄至更阑⑨。长天净、绛(jiàng)河清浅⑩，皓月婵(chán)娟⑪。思绵绵。夜永对景⑫，那堪屈指，暗想从前。未名未禄⑬，绮(qǐ)陌红楼⑭，往往经岁迁延⑮。　　帝里风光好⑯，当年少日，暮宴朝欢。况有狂朋怪侣⑰，遇当歌对酒竞留连。别来迅景如梭，旧游似梦，烟水程何限！念利名、憔悴长萦(yíng)绊⑱，追往事、空惨愁颜。漏箭移⑲，稍觉轻寒。听呜咽画角数声残。对闲窗畔，停灯向晓，抱影无眠。

①**槛菊**：栏杆旁的菊花。**萧疏**：萧条凄凉的样子。　②**井梧**：井边梧桐。　③**残烟**：形容梧叶稀疏不浓密。　④**宋玉**：战国时楚国文学家。**悲感**：悲秋之感。宋玉《九辩》有“悲哉秋之为气也”句。　⑤**迢递**：遥远的样子。　⑥**陇水**：用南朝乐府诗《陇头歌辞》“陇头流水，鸣声呜咽”诗意。　⑦**蛩**：蟋蟀。　⑧**喧喧**：声音混杂的样子。⑨**更阑**：夜深。　⑩**绛河**：银河。　⑪**婵娟**：月色明媚。　⑫**永**：长。　⑬**未名未禄**：无名声无禄位。　⑭**绮陌红楼**：指纵情享乐之处。　⑮**迁延**：滞留。　⑯**帝里**：京城。⑰**侣**：朋友。　⑱**萦绊**：拘牵。　⑲**漏箭移**：指夜渐深。漏箭，古代计时器。

戚氏

这是一首三片长调，为柳永所创。词以时间为线索，由暮秋萧瑟晚景起笔，构成凄楚悲秋的画面。次写深夜孤馆难眠，回忆“未名未禄”时的生活，有不堪回首之叹。最后追忆年轻时的欢娱，并与眼前孤旅对照，从而见出名利对自己的束缚与折磨，直至次晨仍抱影无眠。全词虽篇幅较长，但脉络分明，足见作者驾驭慢词的能力。

柳永

夜半乐

冻云黯淡天气[1]，扁(piān)舟一叶[2]，乘兴离江渚(zhǔ)[3]。渡万壑(hè)千岩，越溪深处[4]。怒涛渐息，樵风乍起[5]，更闻商旅相呼。片帆高举，泛画鹢(yì)[6]、翩翩过南浦。

望中酒旆(pèi)闪闪[7]，一簇烟村，数行霜树。残日下、渔人鸣榔归去[8]。败荷零落，衰杨掩映，岸边两两三三，浣纱游女。避行客、含羞笑相语。

到此因念，绣阁轻抛，浪萍难驻[9]。叹后约、丁宁竟何据？惨离怀、空恨岁晚归期阻。凝泪眼、杳杳神京路[10]。断鸿声远长天暮。

①**冻云**：冬天的云。 ②**扁舟**：小船。 ③**江渚**：江边。 ④**越溪**：指西施浣纱的若耶溪，在今浙江绍兴。 ⑤**樵风**：顺风。 ⑥**画鹢**：船。古人常在船头画鹢鸟。 ⑦**酒旆**：酒旗。 ⑧**鸣榔**：用木棒敲击船舷。榔，木棒。 ⑨**浪萍**：浮萍。 ⑩**神京**：指汴梁。

这首长词抒发的仍是羁旅愁怀。先写泛舟江上的景致，冻云、怒涛、片帆等无不暗示着羁旅的艰辛与孤单。次写主人公途经渔村时，在霜树残日、败荷衰杨构成的萧瑟背景下，看见浣纱女的含羞笑语，这无疑引发了主人公对家乡意中人的思念。第三叠直诉心曲，表达了去国怀乡、伤春恨别之情。全词疏密有致，颇具匠心。

望海潮

柳永

东南形胜[①]，三吴都会[②]，钱塘自古繁华[③]。烟柳画桥，风帘翠幕，参差（cēn cī）十万人家[④]。云树绕堤沙。怒涛卷霜雪，天堑（qiàn）无涯[⑤]。市列珠玑（jī）[⑥]，户盈罗绮（qǐ）[⑦]，竞豪奢。　重（chóng）湖叠巘（yǎn）清嘉[⑧]。有三秋桂子[⑨]，十里荷花。羌（qiāng）管弄晴[⑩]，菱歌泛夜[⑪]，嬉嬉钓叟莲娃[⑫]。千骑拥高牙[⑬]。乘醉听箫鼓，吟赏烟霞[⑭]。异日图将好景[⑮]，归去凤池夸[⑯]。

①**形胜**：指山川壮美。　②**三吴**：吴兴郡、吴郡、会稽郡世称三吴。此指江苏南部、浙江北部及东部一带。**都会**：大城市。　③**钱塘**：杭州。　④**参差**：大概。　⑤**天堑**：指钱塘江。　⑥**珠玑**：泛指珍珠宝贝。　⑦**罗绮**：指精美的丝织品。　⑧**重湖**：两个湖。西湖中有白堤，将西湖分为里湖和外湖。**叠巘**：重叠的山峰。**清嘉**：清秀美丽。　⑨**三秋**：九月。**桂子**：桂花。　⑩**羌管**：笛子。**晴**：在晴天吹奏。　⑪**菱歌**：采菱人唱的歌。　⑫**莲娃**：采莲女。　⑬**高牙**：大官出行时的仪仗旗帜。牙，军旗。⑭**烟霞**：指山水美景。　⑮**图将**：画了。　⑯**凤池**：凤凰池，中书省的代称。此指朝廷。

这首词描写宋代城市杭州的繁华景象与美丽的西湖风光。开篇点明杭州地理位置的优势，以“十万人家”暗示杭州的繁盛。进而描写郊外钱江怒涛如雪的恢宏气势，以及市区珠玑罗列的奢华。下片由西湖、桂树和荷花三个典型景象，具体突出杭州的秀美风光，并描写太守与民同乐的场面。结句则希望太守高升，并能提拔自己。全词一反柳词俗艳风格，气象宏伟壮观。

柳永

玉蝴蝶

望处雨收云断，凭阑(lán)悄悄，目送秋光。晚景萧疏[1]，堪动宋玉悲凉[2]。水风轻、蘋(pín)花渐老，月露冷、梧叶飘黄。遣情伤，故人何在？烟水茫茫。　　难忘。文期酒会[3]，几孤风月[4]，屡变星霜[5]。海阔山遥，未知何处是潇湘[6]？念双燕难凭远信，指暮天空识归航[7]。黯相望，断鸿声里[8]，立尽斜阳。

①**萧疏**：萧条凄凉的样子。②**宋玉悲凉**：指悲秋情怀。宋玉《九辩》："悲哉秋之为气也，萧瑟兮草木摇落而变衰。"③**文期酒会**：文人相约聚会，饮酒作文。④**孤**：辜负。**风月**：美好的景色。⑤**变星霜**：指年岁改易。⑥**潇湘**：指朋友所居之地。⑦**航**：船。⑧**断鸿**：失群的孤雁。

该词通过萧疏索漠的秋景抒发对故友的怀念。上片凭栏远眺，蘋花、月露等意象无不透露出萧瑟气息，以此烘托自己的悲秋情怀。由"故人何在"两句过渡到下片，回忆往昔以酒相邀的快乐时光，而今独处天涯，唯断鸿斜阳相伴，今昔对比，更显孤独落寞。

满江红

柳永

暮雨初收，长川静、征帆夜落[1]。临岛屿、蓼(liǎo)烟疏淡[2]，苇风萧索[3]。许渔人横短艇[4]，尽将灯火归村郭[5]。遣行客、当此念回程[6]，伤漂泊。　桐江好，烟漠漠[7]。波似染，山如削。绕严陵滩畔[8]，鹭飞鱼跃。游宦(huàn)区区成底事[9]？平生况有林泉约[10]。归去来、一曲仲宣吟[11]，从军乐[12]。

①**长川**：指桐江，是钱塘江自建德梅城至桐庐一段的别称。**征帆**：远行之船的帆。②**蓼**：水蓼，一种生长在水边的水草。③**萧索**：风吹苇叶的声音。④**横短艇**：指使短艇傍岸。⑤**将**：持。⑥**遣**：使。**当**：对。⑦**烟**：水汽。**漠漠**：密布的样子。⑧**严陵滩**：即严陵濑，是严子陵隐居钓鱼处，在今浙江桐庐桐江边上。⑨**游宦**：外出作官。**底**：甚么。⑩**林泉约**：指隐居之愿。⑪**来**：助词，无义。**仲宣**：东汉文学家王粲字仲宣。⑫**从军乐**：王粲有《从军行》诗，描写军士行役的辛苦和对故乡的怀念。这里为了押韵，改“行”为“乐”。

这首词是柳永宦游至桐江、船泊岸边时写下的，表达了他对仕途的厌倦和对隐居生活的向往。上片写景，以动衬静，烘托出环境的静寂凄清，突出词人“伤漂泊”之情。下片回忆白昼行舟所见之景，表达了怀乡思归之愿。该词脉络分明而又委婉曲折，充满强烈的抒情气氛。

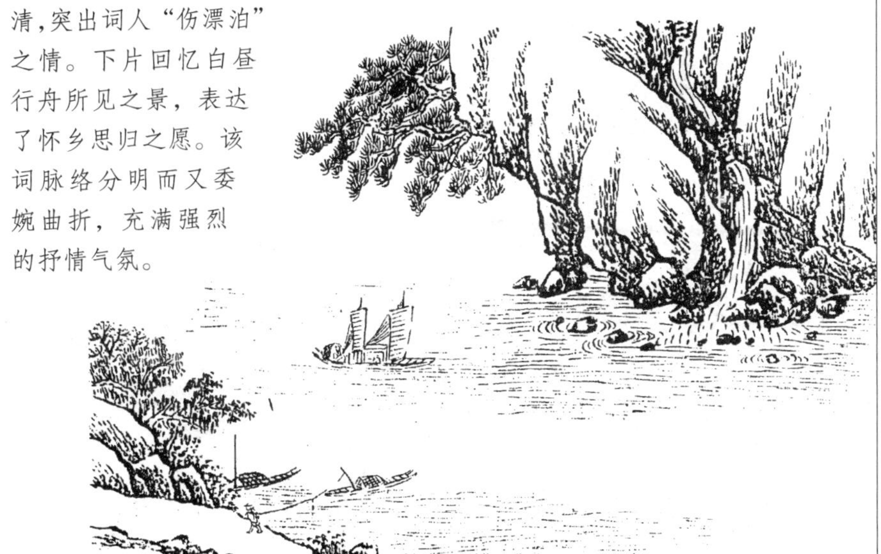

柳永

八声甘州

对潇潇暮雨洒江天[①]，一番洗清秋。渐霜风凄紧，关河冷落[②]，残照当楼。是处红衰翠减[③]，苒苒(rǎn)物华休[④]。惟有长江水，无语东流。

不忍登高临远，望故乡渺邈[⑤]，归思难收。叹年来踪迹，何事苦淹留[⑥]？想佳人妆楼颙(yóng)望[⑦]，误几回天际识归舟。争知我、倚阑(lán)干处[⑧]，正恁凝愁[⑨]。

①**潇潇**：雨势急骤的样子。 ②**关河**：关山河川。 ③**是处**：到处。**红衰翠减**：指花叶凋零。 ④**苒苒**：渐渐。**物华**：美好的景物。 ⑤**渺邈**：遥远。 ⑥**淹留**：滞留。 ⑦**颙望**：凝望。 ⑧**争**：怎么。 ⑨**恁**：如此。

这是一首思乡词。用“望”字统摄全篇，从中抽绎出羁旅飘泊的愁和恨。悲凉的秋景和秋意，引出了浓浓的游子愁绪和思乡情怀，故而望乡思人。而“想佳人妆楼颙望”一句，把千里之外的女子拉至身旁，眺望变成了相望，人未还乡而心已还乡。

竹马子

柳永

登孤垒荒凉，危亭旷望[①]，静临烟渚(zhǔ)[②]。对雌霓(ní)挂雨[③]，雄风拂槛(jiàn)[④]，微收烦暑。渐觉一叶惊秋，残蝉噪晚，素商时序[⑤]。览景想前欢，指神京[⑥]，非雾非烟深处。　向此成追感，新愁易积，故人难聚。凭高尽日凝伫(zhù)，赢得消魂无语[⑦]。极目霁(jì)霭(ǎi)霏(fēi)微[⑧]，暝(míng)鸦零乱，萧索江城暮[⑨]。南楼画角[⑩]，又送残阳去。

①**危**：高。**旷望**：远望。　②**烟渚**：雾气笼罩的江中小岛。　③**雌霓**：虹的一种。色彩鲜艳的为雄，称虹；色彩暗淡的为雌，称霓。　④**雄风**：劲健之风。**槛**：栏杆。　⑤**素商**：秋季。　⑥**神京**：汴梁。　⑦**赢得**：落得。　⑧**霁霭**：晴天的云气。**霏微**：朦胧。　⑨**萧索**：萧条。　⑩**画角**：号角。

柳永除写俗词外，也作有部分雅词，这首词就是他雅词的代表作。词中抒写的是漫游江南时的离情别绪。上片描绘了特定时节（夏秋之际）和特定环境（孤垒遗迹）中的景物，奠定了全词苍凉沉郁的基调。下片着力刻画日暮时的萧索之景，与主人公内心的悲苦之情形成默契呼应，达到景中含情的境界，是柳永长调词中的佳作。

柳永

木兰花慢

拆桐花烂漫[1]，乍疏雨，洗清明。正艳杏烧林，缃(xiāng)桃绣野[2]，芳景如屏[3]。倾城[4]，尽寻胜去[5]，骤雕鞍绀幰(gàn xiǎn)出郊坰(jiōng)[6]。风暖繁弦脆管，万家竞奏新声。　　盈盈[7]，斗草踏青人[8]，艳冶递逢迎。向路旁往往，遗簪堕珥(ěr)[9]，珠翠纵横。欢情，对佳丽地，信金罍(léi)罄(qìng)竭玉山倾[10]。拼却明朝永日，画堂一枕春酲(chéng)[11]。

①**拆**:绽开。　②**缃**:浅黄色。　③**屏**:屏风。　④**倾城**:全城的人都出动。　⑤**胜**:山水美景。　⑥**骤**:驾车马急奔。**雕鞍**:指代马。**绀幰**:黑里透红的车幔,此指代车。绀,黑里透红的颜色。幰,车的帷幔。**郊坰**:郊外。坰,野外。　⑦**盈盈**:指妇女体态轻盈。⑧**斗草**:古代妇女的一种游戏，比赛采摘花草的多少与优劣以定输赢。　⑨**珥**:耳环。⑩**金罍**：一种大酒杯。**玉山**：指人体。　⑪**酲**：醉酒。

这首词描绘了北宋都市中清明时节游春踏青的盛况，从一个侧面再现了北宋社会升平时期的繁荣富庶。词中首先描绘了清明时节城郊的美丽春景，并以此为背景，描述热闹的游春活动，进而着力渲染郊游的欢乐，以市井时髦妇女和歌妓为主要描写对象，为节日增添了浓郁的趣味和亮丽的色泽，给读者展现了一幅北宋都市的风俗画卷。

柳永

鹤冲天

黄金榜上[①]，偶失龙头望[②]。明代暂遗贤[③]，如何向[④]？未遂风云便[⑤]，争不恣狂荡[⑥]？何须论得丧[⑦]。才子词人，自是白衣卿相[⑧]。　烟花巷陌[⑨]，依约丹青屏障[⑩]。幸有意中人，堪寻访。且恁(nèn)偎红依翠[⑪]，风流事、平生畅。青春都一饷(xiǎng)[⑫]。忍把浮名，换了浅斟低唱。

①**黄金榜**：录取进士的皇榜。　②**龙头**：指头名状元。　③**明代**：圣明的时代。　④**如何向**：怎么办。向，助词。　⑤**风云便**：指君臣相得。　⑥**争**：怎。　⑦**得丧**：得失。　⑧**白衣卿相**：没有官职而有卿相才能的人。　⑨**烟花巷陌**：指妓女住的地方。　⑩**依约**：隐约。　⑪**恁**：如此。　⑫**一饷**：片刻。

这是柳永参加进士考试落第后抒发牢骚之作。传说因为这首词的最后两句话，使他在再次应试时被仁宗皇帝除名。此词表现了才子词人柳永不论得失、恣狂放荡的生活态度，也道出了他对科举不中、仕途无名的愤激。词中透露了作者怀才不遇的憾恨和委婉曲折的控诉，感情回环反复，震荡人心。

范仲淹

苏幕遮

碧云天，黄叶地。秋色连波，波上寒烟翠[①]。山映斜阳天接水。芳草无情，更在斜阳外。

黯乡魂，追旅思[②]。夜夜除非，好梦留人睡。明月高楼休独倚。酒入愁肠，化作相思泪。

①**寒烟**：带有寒气的水雾。　②**追**：纠缠。

这首词的内容虽囿于抒写羁旅相思，却意境宏阔，不同于同类题材的作品。上片写景，下片抒情，将境界开阔的秋景与秾丽缠绵的深情相互统一。在芳草天涯、斜阳寒烟的景物描写和独倚高楼、借酒浇愁的动作描写中，表现出身处异乡之人深沉的思乡之痛和悠悠的羁旅漂泊之愁，极为后人称道。

范仲淹（989—1052），字希文，苏州吴县（今江苏苏州）人。宋真宗大中祥符八年（1015）进士，曾任陕西经略安抚招讨副使兼知延州，官至枢密副使、参知政事，卒赠兵部尚书、楚国公，谥文正。其文具有鲜明的政治色彩，亦能诗词。有《范文正公集》，词作传世仅五首。

渔家傲

范仲淹

塞(sài)下秋来风景异[1]，衡阳雁去无留意[2]。四面边声连角起[3]。千嶂(zhàng)里[4]，长烟落日孤城闭。　浊酒一杯家万里，燕(yān)然未勒归无计[5]。羌(qiāng)管悠悠霜满地[6]。人不寐(mèi)，将军白发征夫泪[7]。

①**塞下**：边地，此指西北边疆。　②**“衡阳”句**：指大雁不愿到边地，而南飞衡阳。据说大雁南飞，至衡阳为止。　③**边声**：边地的悲凉之声。**角**：号角。　④**嶂**：像屏风一样的山峰。　⑤**燕然未勒**：意指抗敌大功尚未建立。东汉大将窦宪追击匈奴，在燕然山刻碑纪功。燕然，即今杭爱山。勒，在碑上刻字。　⑥**羌管**：笛子。相传笛子产于羌地。　⑦**征夫**：远行的士兵。

范仲淹曾任陕西经略副使，兼知西夏出入中原的要地延州（今陕西延安），此词可能作于知延州时。这首词与前一首词构思相仿，上片写景，下片抒情，但题材风格迥异。在这首词中，作者着力表现的是边塞的荒凉苦寒、戍卒的艰辛与怅恨，流露出劳师无功的苦闷与惆怅。全词慷慨悲凉，表现了作者抵御外侮、为国立功的豪情壮志。

范仲淹

御街行

纷纷坠叶飘香砌[①]。夜寂静，寒声碎[②]。真珠帘卷玉楼空[③]，天淡银河垂地。年年今夜，月华如练[④]，长是人千里[⑤]。　　愁肠已断无由醉。酒未到，先成泪。残灯明灭枕头敧(qī)[⑥]，谙(ān)尽孤眠滋味[⑦]。都来此事[⑧]，眉间心上，无计相回避[⑨]。

①**香砌**：香的台阶。因阶上有落花，故称。　②**寒声碎**：寒夜里落叶的细碎声。　③**真珠**：珍珠。**玉楼**：女人所住之闺楼。　④**月华**：月光。**练**：白色的绸。　⑤**长是**：常是。　⑥**明灭**：忽明忽暗。**敧**：倾斜。　⑦**谙尽**：尝尽。谙，熟习。　⑧**都来**：算来。　⑨**无计**：无法。

这首词抒写秋夜怀人的愁思。上片从秋夜所闻入手，以叶落之声反衬夜的寂静；后就所见着墨，从月华如练的秋气中显现环境的清空，从而引发秋思离愁。下片逐层深入展现这种情绪，尤其“都来此事”三句，将愁思具象化，颇有情致。李清照的名句“才下眉头，却上心头”即脱胎于此。

一丛花令

张先

伤高怀远几时穷？无物似情浓。离愁正引千丝乱①，更东陌飞絮濛濛。嘶骑渐遥②，征尘不断③，何处认郎踪？　双鸳池沼(zhǎo)水溶溶④，南陌小桡(ráo)通⑤。梯横画阁黄昏后⑥，又还是、斜月帘栊(lóng)⑦。沉恨细思，不如桃杏，犹解嫁东风⑧。

①千丝：谐音“千思”。　**②嘶骑**：嘶鸣的马。　**③征尘**：路上的扬尘。　**④沼**：水池。　**⑤桡**：桨。此指代船。　**⑥画阁**：画楼。　**⑦栊**：有横直格子的窗。　**⑧解**：懂。

这是一首春日恋人之作。别离之后情思浓，加之春日柳丝撩人，值此情景交融，更增无穷愁思。又见鸳鸯戏水，不禁自怜孤单寂寞，而恨自己身世犹不如花。全词描写由远而近，由物及身，并将对往事的追忆与现实环境形成对比，词意蕴藉，情韵悠长。词的末三句当时广为传颂，欧阳修因之称张先为“桃杏嫁春风郎中”。

张先（990—1078），字子野，乌程（今浙江湖州）人。宋仁宗天圣八年（1030）进士，官至尚书都官郎中。其词追求韵味，风格含蓄，多写士大夫生活及男女恋情，与柳永齐名。因《天仙子》词『云破月来花弄影』、《青门引》词『隔墙送过秋千影』、《木兰花》词『无数杨花过无影』三句为人称道，被称为『张三影』。有《张子野词》传世。

张先

天仙子

时为嘉禾小倅(cuì)①，以病眠，不赴府会。

《水调》数声持酒听②，午醉醒来愁未醒。送春春去几时回？临晚镜，伤流景③，往事后期空记省(xǐng)④。　沙上并禽池上暝(míng)⑤，云破月来花弄影。重重帘幕密遮灯，风不定，人初静，明日落红应满径⑥。

①**嘉禾**：今浙江嘉兴。**倅**：副职。时张先任秀州（即嘉禾）判官，判官为知州的属吏。②**《水调》**：唐时流行的一种曲调。　③**流景**：流水般的时光。　④**记省**：记忆。⑤**并禽**：成对的鸟，指鸳鸯。**暝**：日落。　⑥**落红**：落花。

这是一首伤春之作，它不同于少男少女的怀春之情，其中夹杂着作者对自己年老失意的惆怅。词中开门见山地突出“愁”字：因听《水调》而触动愁怀，故借酒浇愁，暗伤生命的流逝。继写鸳鸯双栖，花儿弄影的夜景，以此反衬自己的形影相吊。结句抒写花落春去，更伤年华不再，情韵浓郁。

数声鶗鴂（tí jué）[①]，又报芳菲歇[②]。惜春更把残红折。雨轻风色暴，梅子青时节。永丰柳[③]，无人尽日花飞雪。　莫把幺（yāo）弦拨[④]，怨极弦能说。天不老，情难绝。心似双丝网[⑤]，中有千千结。夜过也，东窗未白凝残月。

①**鶗鴂**：伯劳鸟。　②**芳菲歇**：指百花凋谢。芳菲，百花。　③**永丰柳**：用白居易《杨柳词》“永丰西角荒园里，尽日无人属阿谁”诗意。这里是说，被冷落的人像永丰柳一样。　④**幺弦**：琵琶的第四根弦。　⑤**丝**：谐音“思”。

词调《千秋岁》声情激越，适合抒发抑郁的情怀。此词即是一首感伤春逝、怀念旧人之作。作者从春景入手，配以听觉效果，直抒心中难以抑制的伤感：残花、柳絮已被风雨摧残殆尽。下片追忆住日情事，道出了主人公对爱情至死不渝的心声，其中“天不老，情难绝。心似双丝网，中有千千结”诸句，是广为传诵的名句。

张先

木兰花

乙卯吴兴寒食[①]

龙头舴艋（zé měng）吴儿竞[②]，笋柱秋千游女并[③]。芳洲拾翠暮忘归[④]，秀野踏青来不定[⑤]。　　行云去后遥山暝（míng）[⑥]，已放笙（shēng）歌池院静[⑦]。中庭月色正清明，无数杨花过无影。

①**乙卯**：宋神宗熙宁八年（1075）。**寒食**：寒食节，在清明节前两天。　②**舴艋**：一种小船。　③**笋柱秋千**：竹子做的秋千架。　④**翠**：翠鸟的羽毛。　⑤**踏青**：春天到野外游玩。　⑥**行云**：比喻踏青的妇女。**遥山**：远山。**暝**：昏暗。　⑦**放**：停止。

这首词是作者熙宁八年（1075）85岁高龄时在湘州写下的，描写的是江南寒食风俗。上片着笔于白昼的动景：赛龙舟、荡秋千等场面，又有拾翠、踏青等郊游镜头，构成了一幅全景的寒食春游图。下片写静谧的夜景，反衬白天游乐的繁盛，并透出作者澄澈淡泊的心境。全词动静结合，风景风俗相映，耐人回味。

舟中闻双琵琶

野绿连空，天青垂水，素色溶漾(yàng)都净①。柳径无人，堕絮飞无影。汀(tīng)洲日落人归②，修巾薄袂(mèi)③，撷(xié)香拾翠相竞④。如解凌波⑤，泊烟渚(zhǔ)春暝(míng)⑥。

彩绦(tāo)朱索新整⑦。宿绣屏、画船风定。金凤响双槽⑧，弹出今古幽思谁省(xǐng)⑨。玉盘大小乱珠迸⑩。酒上妆面，花艳眉相并。重听。尽汉妃一曲⑪，江空月静。

①**素色**：指白茫茫的江水。**溶漾**：水波荡漾的样子。 ②**汀洲**：水边平地。 ③**修巾**：长长的带子。**袂**：衣袖。 ④**撷香拾翠**：采香草，拾鸟羽。撷，采。 ⑤**解**：能。**凌波**：踏水而行。 ⑥**烟渚**：烟水迷蒙的江边平地。 ⑦**彩绦朱索**：指女子身上漂亮的衣带。 ⑧**金凤**：指琵琶。**槽**：琵琶上架弦的格子。 ⑨**省**：懂。 ⑩**“玉盘”句**：形容琵琶的旋律跌宕起伏。 ⑪**汉妃一曲**：指王昭君所弹《昭君怨》曲。汉妃，汉元帝时宫女王昭君。

这首词用慢词的形式和铺叙的手法，栩栩如生地描绘了春天郊外的夜景、柳絮纷飞的江边洲渚，以及画面中的美丽动人的女子。词中“柳径无人，堕絮飞无影”是张先平生最得意的句子之一。

画堂春

张先

外湖莲子长参差(cēn cī)[1]，霁(jì)山青处鸥飞[2]。水天溶漾(yàng)画桡(ráo)迟[3]，人影鉴中移[4]。　　桃叶浅声双唱[5]，杏红深色轻衣。小荷障面避斜晖(huī)，分得翠阴归。

①**参差**：长短不齐的样子。　②**霁山**：雨后的山。　③**溶漾**：水波荡漾的样子。**画桡**：指画船。**迟**：行驶缓慢。　④**鉴**：镜。此指如镜的湖面。　⑤**桃叶**：指《桃叶歌》。东晋王献之有爱妾桃叶，王献之为作《桃叶歌》。

这首词描写作者悠闲地泛舟湖中，人景交融的景致。词中首先描绘了荷花参差、青山野鸥、碧水游舟的如画景致。在湖光山色、落日斜晖中引出轻歌曼唱、杏红轻衣的美丽歌女。全词清新秀美、高雅脱俗，体现了词人对美的深切感悟。

青门引

张先

乍暖还轻冷，风雨晚来方定。庭轩寂寞近清明[①]，残花中(zhòng)酒[②]，又是去年病。　楼头画角风吹醒[③]，入夜重(chóng)门静。那堪更被明月，隔墙送过秋千影。

①**庭轩**：庭院。**清明**：清明节。　②**中酒**：喝酒过量。　③**画角**：号角。

这首词开篇状写了忽暖忽冷、风雨连绵的春天气候。“庭轩寂寞”透露出作者在这种环境下的苦闷心情，暗示着词人回首往事的沧桑之感。继而描写夜幕降临之际，词人借酒浇愁愁更愁的沉重心情。“那堪”两句，更把这种抑郁的情愫渲染到了极致。而作者是否与秋千有关，只待读者勘破。通篇透露着词人对环境敏锐尖新的感觉。

浣溪沙

晏殊

一曲新词酒一杯，去年天气旧亭台，夕阳西下几时回？　　无可奈何花落去，似曾相识燕归来，小园香径独徘徊①。

①**香径**：花园里的小路。**徘徊**：在一个地方来回地走。

词人在经年不变的阳春景象和旧时亭台中，独自小酌，感慨物是人非，怀旧之情油然而生。旧地重游，往事如烟，渗透着作者既眷恋又惆怅，似深婉又恬淡的人生感触。“无可奈何花落去，似曾相识燕归来”两句，含有时光飞逝、人生易老的人生哲理。此词境界高绝，更兼理趣深远，是晏殊词的代表作品，最为脍炙人口。

晏殊（991—1055），字同叔，抚州临川（今江西抚州）人。少年时，以神童召试，赐同进士出身。宋仁宗时，官至同中书门下平章事（宰相）兼枢密使，卒谥元献。

他是北宋初期的著名词人，词风温润工丽，反映富贵闲人的生活情趣，受南唐冯延巳的影响较深。其词与欧阳修齐名，并称『晏欧』。有《珠玉词》传世。

晏殊

浣溪沙

一向年光有限身[1]，等闲离别易消魂[2]，酒筵歌席莫辞频。

满目山河空念远，落花风雨更伤春，不如怜取眼前人[3]。

①**一向**：片刻。**年光**：时光。 ②**等闲**：平常。 ③**眼前人**：席上的歌女。

这首词从“酒筵歌席”出发，阐发了时光有限，人生有恨，应当及时行乐的主旨。人生短暂却还要经常分别，实在令人心碎，只好在酒席歌舞中排遣这份伤悲。而登高怀远，不仅徒劳反会增加感伤，无奈之中只能寄情于眼前人。词虽小令，却寄寓了词人对人生的深刻思索。

晏殊

蝶恋花

槛(jiàn)菊愁烟兰泣露①。罗幕轻寒②，燕子双飞去。明月不谙(ān)离恨苦③，斜光到晓穿朱户④。　　昨夜西风凋碧树。独上高楼，望尽天涯路。欲寄彩笺(jiān)兼尺素⑤，山长水阔知何处？

①**槛**：栏杆。　②**罗幕**：丝织帷幕。　③**谙**：熟悉。　④**朱户**：红色的门。　⑤**彩笺**：彩色的纸，写信所用。**尺素**：书信。古人写信多用一尺长的素绢，因以尺素代指书信。

这首词写的是女子在深秋时节的离愁别恨，为读者描绘了一幅女子在寒秋中望眼欲穿、极目天涯的相思图，情致深婉，境界阔远。词中写秋意但不凄苦，抒愁情而不哀怨，特别是“昨夜西风凋碧树。独上高楼，望尽天涯路”三句，气象阔大，含义深沉，是词中警句。清末著名学者王国维在《人间词话》中曾借用此语，比喻古今成大事业、大学问者所经过的第一个境界。(“衣带渐宽终不悔，为伊消得人憔悴”为第二个境界，“众里寻他千百度。蓦然回首，那人却在灯火阑珊处”为第三个境界。)

晏殊

清平乐

红笺(jiān)小字[①]，说尽平生意。鸿雁在云鱼在水[②]，惆怅此情难寄。

斜阳独倚西楼，遥山恰对帘钩。人面不知何处，绿波依旧东流。

①红笺：红纸。　**②“鸿雁在云”句**：据说鸿雁和鱼都可代人传信。这句话是说无法使鸿雁与鱼为他送信。

此词抒发了思念伊人却此情难通的惆怅。密布小字的书信，含有无限情意，但鱼雁无情，锦书难托。倚楼望远，却只见夕阳西下，绿水东流，主人公的愁苦之情也随之浮现。

晏殊

清平乐

金风细细[①]，叶叶梧桐坠。绿酒初尝人易醉，一枕小窗浓睡。

紫薇朱槿(jǐn)花残[②]，斜阳却照阑(lán)干[③]。双燕欲归时节，银屏昨夜微寒。

①**金风**：秋风。西方属金，故称。　②**紫薇**：也称“百日红”，夏季开花。**朱槿**：开红花的木槿。　③**却照**：正照。**阑干**：即“栏杆”。

这首小词虽闲适淡雅，却又一如晏殊的宰相身份，显得雍容华贵。词人在梧桐叶坠、秋风送爽的时节，酒醉以后独自浓睡，次日傍晚醒来，仍觉神情慵懒。从朱槿花残、夕阳西坠、燕子南飞等景象的描绘中，读者可以感受到词中所透露出来的淡淡的秋愁，凄凉淡漠之情流于言外。

时光只解催人老[1]，不信多情。长恨离亭，滴泪春衫酒易醒。
梧桐昨夜西风急，淡月胧明[2]。好梦频惊，何处高楼雁一声？

①**解**：知道。　②**胧明**：月光明亮。

晏殊

采桑子

这首仅四十四字的小词，传达了词人深沉婉致的人生感慨。时光飞逝令人惊心动魄，但人们对此却又无可奈何。有情人本该聚首，却又长相离别，欲忘情偏多情，只好泪滴春衫。梦中刚现欣喜之事，又因西风凄紧，天际雁唳而惊醒，直叫人心酸。

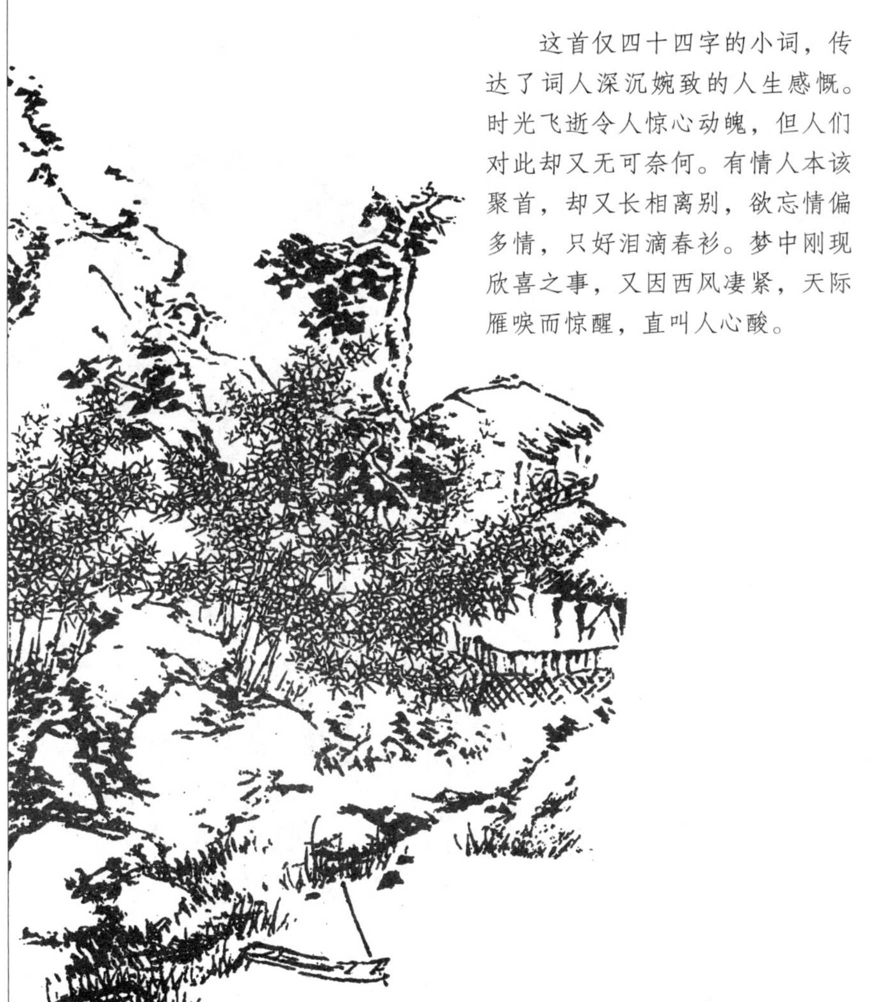

晏殊

诉衷情

青梅煮酒斗时新[1]，天气欲残春[2]。东城南陌花下，逢着意中人。　回绣袂（mèi），展香茵（yīn），叙情亲。此时拚作[3]，千尺游丝，惹住朝云[4]。

①斗：趁。**时新**：指应时物品。**②欲**：将。　**③拚作**：甘愿。　**④朝云**：指意中人。

该词抒写的是主人公与女友相会，但愿长相厮守，最终却又分离的无奈之情。在春末夏初之时，主人公在东城南陌上喜遇意中人，情人相聚，分外欢欣。但好景不长，女子即如朝云一般飘去，纵使化作游丝也牵系不住，叫人如何不失意？千言万语尽在不言之中。

晏殊

踏莎行

细草愁烟，幽花怯露，凭栏总是销魂处[①]。日高深院静无人，时时海燕双飞去。　　带缓罗衣，香残蕙炷[②]，天长不禁迢迢路[③]。垂杨只解惹春风[④]，何曾系得行人住？

①**销魂**：指悲愁哀苦。　②**蕙炷**：香的美称。蕙，一种香草。　③**迢迢**：遥远的样子。　④**解**：知道。**惹**：招引。

这首词凄婉温润，在叹惋华年流逝的同时，流露出追念往昔的深挚幽微之情。通过草愁、花怯的拟人化描写，抒发了词人凭栏销魂的伤春情致。海燕双飞，更是留下寂寞失落的无限情思。而多情的柳丝亦只知招引春风，从未系住一个过往行人。往事虽好，却难以挽回。隐然之间，词的境界已上升到感悟人生的层面上。

踏莎行

祖席离歌[1]，长亭别宴[2]，香尘已隔犹回面。居人匹马映林嘶[3]，行人去棹(zhào)依波转[4]。 画阁魂销，高楼目断，斜阳只送平波远。无穷无尽是离愁，天涯地角寻思遍[5]。

①**祖席**：饯行的酒席。祖，古人出行时祭祀路神。 ②**长亭**：设在大路边供行人歇脚的亭子，古人常在此送行。 ③**映林**：隔林。 ④**去棹**：离去的船。 ⑤**寻思**：思念。

这首词抒写依依送别之情，深情眷眷，有如江淹《别赋》。长亭饯别，行者依依而去，花落如尘。送者勒马林中，去者引舟徜徉，不忍分别。去者已去，送者登楼眺远，望穿秋水，而眼前只是斜阳脉脉水悠悠的景致，心中更是涌上了无穷无尽的离愁别绪，令人销魂。

踏莎行

晏殊

小径红稀[①]，芳郊绿遍[②]，高台树色阴阴见[③]。春风不解禁杨花[④]，濛濛乱扑行人面。　　翠叶藏莺，珠帘隔燕，炉香静逐游丝转。一场愁梦酒醒时，斜阳却照深深院。

①红稀：花少。　**②绿遍**：指草多。　**③阴阴**：暗暗。**见**：同“现”，显露。**④解**：知道。

这是一首描绘暮春之景、抒发伤春之感的小词。上片由近而远、从低到高描绘了郊外的春光，杨花乱舞，红稀绿遍，春天即将逝去。接着又由外而内，由远及近地将视线转到户内，日落时分，主人公酒醉梦境，伤春愁思更难排遣。

晏殊

破阵子

燕子来时新社[①]，梨花落后清明[②]。池上碧苔三四点，叶底黄鹂一两声[③]，日长飞絮轻[④]。　　巧笑东邻女伴[⑤]，采桑径里逢迎。疑怪昨宵春梦好，原是今朝斗草赢[⑥]，笑从双脸生。

①**新社**：指春社，在春分前后，是祭祀土神的日子。　②**清明**：清明节。　③**叶底**：树叶里。　④**飞絮**：飘扬的柳絮。　⑤**巧笑**：美好的笑容。　⑥**斗草**：古代妇女的一种游戏，比赛采摘花草的多少与优劣以定输赢。

词人落笔就将视线锁定了燕子和梨花，一动一静，一黑一白，构成了活泼可爱的春景图。在青苔碧绿、黄鹂欢叫、柳絮飞舞的鲜明画面中，引出了下片中的美丽少女，进而描写她们斗草相戏及其喜悦心情，显得清纯自然。这首词词风质朴，情调欢快，在晏殊词中别具一格。

玉楼春

晏殊

绿杨芳草长亭路，年少抛人容易去①。楼头残梦五更钟，花底离愁三月雨。　无情不似多情苦②，一寸还成千万缕。天涯地角有穷时③，只有相思无尽处。

①年少：年轻人。　**②不似**：不如。　**③穷**：尽。

这首词运用白描手法，细致地反映了思妇难以言传的相思之情。年轻的情人别已而去，女主人公孤身一人，辗转反侧，难以入睡，体会到多情之苦，更感受到多情反会受到精神折磨，感情真切含蓄。

宋祁

玉楼春

春景

东城渐觉风光好，縠绉(hú zhòu)波纹迎客棹(zhào)[1]。绿杨烟外晓云轻，红杏枝头春意闹。浮生长恨欢娱少[2]，肯爱千金轻一笑[3]。为君持酒劝斜阳，且向花间留晚照。

①**縠绉**：绉纱的皱纹。这里形容水的波纹。**棹**：船桨，此指代船。②**浮生**：飘浮不定的人生。③**爱**：吝啬。

这是作者在酒宴上写给歌女供演唱的词。词中描写了春光明媚时节人们的游春活动，并表露了词人希望时光常驻的心愿。“东城渐觉风光好”总摄上片，捕捉住碧波、绿杨、红杏等意象，具体状写明丽的春光。因词人感触人生流逝，欢娱渐少，故而道出了应当及时行乐的心声。“红杏枝头春意闹”这一名句使此词成为千古名作，作者也因此得了一个“红杏尚书”的雅号。

宋祁（998—1061），字子京，安陆（今属湖北）人。宋仁宗天圣二年（1024）进士，官翰林学士、工部尚书，拜翰林学士承旨（首席学士），曾与欧阳修同撰《新唐书》。卒谥景文。他的诗词语言工丽，描写生动。有《宋景文集》，词仅存数首。

宋祁

蝶恋花

情景

绣幕茫茫罗帐卷。春睡腾腾[1]，困入娇波慢[2]。隐隐枕痕留玉脸，腻云斜溜钗头燕[3]。　远梦无端欢又散。泪落胭脂，界破蜂黄浅[4]。整了翠鬟(huán)匀了面[5]，芳心一寸情何限。

①**腾腾**：睡眼朦胧的样子。　②**娇波**：指妩媚的眼睛。　③**腻云**：乌黑润泽的头发。
④**蜂黄**：一种涂在脸上的化妆品。　⑤**翠鬟**：对女子头发的美称。

这首词写的是少妇春睡醒来的娇慵神情以及对梦境中的片时聚散的回忆。春睡娇懒，玉脸枕痕，发散钗落，活托出一个无聊散漫的少妇形象。她梦行千里，瞬间重温了往日的欢情，但又旧欢新别，醒后仍是独自伤心。泪湿胭脂，真情无限，言有尽而意无穷。

欧阳修

采桑子

轻舟短棹(zhào)西湖好①，绿水逶迤(wēi yí)②。芳草长堤，隐隐笙(shēng)歌处处随③。 无风水面琉璃滑，不觉船移。微动涟漪(lián yī)④，惊起沙禽掠岸飞⑤。

①**轻舟**：轻快的小船。**棹**：船桨。**西湖**：指颍州西湖，在今安徽阜阳。 ②**逶迤**：连绵不断的样子。 ③**笙歌**：演唱奏乐。 ④**涟漪**：波纹。 ⑤**沙禽**：沙滩上的水鸟。

欧阳修晚年辞官，曾在颍州（今安徽阜阳）宅第隐居两年（1071—1072）。其间写有《采桑子》组词十首，歌咏颍州西湖的美景，寄托自己的情怀。这首词是其中的第一首，具有统领这组词的意义。词中写西湖春天的景象：草芳水绿，风静波平，短棹轻舟间，更有笙歌相随，沙禽掠岸，简直是人间天堂。作者那种脱离官场后的闲适与兴奋之情溢于言表。

欧阳修（1007—1072），字永叔，号醉翁，晚年又号六一居士，吉州吉水（今属江西）人。宋仁宗天圣八年（1030）进士，官至翰林学士、枢密副使、参知政事，卒谥文忠。他是北宋文学革新运动的领导人，为『唐宋八大家』之一。他的主要成就在散文、诗歌上。其词多写艳情，风格婉丽，受冯延巳的影响较深。有《六一词》传世。

欧阳修

采桑子

群芳过后西湖好[①]，狼藉残红[②]。飞絮濛濛[③]，垂柳阑(lán)干尽日风[④]。　笙(shēng)歌散尽游人去，始觉春空。垂下帘栊(lóng)[⑤]，双燕归来细雨中。

①**群芳**：百花。　②**狼藉**：散乱的样子。**残红**：落花。　③**濛濛**：多而杂乱的样子。　④**阑干**：纵横散乱的样子。　⑤**帘栊**：窗帘。

这首词是《采桑子》组词中的第四首，描写西湖暮春之景。古人歌咏暮春景象，大多凄凉伤感，欧阳修却以赞美的口吻写出了群芳过后西湖所具有的空寂静谧之美，从而显示出作者独具慧眼的审美视角。

送刘原甫出守维扬[1]

平山栏槛(jiàn)倚晴空[2]，山色有无中。手种堂前垂柳，别来几度春风。

文章太守[3]，挥毫万字，一饮千钟。行乐直须年少[4]，尊前看取衰翁[5]。

①**刘原甫**：刘敞，字原甫。**维扬**：今江苏扬州。 ②**平山**：平山堂，在扬州。**栏槛**：栏杆。 ③**文章太守**：指刘敞。 ④**直须**：应当。 ⑤**尊前**：酒席前。**衰翁**：作者自指。

这首词约写于宋仁宗嘉祐元年（1056），欧阳修的好友刘敞（字原甫）离开东京，出守扬州，作者赋此词为他送行。全篇语言平易，却处处显出豪迈、旷达的气度。后人评欧词"疏隽开子瞻"，意思是说，欧阳修词中的旷达之风对苏轼词的豪放风格产生过一定的影响，从此词可略见一斑。

踏莎行

欧阳修

候馆梅残①，溪桥柳细，草薰(xūn)风暖摇征辔(pèi)②。离愁渐远渐无穷，迢迢(tiáo)不断如春水③。　寸寸柔肠，盈盈粉泪④，楼高莫近危栏倚⑤。平芜(wú)尽处是春山⑥，行人更在春山外。

①**候馆**：旅馆。　②**薰**：香。**征辔**：行进中的马。征，行。辔，马缰绳，代指马。③**迢迢**：遥远的样子。　④**盈盈**：泪水充满的样子。　⑤**危栏**：高楼上的栏杆。⑥**平芜**：平坦的草地。

此词写游子与思妇的两地相思之情。远方男子的绵绵离愁，家中妇人的深深别恨，这些抽象的情感被作者用迢迢春水和漫漫春山衬出，顿时变得具体形象，而且意境深远，令人回味无穷。全词借景抒情，情景交融，特别是“春水”“春山”两句是借景写愁的名句，为后代文人所激赏。

欧阳修

生查子

去年元夜时[①]，花市灯如昼[②]。月上柳梢头，人约黄昏后。
今年元夜时，月与灯依旧。不见去年人，泪湿春衫袖。

①元夜：即元夕。 **②花市**：卖花之市。

此词借写元宵灯会追怀美好的爱情。作品用民歌中惯用的复迭手法，巧妙地将场景设置在同样的时间和景物中，以突出物是人非的巨大反差和情何以堪的心理感受，从而写出了月下人的真挚情感。其中“月上柳梢头，人约黄昏后”是广为后人传诵的名句。

欧阳修

玉楼春

尊前拟把归期说[①]，未语春容先惨咽(yè)。人生自是有情痴，此恨不关风与月。　　离歌且莫翻新阕(què)[②]，一曲能教肠寸结。直须看尽洛城花[③]，始共春风容易别。

①**尊**：指酒宴。　②**离歌**：离别之歌。**翻**：改编。**新阕**：新的乐曲。　③**直须**：应当。**洛城花**：指牡丹。洛城即今河南洛阳，宋代以牡丹闻名天下。

宋仁宗景祐三年（1036），欧阳修在洛阳任职期满，离别之际，写有多首《玉楼春》词送给洛阳旧友。此为其中之一，可能是留别一位红粉知己的。面对黯然销魂的离别哀愁，主人公力图以名满天下的“洛城花”这一乐景来冲淡它，但毕竟花有尽时，人也将别。旷达中几许无奈，豪放中深寓感慨。词人内心情感的冲突跃然纸上。

欧阳修

浪淘沙

把酒祝东风，且共从容[①]。垂杨紫陌洛城东[②]。总是当时携手处，游遍芳丛[③]。　　聚散苦匆匆，此恨无穷。今年花胜去年红。可惜明年花更好，知与谁同？

①**从容**：舒缓的样子。　②**紫陌**：京城郊外的道路。**洛城**：洛阳城。　③**芳丛**：花丛。

欧阳修离开洛阳后，经常忆起志同道合的洛阳旧友，此词即为怀旧伤今之作。全词以赏花为线索，时间上观照过去、现在和未来，空间上由聚到分，情感上由喜到悲到迷茫。一层深似一层，让人回味无穷。

蝶恋花

庭院深深深几许？杨柳堆烟，帘幕无重数。玉勒雕鞍游冶（yě）处①，楼高不见章台路②。　雨横风狂三月暮。门掩黄昏，无计留春住。泪眼问花花不语，乱红飞过秋千去③。

①**玉勒雕鞍**：装饰豪华的马。勒，马笼头。此处指的是骑马人，即女子所思念的男人。**游冶处**：游玩娱乐的地方，此指歌楼妓馆。　②**章台**：妓院聚集的地方，此指妓女的住处。　③**乱红**：零乱的落花。

这是一首非常著名的闺怨词。词中形象地勾勒出一个深闺思妇百无聊赖的愁苦心情。尤其是起句叠用三个“深”字，成功地渲染了庭院深邃、冷清孤寂的情感意境。末句以花喻人，形象贴切，语浅意深，受到了人们的普遍好评。

欧阳修

阮郎归

南园春半踏青时[①]，风和闻马嘶。青梅如豆柳如眉，日长蝴蝶飞[②]。　花露重，草烟低[③]，人家帘幕垂。秋千慵(yōng)困解罗衣[④]，画堂双燕归[⑤]。

①**踏青**：春天到野外游玩。　②**日长**：指白昼长。　③**草烟**：草上的雾气。　④**慵**：懒。　⑤**画堂**：彩绘的堂屋。

这首词描写一个女子春天踏青时的情感。风和日丽，人欢马嘶，青梅如豆，柳叶如眉，蝴蝶双飞，这本是欢快的春景，但这恰恰触动了主人公的敏感心绪。再加上回家时又正好看见燕子双双归来，真是情何以堪。作者用反衬的手法将一个独自游春的女子的细腻情感写得委婉精致，非常生动。

凤箫吟

韩缜

锁离愁，连绵无际，来时陌上初熏[1]。绣帏(wéi)人念远[2]，暗垂珠露[3]，泣送征轮[4]。长行长在眼，更重重远水孤云。但望极、楼高尽日，目断王孙[5]。　消魂。池塘从别后，曾行处、绿妒轻裙[6]。恁(nèn)时携素手[7]，乱花飞絮里，缓步香茵(yīn)[8]。朱颜空自改，向年年、芳意长新[9]。遍绿野嬉游醉眼[10]，莫负青春。

①**陌**：路。**熏**：指草香熏人。　②**绣帏人**：指女子。　③**珠露**：比喻眼泪。　④**征轮**：远行人乘的车子。　⑤**王孙**：指远行之人。　⑥**绿**：绿草。　⑦**恁时**：那时。　⑧**香茵**：指草地。　⑨**芳意**：指芳草。　⑩**嬉游醉眼**：指任情宴游。

这首词写闺中思妇伤离恨别和远行游子睹草思人的情怀。作者糅合前人咏春草的手法和意境，又独出新意，以草写人，以人写草，人即草，草即人，人草浑融，创造出了虚实相间、优美深邃的意境，使之成为公认的以春草咏离愁的典范作品。

韩缜（zhěn）（1019—1097），字玉汝，开封府雍丘（今河南杞县）人。宋仁宗庆历二年（1042）进士，官至尚书右仆射兼中书侍郎，以太子太保致仕。卒谥庄敏。今存词一首。

桂枝香

王安石

登临送目[1]，正故国晚秋[2]，天气初肃[3]。千里澄江似练[4]，翠峰如簇。征帆去棹(zhào)残阳里[5]，背西风、酒旗斜矗[6]。彩舟云淡，星河鹭起[7]，画图难足。　　念往昔、繁华竞逐。叹门外楼头[8]，悲恨相续[9]。千古凭高，对此漫嗟(jiē)荣辱[10]。六朝旧事随流水[11]，但寒烟衰草凝绿[12]。至今商女[13]，时时犹唱，《后庭》遗曲[14]。

①**送目**：远望。　②**故国**：旧都。国，都城。　③**肃**：高爽。　④**澄江**：清澈的江水。**练**：白绸子。　⑤**征帆去棹**：指来来往往的船只。　⑥**酒旗**：酒店悬挂在店外以招徕顾客的布招帘。　⑦**星河**：天河。这里比喻长江。　⑧**门外**：指朱雀门外。公元589年，隋军攻入金陵朱雀门，俘虏陈后主，灭掉了陈朝。**楼头**：指陈后主的宠妃张丽华居住的结绮楼。陈亡后，张丽华为隋军所杀。　⑨**悲恨相续**：亡国的悲哀接连不断。指在金陵建都的各个王朝相继覆灭。⑩**漫嗟**：空叹。　⑪**六朝**：指吴、东晋、宋、齐、梁、陈六个朝代，它们都建都金陵。　⑫**但**：只有。　⑬**商女**：歌女。⑭**《后庭》**：即陈后主所作的艳曲《玉树后庭花》，后人将它当作亡国之音。

王安石（1021—1086），字介甫，号半山，抚州临川（今江西抚州）人。宋仁宗庆历二年（1042）进士，两度为相。执政期间推行新法，革新政治，但最后没有成功。封荆国公，世称王荆公，卒谥文。他的散文成就很高，为『唐宋八大家』之一。其诗遒劲清新，精美工丽。词作不多，但风格高峻。有《临川集》。

王安石

桂枝香

这是一首怀古词。词人登高望远，古都金陵的晚秋景色尽收眼底。可作者并无心观赏美景，而是想到了曾在此地上演过的一幕幕盛衰往事，不禁感慨万千。结尾“至今”三句，点出了讽今的主题，显示出了一个政治家的远见卓识。

王安石

浪淘沙令

伊吕两衰翁[①]，历遍穷通[②]，一为钓叟一耕佣。若使当时身不遇[③]，老了英雄。　　汤武偶相逢，风虎云龙[④]，兴王(wàng)只在笑谈中[⑤]。直至如今千载后，谁与争功！

①**伊吕**：商朝的开国功臣伊尹和周朝的开国功臣吕尚（姜子牙）。伊尹辅佐商汤灭了夏桀，吕尚辅佐周武王灭了商纣。　②**穷通**：指仕途上的不顺与通达。伊尹在得到商汤重用前，曾替人耕田；吕尚在遇到周文王前，卖过猪肉，钓过鱼。　③**若使**：假如。二词同义。　④**风虎云龙**：风啸必有虎，云起定有龙。比喻圣明之君的出现必使国家昌盛。　⑤**兴王**：指振兴王业，建立国家。

这是一首咏史词。作为一代改革家的王安石，要想实现自己的远大抱负，首先必须得到英明君主的支持。本词即借伊尹、吕尚遇合商汤、周武而建立不朽功业的故事抒写自己的志向和希冀，鉴古论今的意向非常明显。

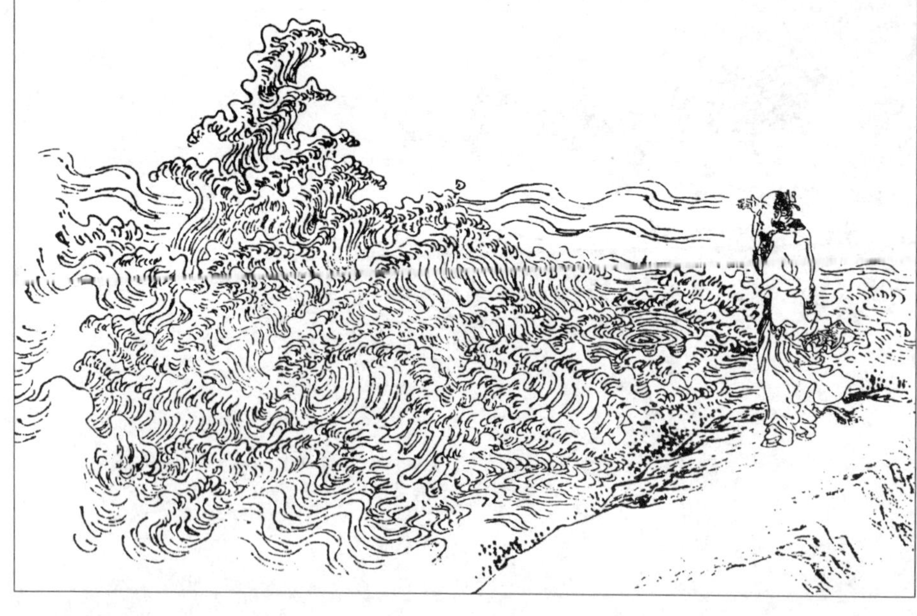

王安国

清平乐

春晚

留春不住，费尽莺儿语。满地残红宫锦污[1]，昨夜南园风雨[2]。　　小怜初上琵琶[3]，晓来思绕天涯。不肯画堂朱户[4]，春风自在杨花。

王安国（1028—1074），字平甫，王安石之弟。进士及第，宋神宗熙宁初为西京国子教授，官终秘阁校理。今存词三首。

①**残红**：落花。**宫锦**：宫中的锦缎，比喻落花。②**南园**：指花园。③**小怜**：北齐后主高纬宠姬冯淑妃的名字，她善弹琵琶。此代指歌女。**上琵琶**：上琵琶的弦。④**画堂朱户**：指富贵人家。

王安国为王安石之弟，为人耿直。初不肯借兄长之势取高官，后不愿附新贵而被免职，一生不得志。此词托物言志，通过莺儿留春之举抒发美人迟暮、年华虚度的悲伤；又以杨花飞舞，不入权贵人家寄托自己的高洁人格。构思巧妙，寄托深远。

张舜民

卖花声

题岳阳楼[①]

木叶下君山[②]，空水漫漫[③]。十分斟酒敛芳颜[④]。不是渭城西去客，休唱《阳关》[⑤]。

醉袖抚危栏[⑥]，天淡云闲。何人此路得生还？回首夕阳红尽处，不是长安[⑦]。

①**岳阳楼**：在今湖南岳阳。 ②**木叶**：树叶。**君山**：在洞庭湖中，正对岳阳楼。 ③**漫漫**：无边无际的样子。 ④**十分**：指酒斟得很满。**芳颜**：指斟酒人的容颜。斟酒人当是歌妓。 ⑤**“不是渭城”二句**：用唐朝诗人王维《送元二使安西》诗“渭城朝雨浥轻尘，客舍青青柳色新。劝君更尽一杯酒，西出阳关无故人”诗意。这是一首送别诗，后谱入乐府，名为《阳关曲》。 ⑥**危栏**：高楼上的栏杆。 ⑦**长安**：这里代指宋都汴京。

宋神宗元丰六年（1083），张舜民因直言被贬郴（chēn）州，途经岳阳，登楼感怀，填有两首《卖花声》词，这是其中一首。站在“迁客骚人，多会于此”（范仲淹《岳阳楼记》）的岳阳楼上，一时间，漫漫往事，古今盛衰，迁谪之恨，故都之思，全都涌上心头。所以这首词情辞恳切沉痛，让人感到有一股郁勃之气和震撼人心的力量。

张舜民（约1034—约1100），字芸叟，号浮休居士，邠州（治今陕西彬县）人。宋英宗治平二年（1065）进士。历官监察御史、吏部侍郎，以龙图阁待制知同州。因元祐党䄙，贬商州而卒。有《画墁集》传世。今存词四首。

李之仪（约 1035—1117），字端叔，号姑溪居士，沧州无棣（今属山东）人。宋神宗熙宁三年（1070）进士，曾为枢密院编修官。有《姑溪居士文集》。

李之仪

卜算子

我住长江头[1]，君住长江尾[2]。日日思君不见君，共饮长江水。　此水几时休[3]，此恨何时已。只愿君心似我心，不负相思意[4]。

①长江头：指长江上游今四川省、重庆市一带。　**②长江尾**：指长江下游今江苏省一带。　**③休**：停止。　**④“不负”句**：此句的开头原有“定”字，不合词牌格式，且不便吟诵，今删。

这首词用女子的口吻，借长江之水设喻，抒发两地相思之情，情感细腻，比喻贴切。作者用民歌体的回环复叠形式，反复咏唱，语言通俗，情韵悠长，是古代相思词中的名篇。

苏轼

水龙吟

次韵章质夫杨花词①

似花还似非花，也无人惜从教坠②。抛家傍路，思量却是，无情有思③。萦(yíng)损柔肠④，困酣娇眼⑤，欲开还闭。梦随风万里，寻郎去处，又还被、莺呼起⑥。　不恨此花飞尽，恨西园、落红难缀⑦。晓来雨过，遗踪何在⑧？一池萍碎⑨。春色三分，二分尘土，一分流水。细看来，不是杨花，点点是离人泪。

①**次韵**：按别人诗词的韵脚作诗词。**章质夫**：作者友人。　②**从教**：任凭。　③**思**：意。　④**萦**：绕。　⑤**困酣**：困极。　⑥**莺呼起**：用唐人金昌绪《春怨》“打起黄莺儿，莫教枝上啼。啼时惊妾梦，不得到辽西”诗意，说女子入梦后思念远行的情郎。　⑦**落红**：落花。**缀**：连接。　⑧**遗踪**：指雨后杨花的踪迹。　⑨**萍**：浮萍。古人以为杨花落水化成浮萍。

苏轼（1037—1101），字子瞻，号东坡居士，眉州眉山（今属四川）人。宋仁宗嘉祐二年（1057）进士，历官黄州知州、杭州知州、翰林学士、翰林侍读学士、礼部尚书，卒谥文忠。他是我国历史上著名的文学家、书画家，为『唐宋八大家』之一。其词豪迈洒脱，逸才天纵，人称『曲子缚不住』。他以自己的创作实践丰富了词的题材，拓宽了词的境域，在使词摆脱乐曲的附庸地位，成为独立的文学体裁方面作出了重要贡献，为豪放词派的创始人。词集有《东坡乐府》。

此词作于宋哲宗元祐二年（1087），当时苏轼任翰林学士。这是一首借花写人的闺怨词，表面上看，词中写的是温婉娇美的杨花，哀叹其“抛家傍路”“无人惜”，实际上是写一个因丈夫外出而独处深闺的妇人的寸寸柔肠和盈盈粉泪。词中勾画杨花神貌，描摹妇人心态，都很独到传神。唐圭璋先生认为此词“咏杨花，遗貌取神，压倒古今”，说出了此词的妙处和地位。

苏轼

满庭芳

元丰七年四月一日[1]，余将去黄移汝[2]，留别雪堂邻里二三君子[3]，会李仲览自江东来别[4]，遂书以遗(wèi)之[5]。

归去来兮，吾归何处？万里家在岷(mín)峨[6]。百年强半[7]，来日苦无多。坐见黄州再闰(rùn)[8]，儿童尽、楚语吴歌。山中友，鸡豚(tún)社酒[9]，相劝老东坡。　　云何？当此去，人生底事[10]，来往如梭？待闲看秋风，洛水清波。好在堂前细柳，应念我，莫剪柔柯[11]。仍传语、江南父老，时与晒渔蓑(suō)[12]。

①**元丰七年**：1084年。 ②**黄**：黄州。**汝**：汝州。 ③**雪堂**：苏轼在黄州的住处。 ④**会**：碰巧。 ⑤**遗**：赠送。 ⑥**岷峨**：蜀中有岷山、峨眉山，苏轼家在眉山县，故以岷峨代指家乡。 ⑦**强半**：过半。实际上此年苏轼才四十八岁。 ⑧**再闰**：五年。古代置历三年一闰，五年两闰。 ⑨**豚**：小猪。**社酒**：在春秋社日祭祀土神时所备之酒。 ⑩**底事**：何事。 ⑪**柔柯**：嫩枝。 ⑫**与**：替。**渔蓑**：钓鱼时所穿的蓑衣。

苏轼贬居黄州整整五年，与当地百姓结下了深厚的情谊，新交了许多朋友，要离开时，自然有些不舍。这首词就是写苏轼与黄州父老及友人依依惜别之情的。作者借题发挥，一方面写出了邻里旧友的深情厚谊，另一方面抒发了自己身在官场，身不由己的感慨。作品于消沉中显出旷达，体现了东坡词中常有的洒脱与豁达。

水调歌头

苏轼

丙辰中秋[1]，欢饮达旦，大醉，作此篇，兼怀子由[2]。

明月几时有？把酒问青天[3]。不知天上宫阙(què)，今夕是何年？我欲乘风归去，又恐琼楼玉宇[4]，高处不胜寒[5]。起舞弄清影，何似在人间[6]？　转朱阁[7]，低绮(qǐ)户[8]，照无眠[9]。不应有恨，何事长向别时圆[10]？人有悲欢离合，月有阴晴圆缺，此事古难全。但愿人长久，千里共婵(chán)娟[11]。

①**丙辰**：宋神宗熙宁九年（1076），时苏轼在密州。　②**子由**：苏轼之弟苏辙的字。苏辙当时在济南，兄弟二人已七年没有见面。　③**把酒**：拿起酒杯。　④**琼楼玉宇**：指月宫。　⑤**不胜**：忍受不住。　⑥**何似**：哪像。　⑦**朱阁**：朱红色的楼阁。　⑧**绮户**：雕花的门窗。　⑨**无眠**：指因相思而不能入睡的人。　⑩**长**：经常。　⑪**婵娟**：指月亮。

这首词作于宋神宗熙宁九年（1076），当时苏轼任密州（今山东诸城）知州。全词由望月思亲生发开去，将自然景象与社会人生相契合：俯瞰古今变迁，纵论宇宙流转，揭示人生哲理。写得纵横开阖，仙风四溢，被后人评为中秋词中的千古绝唱。

苏轼

归朝欢

和苏坚伯固[①]

我梦扁(piān)舟浮震泽[②]，雪浪摇空千顷白。觉来满眼是庐山，倚天无数开青壁。此生长接淅[③]，与君同是江南客。梦中游、觉来清赏[④]，同作飞梭掷[⑤]。　　明日西风还挂席[⑥]，唱我新词泪沾臆(yì)[⑦]。灵均去后楚山空[⑧]，澧(lǐ)阳兰芷(zhǐ)无颜色[⑨]。君才如梦得[⑩]，武陵更在西南极[⑪]。《竹枝词》、莫徭新唱[⑫]，谁谓古今隔？

①**苏坚伯固**：苏坚字伯固，苏轼好友。　②**扁舟**：小船。**震泽**：太湖。　③**接淅**：手捧已经淘湿的米行路。比喻出行匆忙。　④**清赏**：指幽雅的景观。　⑤**飞梭掷**：比喻转瞬即逝。　⑥**挂席**：挂帆。　⑦**臆**：胸。　⑧**灵均**：即屈原。　⑨**澧阳**：今湖南澧县。　⑩**梦得**：刘禹锡字梦得。　⑪**武陵**：今湖南常德，刘禹锡贬居之地。⑫**《竹枝词》**：刘禹锡在朗州司马任上用当地的《竹枝》曲调创作了大量反映巴渝风情的《竹枝词》。**莫徭**：今徭族的一支。

宋哲宗绍圣元年（1094），苏轼被贬至惠州（今属广东）。途经九江，遇到了分别多年的好友苏坚，填此词相赠，旨在勉励同样贬官在外的老友不要消沉，而要在逆境中奋起，像屈原、刘禹锡那样写出不朽的作品来。虽是离别的主题，却写得境界开阔，气势恢宏，体现了苏轼特有的洒脱人格和豪迈词风。

苏轼

念奴娇

赤壁怀古①

大江东去②，浪淘尽、千古风流人物③。故垒西边④，人道是、三国周郎赤壁⑤。乱石穿空，惊涛拍岸，卷起千堆雪。江山如画，一时多少豪杰。　遥想公瑾当年⑥，小乔初嫁了⑦，雄姿英发。羽扇纶（guān）巾⑧，谈笑间、樯橹（lǔ）灰飞烟灭⑨。故国神游⑩，多情应笑我，早生华发⑪。人生如梦，一尊还酹（lèi）江月⑫。

①**赤壁**：这是黄州（今湖北黄冈）城外的赤鼻矶，又名赤壁，而周瑜破曹操的赤壁，在今湖北嘉鱼县境内。　②**大江**：长江。　③**风流人物**：杰出的人物。　④**故垒**：旧时的营盘。　⑤**人道是**：因作者所游的赤壁并非周瑜破曹操的赤壁，所以这样说。**周郎**：周瑜。　⑥**公瑾**：周瑜的字。　⑦**小乔**：周瑜的妻子。　⑧**纶巾**：配有青色丝带的头巾。　⑨**樯橹**：指曹军的战船。樯，桅杆。橹，桨。　⑩**故国神游**：即神游故国。故国，旧地，指赤壁古战场。　⑪**华发**：花白头发。　⑫**尊**：酒杯。这里“一尊”指一杯酒。**酹**：以酒浇地祭神。

这首词作于宋神宗元丰五年（1082）七月，是苏轼被贬到黄州后，游赏黄冈城外的赤壁矶时写下的。其主旨是借怀古以抒发自己白发已生而功名未就的感叹。词中着力描写雄奇的景色和旷世的英雄，通篇气魄宏大，感情豪放，是苏轼豪放词的代表作。此词是北宋词坛上最为引人注目的作品之一，被誉为“千古绝唱”。

西江月

苏轼

顷在黄州[1]，春夜行蕲(qí)水中[2]。过酒家饮酒，醉，乘月至一溪桥上，解鞍曲肱(gōng)，醉卧少休。及觉已晓，乱山攒(cuán)拥[3]，流水锵(qiāng)然[4]，疑非尘世也。书此语桥柱上。

照野弥(mǐ)弥浅浪[5]，横空隐隐层霄。障泥未解玉骢(cōng)骄[6]，我欲醉眠芳草。　　可惜一溪风月[7]，莫教踏碎琼瑶[8]。解鞍欹(yǐ)枕绿杨桥[9]，杜宇一声春晓[10]。

①**黄州**：今湖北黄冈。②**蕲水**：在今湖北浠（xī）水县。③**攒拥**：簇聚。④**锵然**：声音清脆的样子。⑤**弥弥**：水满的样子。⑥**障泥**：即马鞯（jiān）。垫在马鞍下面垂于马腹两侧用来遮挡尘土的东西。**玉骢**：青白相间的马。这里泛指马。**骄**：壮健。⑦**可惜**：可爱。⑧**琼瑶**：美玉。这里比喻美好的月色。⑨**欹**：通"倚"，靠。⑩**杜宇**：杜鹃。

这首词写于苏轼被贬谪黄州初期。在一个春天的夜晚，词人因醉酒回不了家，人马俱歇宿于溪桥上。这本是一件凄苦的事，然而在词人笔下却显得如此清新迷人，恍如仙境。旷野、明月、芳草、溪流、玉骢、杜鹃都是那样迷人，令人神往。这首词体现了作者厌倦官场、酷爱自然的情性。

临江仙

苏轼

元丰五年九月于黄州①

夜饮东坡醒复醉②，归来仿佛三更③。家童鼻息已雷鸣。敲门都不应，倚杖听江声。　　长恨此身非我有，何时忘却营营④？夜阑(lán)风静縠(hú)纹平⑤。小舟从此逝，江海寄余生。

①**元丰五年**：1082 年。　②**东坡**：地名，在今湖北黄冈县东面。苏轼在此开垦了一块荒地，名为东坡，自号东坡居士。　③**仿佛**：大约。　④**营营**：奔走名利。⑤**夜阑**：夜深。**縠纹**：比喻水波。縠，有皱纹的纱。

苏轼因直言获罪，被远贬黄州，心中自然不平。在黄州期间，他常常寄情山水，醉酒消遣。此词糅合老庄出世理论和人生自然之趣，写景、抒情、议论浑然一体，境界清新高妙，风神飘逸潇洒。据说此词传出后，从郡守到皇帝都惊疑苏轼真要远走高飞了，可见其影响之大。

苏轼

定风波

三月七日，沙湖道中遇雨[1]。雨具先去，同行皆狼狈，余不觉[2]。已而遂晴[3]，故作此。

莫听穿林打叶声，何妨吟啸且徐行。竹杖芒鞋轻胜马[4]，谁怕？一蓑(suō)烟雨任平生[5]。　料峭春风吹酒醒[6]，微冷，山头斜照却相迎。回首向来萧瑟处[7]，归去，也无风雨也无晴。

①**沙湖**：在湖北黄冈县境内。　②**不觉**：不在乎。　③**已而**：不久。　④**芒鞋**：草鞋。　⑤**蓑**：蓑衣。　⑥**料峭**：形容风寒冷。　⑦**向来**：方才。**萧瑟**：风吹雨打的声音，指刚才遇雨的地方。

此词也是苏轼在黄州期间所作。词中因景生情，借自然现象谈人生哲理，语带双关，机锋四射。其中又有一种迭宕不平之气隐在字里行间。处处写景，又处处写人。运思巧妙，让人叹为观止。

卜算子

苏轼

黄州定惠院寓居作

缺月挂疏桐[①]，漏断人初静[②]。谁见幽人独往来[③]？缥缈孤鸿影[④]。　　惊起却回头，有恨无人省[⑤]。拣尽寒枝不肯栖，寂寞沙洲冷。

①**疏桐**：枝叶稀疏的梧桐。　②**漏断**：漏壶里水滴尽了，指夜深。　③**幽人**：指下句的孤鸿。　④**缥缈**：隐约看不清的样子。　⑤**省**：了解。

此词作于宋神宗元丰五年（1082）十二月，当时作者在黄州贬所。词中似写孤鸿，又似写孤人，又似人鸿皆写；似有寄托，又似无寄托，妙在似与不似之间。这首词取景奇特，意境飘缈，表现了作者不愿随遇而安的生活态度，同时也反映了作者谪居时的寂寞与孤独，充分体现了苏轼的胸襟、气质和才华。

洞仙歌

苏轼

余七岁时见眉山老尼，姓朱，忘其名，年九十余。自言尝随其师入蜀主孟昶(chǎng)宫中[1]。一日，大热，蜀主与花蕊(ruǐ)夫人夜纳凉摩诃(hē)池上[2]，作一词，朱具能记之。今四十年，朱已死久矣，人无知此词者，但记其首两句。暇日寻味，岂《洞仙歌令》乎？乃为足之云。

冰肌玉骨，自清凉无汗。水殿风来暗香满[3]。绣帘开，一点明月窥人，人未寝，欹(yī)枕钗横鬓乱[4]。　起来携素手[5]，庭户无声，时见疏星度河汉[6]。试问夜如何？夜已三更，金波淡[7]，玉绳低转[8]。但屈指西风几时来[9]，又不道流年暗中偷换[10]。

①**蜀主孟昶**：五代时后蜀国的君主。　②**花蕊夫人**：孟昶的贵妃。　③**水殿**：建在摩诃池上的宫殿。　④**欹**：通“倚”，靠。　⑤**素手**：洁白的手。　⑥**河汉**：银河。　⑦**金波**：月色。　⑧**玉绳**：本为星名，此指群星。　⑨**西风**：秋风。　⑩**不道**：不料。**流年暗中偷换**：意谓不知不觉又过了一年。

此词也作于黄州贬所。从序文可知，此词是为续蜀主孟昶的《洞仙歌令》而作。词人借题发挥，通过叙述花蕊夫人故事，抒发自己对时光飞逝、星河流转、人生无常的感慨。描写细腻生动，议论充满哲理。这在续作中是非常不容易的。

寄参寥子[①]

有情风万里卷潮来，无情送潮归。问钱塘江上，西兴浦口[②]，几度斜晖(huī)[③]？不用思量今古，俯仰昔人非[④]。谁似东坡老，白首忘机[⑤]。　记取西湖西畔，正春山好处，空翠烟霏(fēi)[⑥]。算诗人相得[⑦]，如我与君稀。约它年东还海道，愿谢公雅志莫相违。西州路，不应回首，为我沾衣[⑧]。

①**参寥子**：僧人道潜，字参寥，苏轼之友。　②**西兴**：在今钱塘江南岸，萧山市境内。③**斜晖**：落日余辉。　④**俯仰昔人非**：用王羲之《兰亭集序》“俯仰之间，已为陈迹”之意。　⑤**机**：巧诈权变之心。　⑥**烟霏**：雾气迷漫的样子。　⑦**相得**：彼此投合。⑧**“约它年”以下五句**：用谢安、羊昙典故。据《晋书·谢安传》载，谢安虽为大臣，但一直有归隐之志。他出镇广陵（今江苏扬州），打算待大局粗定，从江道东还会稽归隐，但至死也没有实现这一愿望。后来他的外甥羊昙过西州门（扬州城门）时，回忆往事，恸哭不止。这里作者自比谢安，以参寥比羊昙，意思是说希望能实现谢安那样归隐的愿望，以免你像羊昙那样为我哀哭。

这首词是苏轼在宋哲宗元祐六年（1091）离开杭州时写给诗僧参寥的。词中写景、议论相结合，表达了词人任凭世事、景观去留，不再以功业俗事为念的心态。这是苏轼经历了大半辈子的风雨人生后才悟得的。词中写景壮阔，议论高远，是苏轼放达词风的代表作之一。

苏轼

江城子

别徐州

天涯流落思无穷。既相逢，却匆匆。携手佳人，和泪折残红[①]。为问东风余几许？春纵在，与谁同？　　隋堤三月水溶溶[②]。背归鸿[③]，去吴中[④]。回首彭城[⑤]，清泗(sì)与淮通[⑥]。欲寄相思千点泪，流不到，楚江东。

①**残红**：残留在枝上的花。　②**隋堤**：汴河河堤，是隋时所筑，故称隋堤。**溶溶**：水流大的样子。　③**归鸿**：北归之雁。　④**吴中**：今浙江省湖州市。　⑤**彭城**：徐州城。⑥**泗**：泗水。

苏轼于宋神宗熙宁十年（1077）调知徐州，仅二年，即于元丰二年（1079）三月由徐州调往湖州。此词是他赴湖州途中所写。词中抒发了他对徐州风物人情无限留恋之情。词的中心在于“真”，无论是写景还是抒情，都真切朴实，在以超旷为主的苏词中别具一格。

江城子

苏轼

乙卯正月二十日夜记梦[1]

十年生死两茫茫[2]。不思量，自难忘。千里孤坟，无处话凄凉。纵使相逢应不识，尘满面，鬓如霜。　　夜来幽梦忽还乡。小轩(xuān)窗[3]，正梳妆。相顾无言，惟有泪千行。料得年年肠断处，明月夜，短松冈[4]。

①**乙卯**：宋神宗熙宁八年（1075）。　②**十年生死**：宋英宗治平二年（1065），苏轼之妻王弗死。　③**小轩窗**：小房间的窗下。轩，小屋子。　④**短松冈**：栽着松树的小山冈，指妻子的坟地。

此词是苏轼为悼念亡妻王弗而作，时作者在密州任上。作者将自己的身世感慨糅合在对亡妻的深切思念之中，因而其夫妻之情也显得格外真挚，哀婉动人。以词写悼亡题材是苏轼首创，这也是苏轼锐意开拓词境的表现。这首词被认为是苏轼婉约词的代表作。

苏轼

江城子

密州出猎[1]

老夫聊发少年狂[2]，左牵黄[3]，右擎(qíng)苍[4]。锦帽貂裘(qiú)，千骑卷平冈[5]。为报倾城随太守[6]，亲射虎，看孙郎[7]。　酒酣胸胆尚开张[8]，鬓微霜，又何妨！持节云中[9]，何日遣冯唐[10]？会挽雕弓如满月[11]，西北望，射天狼[12]。

①**密州**：今山东诸城。时苏轼为密州知州。　②**聊**：姑且。　③**黄**：黄狗。　④**苍**：苍鹰。　⑤**平冈**：平坦的山冈。　⑥**倾城**：全城的人。**太守**：汉代州郡长官称太守，相当于宋代的知州，苏轼时任密州知州。　⑦**孙郎**：孙权。年轻时曾骑马射虎，马被虎所伤，他用戟投刺，虎才退走。这里苏轼自比孙权。　⑧**尚**：更。　⑨**节**：皇帝派遣的使臣所带的凭证。**云中**：汉代云中郡。在今山西大同以北及内蒙古托克托一带。⑩**冯唐**：汉文帝时人。当时云中郡守魏尚因小错被处罚，冯唐认为皇帝处置不当。文帝接受了他的建议，派他前去赦免魏尚，复为云中守。苏轼是因为反对新法而被贬为密州知州的，因而以魏尚自比，希望仍能得到朝廷的信任。　⑪**会**：应当。⑫**天狼**：天狼星，主侵掠。这里比喻西北方的西夏。

此词写于宋神宗熙宁八年（1075）。当时宋朝正受到辽和西夏的威胁。作者借写“出猎”抒发自己不甘沉沦、锐意报国的壮志豪情。全词气势豪迈，场面热烈，情调苍凉悲壮，是苏轼豪放词的代表作之一。

密州上元[1]

灯火钱塘三五夜[2]。明月如霜，照见人如画。帐底吹笙(shēng)香吐麝(shè)[3]，更无一点尘随马。　　寂寞山城人老也[4]。击鼓吹箫，却入农桑社[5]。火冷灯稀霜露下，昏昏雪意云垂野。

①**上元**：元宵节。　②**钱塘**：今浙江杭州。**三五**：正月十五。　③**麝**：麝香。　④**山城**：指密州。　⑤**农桑社**：农人举行社祭（祭祀土神）的地方。

此词写密州元宵灯会。词人浓墨重彩地描写杭州灯会的繁华热闹，以此反衬密州灯会的孤清冷寂。即便是写密州上元，也将重笔落在当地农民为祈丰年而设的农桑社上。从中可以看出，由杭州通判调任密州知州，虽是升职，苏轼却并不高兴。因为杭州是繁华闹市，密州是偏僻小城，温饱尚未解决。以景语写心态，便是此词的高明处。

苏轼

蝶恋花

花褪(tuì)残红青杏小①。燕子飞时，绿水人家绕。枝上柳绵吹又少②，天涯何处无芳草！　　墙里秋千墙外道。墙外行人，墙里佳人笑。笑渐不闻声渐悄，多情却被无情恼③。

①**褪**：颜色减去。　②**柳绵**：柳絮。③**多情**：指墙外的行人。**无情**：指墙里的佳人。

此词从字面看是伤春、伤情，感叹春光易逝，佳人难见。仔细琢磨，才能懂得它的丰富内涵：多与少的不同，远与近的差别，内与外的矛盾，无不折射着词人理想与现实的冲突。因此，此词富含人生哲理。特别是“天涯何处无芳草”“多情却被无情恼”两句被人们广泛运用。

浣溪沙

游蕲(qí)水清泉寺[①]，寺临兰溪，溪水西流。

山下兰芽短浸溪[②]，松间沙路净无泥，萧萧暮雨子规啼[③]。
谁道人生无再少(shào)？门前流水尚能西，休将白发唱黄鸡[④]。

①**蕲水**：今湖北浠（xī）水县。 ②**兰芽**：兰的嫩芽。 ③**萧萧**：雨声。**子规**：杜鹃。 ④**唱黄鸡**：意为感叹年老。典出白居易《醉歌》："黄鸡催晓丑时鸣，白日催年酉前没。"

贬谪黄州期间是苏轼一生中最艰辛的日子。后来，他从佛道思想中悟出妙理，终于走出了心灵的困境，重新振作起来。这首游寺词就是写作者从自然景观和佛教的"随缘""轮回"思想中得到启迪，从而悟出的人生哲理。读来振奋人心，催人奋进。

苏轼

浣溪沙

徐门石潭谢雨[1]，道上作五首。潭在城东二十里，常与泗(sì)水增减，清浊相应。

簌簌(sù)衣巾落枣花[2]，村南村北响缫(sāo)车[3]，牛衣古柳卖黄瓜[4]。酒困路长惟欲睡，日高人渴漫思茶[5]，敲门试问野人家。

①**徐门**：徐州。 ②**簌簌**：纷纷落下的样子。 ③**缫车**：抽蚕丝的车子。 ④**牛衣**：粗糙的衣服。 ⑤**漫**：很。

宋神宗元丰元年（1078），徐州久旱无雨。苏轼时任徐州知州，率领百姓在石潭祈雨。其间作有五首描写农村生活的《浣溪沙》词，此为第四首，记述他在农村的见闻和感受，写出了淳朴的民风，也写出了作者与村野农民间的亲密之情。以词体写农村题材，也是在苏轼的实践和倡导下才逐渐多起来的。

晏幾道

临江仙

梦后楼台高锁，酒醒帘幕低垂。去年春恨却来时①。落花人独立，微雨燕双飞。

记得小蘋(pín)初见②，两重心字罗衣③。琵琶弦上说相思。当时明月在，曾照彩云归④。

①却来：又来。　**②小蘋**：歌女之名。　**③“两重”句**：绣有双重“心”字的绸衫。此句还含有心心相印的双关义。　**④彩云**：比喻美丽而又薄命的女子，此指小蘋。

这是一首怀人词。词中的歌女小蘋是作者昔日的红粉知己，如今已是人去楼空。词人试图借醉、梦来排遣愁闷，却总觉得小蘋的影子萦绕在眼前，叫人伤情不已。此词造语平淡而感情真挚，情景交融，意境清幽，代表了晏幾道词的最高成就，是婉约词中的绝唱。“落花人独立，微雨燕双飞”两句，尤为世人称道。

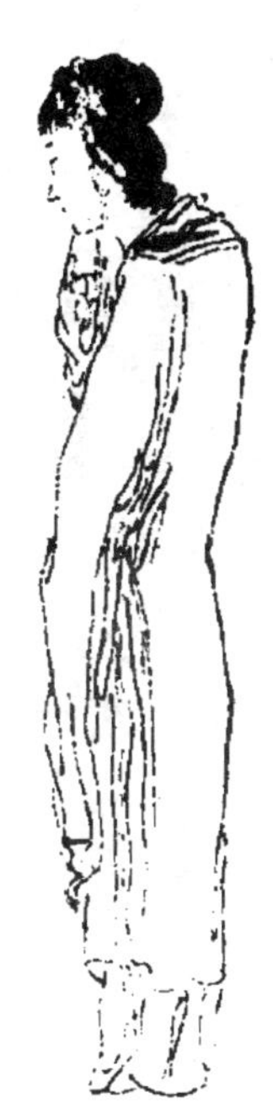

晏幾道（约1038—1110），字叔原，号小山，抚州临川（今江西抚州）人，晏殊的幼子。仕途不顺，仅做过颍昌府许田镇监。词与其父齐名，人称『二晏』。其词以言情著称，风格接近花间派。有《小山词》。

晏幾道

鹧鸪天

彩袖殷勤捧玉钟①，当年拚却醉颜红②。舞低杨柳楼心月，歌尽桃花扇底风③。　　从别后，忆相逢，几回魂梦与君同。今宵剩把银釭(gāng)照④，犹恐相逢是梦中。

①**彩袖**：指歌女。**玉钟**：酒杯的美称。　②**拚却**：不惜。　③**“舞低”二句**：描写的是春天彻夜歌舞的场景。这两句在修辞上运用了互文格式。　④**剩**：多。**釭**：油灯。

这首词写久别重逢的惊喜。词人刻意以色彩斑斓的辞藻铺叙昔日欢宴的盛况，以似梦却真的幻境刻画久别相思的凄苦之情，以一“恐”字道出了重逢的不易和惊喜。构思巧妙，情真意切，读来感人至深。

鹧鸪天

晏幾道

小令尊前见玉箫[①]，银灯一曲太妖娆[②]。歌中醉倒谁能恨？唱罢归来酒未消。　春悄悄，夜迢（tiáo）迢[③]，碧云天共楚宫遥[④]。梦魂惯得无拘检[⑤]，又踏杨花过谢桥[⑥]。

①**小令**：据《晋书·王珉传》，王珉代王献之为中书令，世称王献之为大令，王珉为小令。这里作者自比王珉。**尊**：指酒席。**玉箫**：本为唐朝韦皋之妾，这里代指酒席上的歌女。　②**曲**：歌曲。**妖娆**：妩媚。　③**迢迢**：时间长的样子。　④**楚宫**：楚王之宫，相传楚宫多美女。这里以楚宫代指玉箫的住处。　⑤**拘检**：拘束。　⑥**谢桥**：谢娘家的桥，代指女子所居之地。谢娘即唐代名妓谢秋娘。

这也是一首情深意切的怀人词。词人在一次宴会上邂逅美艳妖娆的歌女，一见倾心，遂在她的歌声中猛饮，终于醉倒。醒来时，佳人已去，词人顿觉相会无期，一时伤感不已。但作者突发奇想，想让无拘无束、可以自由往来的“梦魂”去实现醒时无法实现的一切，寓意深长，可谓神来之笔。

清平乐

黄庭坚

晚春

春归何处？寂寞无行路。若有人知春去处，唤取归来同住[①]。　　春无踪迹谁知，除非问取黄鹂[②]。百啭（zhuàn）无人能解[③]，因风飞过蔷薇[④]。

①唤取：唤。　**②问取**：问。　**③啭**：鸣。**解**：懂。**④因**：趁。

此词写惜春、恋春之情。作者将春和黄鹂拟人化，通过对主人公急切地寻觅春天的心情的描写，来突出惜春的主题，构思新颖，抒情含蓄，语言轻巧，韵味隽永，在古今惜春词中别具一格。

黄庭坚（1045—1105），字鲁直，号山谷道人，晚年又号涪（fú）翁，洪州分宁（今江西修水）人。宋英宗治平四年（1067）进士，历任校书郎、著作佐郎等官。在新旧党争中，屡遭贬窜，最后死于宜州（今广西宜山县）。他年轻时受业于苏轼，为『苏门四学士』之一。其诗与苏轼齐名，是江西诗派的创始人。其词与秦观齐名，不重音律，喜以俗语入词。有《山谷词》。

水调歌头

黄庭坚

瑶草一何碧[①]，春入武陵溪[②]。溪上桃花无数，枝上有黄鹂。我欲穿花寻路，直入白云深处，浩气展虹蜺(ní)[③]。只恐花深里，红露湿人衣。　　坐玉石，倚玉枕，拂金徽[④]。谪仙何处[⑤]？无人伴我白螺杯[⑥]。我为灵芝仙草，不为朱唇丹脸[⑦]，长啸亦何为！醉舞下山去，明月逐人归。

①**瑶草**：仙草。**一何**：多么。　②**武陵溪**：即陶渊明《桃花源记》中的桃花源。　③**蜺**：同“霓”。　④**拂金徽**：弹瑶琴。金徽，即琴徽，用以定琴声高低。　⑤**谪仙**：指李白。　⑥**白螺杯**：一种酒杯。　⑦**朱唇丹脸**：指桃花。

这首词用古人写游仙诗的方法，描写作者神游武陵桃花源的情景。词中把仙境写得春意盎然，生机勃勃；把主人公写得孤高旷远，飘逸自如。通篇用典多而合理，幻想奇而入情。作者借此绝佳仙境，吐一腔闷气，舒一腔浩气，充分显示了黄庭坚的骨气和才气。

次高左藏使君韵[①]

万里黔(qián)中一漏天[②]，屋居终日似乘船。及至重阳天也霁(jì)[③]，催醉，鬼门关外蜀江前[④]。　莫笑老翁犹气岸[⑤]，君看，几人黄菊上华颠[⑥]？戏马台前追两谢[⑦]，驰射，风流犹拍古人肩[⑧]。

①**高左藏使君**：高羽，阶官左藏库使，实官黔州知州。　②**一漏天**：黔州多雨，故喻为漏天。　③**重阳**：重阳节，农历九月九日。**霁**：雨止天晴。　④**鬼门关**：在今四川奉节。　⑤**老翁**：作者自称。**气岸**：气概高昂。　⑥**黄菊**：菊花。**华颠**：白头。⑦**"戏马台"句**：徐州城南有项羽所筑戏马台。东晋时刘裕曾于重阳节在戏马台大会群僚，当时诗人谢瞻、谢灵运各作诗一首。这句是说自己也要骑马射箭，吟诗填词，气概直追古人。　⑧**"风流"句**：意谓与古人并驾齐驱。

此词作于黔州（今四川彭水）贬所。古人有"巴山楚水凄凉地"之说，作者在此词中以恶劣的黔州环境作反衬，写出了他穷且益坚、老当益壮、直压古人的博大胸怀和豪迈气概。其用词、意境和气势都很像苏轼的《江城子·密州出猎》。

念奴娇

黄庭坚

八月十七日，同诸生步自永安城楼，过张宽夫园待月。偶有名酒，因以金荷酌众客[1]。客有孙彦立，善吹笛。援笔作乐府长短句[2]，文不加点。

断虹霁（jì）雨[3]，净秋空、山染修眉新绿[4]。桂影扶疏[5]，谁便道、今夕清辉不足[6]？万里青天，姮（héng）娥何处[7]，驾此一轮玉[8]。寒光零乱，为谁偏照醽醁（líng lù）[9]？ 年少从我追游，晚凉幽径，绕张园森木[10]。共倒金荷，家万里、难得尊前相属[11]。老子平生，江南江北，最爱临风笛[12]。孙郎微笑[13]，坐来声喷霜竹[14]。

①**金荷**：金色的荷叶杯。 ②**乐府长短句**：即词。 ③**断虹**：残虹。**霁**：雨止天晴。 ④**修眉**：长眉。此比喻远山。 ⑤**扶疏**：浓密的样子。 ⑥**清辉**：月色。 ⑦**姮娥**：嫦娥。 ⑧**玉**：月亮。 ⑨**醽醁**：美酒名。 ⑩**森木**：高耸繁茂的树木。 ⑪**尊**：酒杯。**属**：劝酒。 ⑫**笛**：黄庭坚按戎州（今四川宜宾一带）方言读为“独”。 ⑬**孙郎**：孙彦立。 ⑭**霜竹**：指笛子。

黄庭坚一生遭遇、性格、文风都极像苏轼。这首词约写于谪居戎州（今四川宜宾）期间。词中时空、景物变化极大、极快：江南江北，古往今来，断虹秋空，青天明月，游园听曲，饮酒笑谈，尽收笔下。笔墨酣畅淋漓，喷薄着一股傲岸不羁的狂放之气。一如苏轼的《念奴娇·赤壁怀古》，深得后人赞誉。黄庭坚自己也认为此词“可继东坡赤壁之歌”。

秦观

浣溪沙

漠漠轻寒上小楼[①]，晓阴无赖似穷秋[②]，淡烟流水画屏幽[③]。　自在飞花轻似梦[④]，无边丝雨细如愁，宝帘闲挂小银钩。

①**漠漠**：寂静无声的样子。　②**晓阴**：清晨天气阴沉。**无赖**：无聊。**穷秋**：深秋。　③**淡烟流水**：屏风上所画的景致。④**自在**：闲静安适。

此词借室内画屏之画、室外细雨之景写剪不断、理还乱的闲愁。作者化动为静，将奔腾的情感凝聚在画屏的“淡烟流水”、楼外的飞花残雨之中，寄托于窗前的挂帘小钩之上。词中意境空灵，情韵悠扬，手法高妙。

秦观（1049—1100），字少游，一字太虚，号淮海居士，高邮（今属江苏）人。宋神宗元丰八年（1085）进士，官至国史院编修官。曾受学于苏轼门下，为『苏门四学士』之一。以词著称于世，与黄庭坚齐名。其词婉约轻丽，是婉约词派的代表作家之一。有《淮海词》。

八六子

秦观

倚危亭①，恨如芳草②，萋(qī)萋铲尽还生③。念柳外青骢(cōng)别后④，水边红袂(mèi)分时⑤，怆然暗惊气⑥。　无端天与娉(pīng)婷⑦，夜月一帘幽梦⑧，春风十里柔情。怎奈向、欢娱渐随流水⑨，素弦声断⑩，翠绡香减⑪，那堪片片飞花弄晚，濛濛残雨笼晴。正销凝⑫，黄鹂又啼数声。

①**危亭**：高处的亭子。　②**恨如芳草**：用李煜《清平乐》词“离恨恰如春草，更行更远还生”句意。　③**萋萋**：茂盛的样子。　④**青骢**：青白色马。此处指骑马的男子。　⑤**红袂**：红色衣袖。此处指红衣女子。　⑥**怆然**：悲伤的样子。　⑦**无端**：无意。**娉婷**：指美女。　⑧**幽梦**：指隐隐约约的梦境。　⑨**向**：助词，无义。　⑩**素弦声**：琴声。　⑪**翠绡香**：翠绿色的丝巾上的香气。　⑫**销凝**：悲愁感伤，茫然出神。

此词写别后相思之苦。作者以绵绵不断的春草比喻无法抑制的离愁别恨，以夜月、幽梦、春风、柔情比拟所思念的昔日情人，以昔日的欢娱反衬今日的冷寂。用笔曲折，情感深邃。写法上一反惯常先写景后抒情的模式，由情入景，别具一格，颇受后人好评。

满庭芳

秦观

山抹微云，天连衰草，画角声断谯(qiáo)门[①]。暂停征棹(zhào)[②]，聊共引离尊[③]。多少蓬莱旧事[④]，空回首、烟霭(ǎi)纷纷。斜阳外，寒鸦万点，流水绕孤村。　　销魂[⑤]。当此际，香囊暗解[⑥]，罗带轻分[⑦]。漫(màn)赢得青楼[⑧]，薄幸名存[⑨]。此去何时见也，襟袖上、空惹啼痕。伤情处，高城望断，灯火已黄昏。

①**画角**：号角。**谯门**：即谯楼，建在城门上的高楼，用来瞭望。　②**征棹**：行进中的船。　③**引**：持。**离尊**：离别酒筵上喝酒的酒杯。　④**蓬莱旧事**：程辟为会稽守，秦观为客，住在府衙附近的蓬莱阁。⑤**销魂**：指极度悲伤。　⑥**香囊**：盛香物的小袋，古代男子有佩香囊的习惯。　⑦**罗带**：丝织的带子。⑧**漫**：空。**青楼**：妓院。　⑨**薄幸**：薄情。

此词借写离愁别绪抒发身世之感。词中的离别场面写得黯然销魂，景物描写扑朔迷离，情感描画入木三分，用词精当，情景交融。全词风格酷似柳永词，是秦观婉约词的代表作之一。此词在当时曾名噪一时，广为流传。

秦观

江城子

西城杨柳弄春柔[1]。动离忧，泪难收。犹记多情曾为系孤舟[2]。碧野朱桥当日事[3]，人不见，水空流。　　韶(sháo)华不为少年留[4]。恨悠悠[5]，几时休？飞絮落花时候一登楼[6]。便做春江都是泪，流不尽，许多愁。

①**西城**：指汴京西郑门外的金明池和琼林苑，其中多植杨柳。**弄春柔**：摆弄着柔嫩的枝条。　②**“犹记”句**：是说昔日曾在杨柳树下系船。此句以杨柳比喻人之多情。③**碧野朱桥**：写西城之景。碧野，碧绿的田野。朱桥，金明池内有仙桥，皆朱漆栏杆。④**韶华**：青春年华。　⑤**悠悠**：形容绵绵不绝。　⑥**飞絮落花**：指暮春时节。

宋哲宗绍圣元年（1094），秦观由于朝廷党争，被贬为杭州通判，临行前写了这首词。词的上片怀人。词人在临行前故地重游，往日情事牵动愁肠，物是人非，不禁伤心落泪。下片伤春。词人感叹大好春光即将逝去，青春年华无法挽留，触景生情，对人生的遭遇生发出无限伤感。这首词语言质朴流畅，不事雕琢，情感抒发如行云流水，是伤春惜别词中的佳作。

秦观

鹊桥仙

纤云弄巧，飞星传恨①，银汉迢(tiáo)迢暗度②。金风玉露一相逢③，便胜却人间无数。　　柔情似水，佳期如梦，忍顾鹊桥归路④！两情若是久长时，又岂在朝朝暮暮？

①**飞星**：流星。**传恨**：相传牛郎与织女终年为银河阻隔，唯每年农历七夕渡河一见，故云有恨。　②**银汉**：天河。**迢迢**：遥远的样子。　③**金风玉露**：秋风白露。　④**鹊桥**：传说每年农历七月七日，大群喜鹊在银河上搭桥，让织女渡河与牛郎相会。

此词咏七夕（农历七月七日）牛郎织女故事。作者借牛郎织女传说写人间男女真情，情高意远，活泼生动。这首词的格调远超出一般的恋情词，是古人咏七夕词中的名篇。特别是“两情若是久长时，又岂在朝朝暮暮”两句，超凡脱俗，富含哲理，被后人广为传诵。

减字木兰花

秦观

天涯旧恨[①]，独自凄凉人不问。欲见回肠[②]，断尽金炉小篆(zhuàn)香[③]。　　黛(dài)蛾长敛[④]，任是春风吹不展。困倚危楼[⑤]，过尽飞鸿字字愁[⑥]。

①天涯旧恨：指长期远离家乡的愁苦。天涯，比喻极远。　**②回肠**：曲折的愁肠。**③金炉**：金属香炉。**篆香**：制成篆文形的香。　**④黛蛾**：指眉毛。　**⑤危楼**：高楼。**⑥字字**：雁阵飞时排成“人”字形。此句意为见到天上飞过的雁排成一个个“人”字，但所思念之人不归，更增添了相思之愁。

此词写一位独处高楼的女子的苦闷相思情怀。词中所写景物如金炉、鸿雁等都是眼前所见的平常景物，抒发的情感却非常沉痛悠远。通篇情感哀伤，却有一股清癯骨气。

秦观

踏莎行

郴(chēn)州旅舍

雾失楼台，月迷津渡[①]，桃源望断无寻处[②]。可堪孤馆闭春寒，杜鹃声里斜阳暮。　　驿寄梅花[③]，鱼传尺素[④]，砌成此恨无重数[⑤]。郴江幸自绕郴山[⑥]，为谁流下潇湘去[⑦]？

①**津渡**：渡口。　②**桃源**：指生活美满的理想之地。陶渊明《桃花源记》中写一群人避处桃花源，与世隔绝，生活安定美满。　③**驿**：驿站。**梅花**：代指书信。典出南朝宋陆凯《赠范晔诗》"折梅逢驿使，寄与陇头人"之句。　④**鱼传尺素**：指收到朋友的书信。典出东汉蔡邕《饮马长城窟行》"客从远方来，遗（wèi）我双鲤鱼。呼童烹鲤鱼，中有尺素书"诗句。尺素，一尺长的白绢，古人常用来写信。　⑤**砌**：堆。　⑥**郴江**：水名，在今湖南郴州。　⑦**潇湘**：潇水和湘水，在今湖南省境内。

此词是作者于宋哲宗绍圣四年（1097）在郴州贬所所作。作者对景物进行了准确的捕捉，使初春的寒雾、哀鸣的杜鹃、西下的夕阳、绵绵的郴江和郴山都成了献愁供恨的主体，从而为这首词奠定了哀婉凄厉的情感基调和深邃朦胧的意境。这首词曾赢得广泛赞誉，是秦观婉约词的代表作之一。

秦观

望海潮

春景

梅英疏淡①，冰澌(sī)溶泄②，东风暗换年华。金谷俊游③，铜驼巷陌④，新晴细履平沙⑤。长记误随车⑥，正絮翻蝶舞，芳思交加⑦。柳下桃蹊(xī)⑧，乱分春色到人家。　　西园夜饮鸣笳(jiā)⑨，有华灯碍月，飞盖妨花⑩。兰苑未空⑪，行人渐老⑫，重来是事堪嗟(jiē)⑬。烟暝(míng)酒旗斜⑭，但倚(yǐ)楼极目⑮，时见栖鸦。无奈归心，暗随流水到天涯。

①**梅英**：梅花。　②**冰澌**：流动的冰块。　③**金谷**：金谷园，是西晋石崇的别墅，在今洛阳西北。　④**铜驼巷陌**：即铜驼陌，在洛阳城内。陌，街道。　⑤**履**：踏。⑥**误随车**：错跟上别人女眷的车子。　⑦**芳思**：春情。　⑧**桃蹊**：桃花下小路。⑨**西园**：曹丕、曹植等人常在邺城（今河北临漳）西园宴饮。**鸣笳**：奏乐。笳，北方少数民族的一种乐器。　⑩**飞盖**：飞驰的车辆。盖，车盖。⑪**兰苑**：花园，此指西园。　⑫**行人**：作者自称。　⑬**是事**：事事。⑭**烟暝**：夜雾迷漫。　⑮**极目**：远望。

此词为作者回忆当年游汴京的情景。词人用洛阳的金谷园、铜驼陌及邺城的西园等胜景代指汴京城西的金明池、琼林苑等名胜古迹，旨在以汴京旧游时的豪情欢乐反衬今日处境的落寞凄凉，从而巧妙地将自己的生平遭际和对身世的感慨蕴藏其中。

阮郎归

秦观

湘天风雨破寒初[①]，深沉庭院虚。丽谯(qiáo)吹罢小单(chán)于[②]，迢(tiáo)迢清夜徂(cú)[③]。　　乡梦断，旅魂孤，峥嵘(zhēngróng)岁又除[④]。衡阳犹有雁传书[⑤]，郴(chēn)阳和雁无[⑥]。

①湘天：湘江流域一带。**破**：除去。　**②丽谯**：谯楼。**小单于**：乐曲名。　**③迢迢**：漫长的样子。**清夜**：静夜。**徂**：过去。　**④峥嵘**：不平常。　**⑤“衡阳”句**：据说衡阳是雁所到的最南方，雁至此又回向北。这句是说，衡阳这么远尚有大雁传书信。**⑥郴阳**：今湖南郴县，在衡阳南。**和**：连。

秦观被贬郴州就像苏轼被贬黄州，是一生中最痛苦的时期。此词是他在郴州岁暮时所作。除夕寒夜，从远处城楼传来的纤细小曲，更加深了异乡游子的寂寞之感。久贬在外，乡音全无，梦中也会不到亲人，郴州偏僻，连传书的大雁也无一只，能托哪个传递消息呢？此境此情，真是伤心至极。难怪后人读罢此词，要称秦观为“古之伤心人”了，从中也可看出此词的艺术感染力。

梦中作

春路雨添花，花动一山春色。行到小溪深处，有黄鹂千百。

飞云当面化龙蛇，夭矫转空碧[1]。醉卧古藤阴下，了不知南北[2]。

①**夭矫**：飞腾的样子。**空碧**：蓝天。 ②**了**：全。

此词写梦境。作者以其特有的纤细和敏锐的艺术感受，将日常生活经验和心灵感受升华为一种奇特的景象，并以高超的技巧表现出来，形成瑰丽的色彩和奇妙的境界。此词使读者在得到美的享受的同时又领悟到深刻的人生哲理。

王观

卜算子

送鲍浩然之浙东

水是眼波横，山是眉峰聚。欲问行人去哪边？眉眼盈盈处[①]。　　才始送春归，又送君归去。若到江南赶上春，千万和春住。

①**眉眼**：指山水。**盈盈**：美好的样子。

这是一首送别词。词中的眼波、眉峰二词语带双关，既指明丽的江南山水，又指翘首盼归的鲍浩然的妻妾。语锋机敏，谑而不俗，充分体现了作者与鲍浩然亲密无间之情。下片希望友人生活在春天里，是对友人的祝福。

王观，字通叟，如皋（今江苏如皋）人。宋哲宗元祐二年（1087）进士，官至翰林学士。因作应制词获罪被贬，自号逐客。有《冠柳词》传世。

贺铸（1052—1125），字方回，因容貌丑陋，人称贺鬼头。原籍越州山阴（今浙江绍兴），长于卫州（治今河南卫辉）。早年做过武官，后转文职，皆为小官。晚年退居苏州，自号庆湖遗老。以词名世，是北宋后期重要词人。其词风兼具婉约与豪放。有《东山词》传世。

鹧鸪天

贺铸

重过阊（chāng）门万事非[1]，同来何事不同归[2]？梧桐半死清霜后，头白鸳鸯失伴飞。　原上草，露初晞（xī）[3]，旧栖新垄两依依[4]。空床卧听南窗雨，谁复挑灯夜补衣？

①**阊门**：苏州城门。　②**何事**：为何。**不同归**：贺铸夫妇曾住苏州，贺铸离开苏州时其妻已死。　③**晞**：晒干。④**旧栖**：指作者夫妇住过的寓所。**新垄**：指贺妻的坟墓。

这是一首悼亡词。作者选取了“挑灯夜补衣”这件生活琐事，来体现亡妻生前的辛劳和贤惠，使真挚的夫妻感情有了现实基础。词人叩天问地，触景生情，把失偶后的自责和伤情写得哀婉凄厉，令人心颤。这首词与苏轼的《江城子·十年生死两茫茫》词，可称是宋代悼亡词中的双璧。

贺铸

捣练子

砧(zhēn)面莹[①]，杵(chǔ)声齐[②]，捣就征衣泪墨题[③]。寄到玉关应万里[④]，戍人犹在玉关西[⑤]。

①**砧**：捶衣服时垫在下面的石头。**莹**：光洁。 ②**杵**：捶衣的木棒。 ③**征衣**：军衣。 ④**玉关**：玉门关，在今甘肃省境内。 ⑤**戍人**：守卫边疆的军人。

写闺情以衬托征戍之苦的作品在唐诗中常有，在宋词中却少见。贺铸曾写有一组《捣练子》词，皆属这类题材。这是其中的一首。词中选取妇人辛勤捣衣、和泪写信，准备寄给万里之外的征夫这一特定场景进行描写，反映了封建兵役制下产生的外有征夫、家有怨女的社会悲剧。

边堠(hòu)远[①]，置邮稀[②]，附与征衣衬铁衣[③]。连夜不妨频梦见，过年惟望得书归[④]。

①边堠：边境侦察敌情用的土堡。**②置邮**：即驿车、驿马、驿站等邮递设施和工具。**③征衣**：军衣。**④过年**：经过一年。**惟**：只。**书**：信。

这也是贺铸《捣练子》组词中的一首，写在家的妇人在给戍边在外的丈夫寄信的同时寄上御寒的冬衣。思念丈夫却只能梦中相见，一次次的失望使她已不敢多存幻想，这次只巴望来年能收到丈夫的来信，知道他还活着并念着自己就满足了。兵役制度给她们造成的心灵伤痛不言自明。

贺铸

青玉案

凌波不过横塘路[①]，但目送、芳尘去[②]。锦瑟华年谁与度[③]？月桥花院[④]，琐窗朱户[⑤]，只有春知处。　碧云冉冉蘅皋(héng gāo)暮[⑥]，彩笔新题断肠句[⑦]。试问闲愁都几许[⑧]？一川烟草[⑨]，满城风絮[⑩]，梅子黄时雨[⑪]。

①**凌波**：指女子轻盈的步伐。典出曹植《洛神赋》“凌波微步，罗袜生尘”句。**横塘**：地名，在今江苏苏州。　②**芳尘**：指美人。　③**锦瑟华年**：美好的年华。典出李商隐《无题》“锦瑟无端五十弦，一弦一柱思华年”诗句。　④**月桥**：半月形的小桥。　⑤**琐窗**：雕花窗户。　⑥**蘅皋**：生长着杜蘅的水边高地。　⑦**彩笔**：五色笔，比喻杰出的文才。据说南朝文学家江淹曾得神人赠五色笔，诗文大进。　⑧**都**：共。⑨**一川**：满地。　⑩**风絮**：随风飘扬的柳絮。　⑪**梅子黄时雨**：即江南黄梅雨。

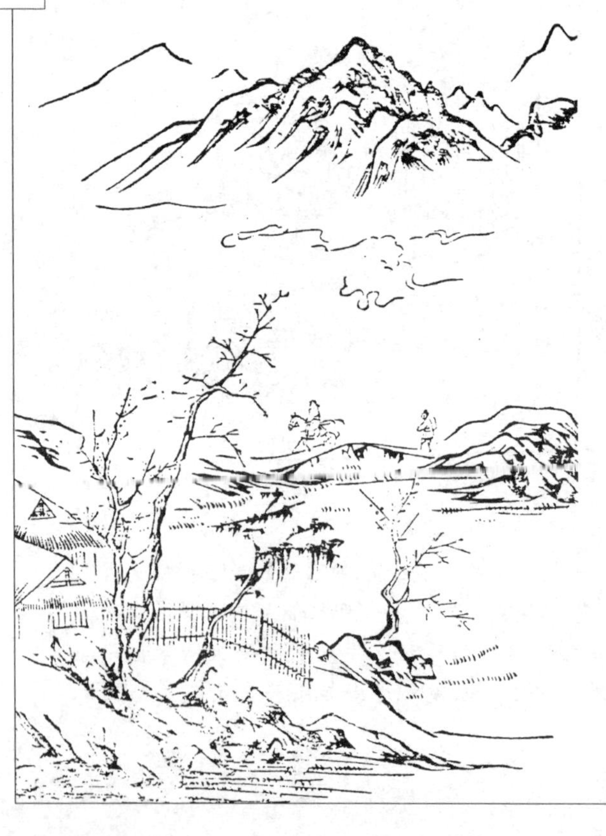

这是一首闲情词。主人公不能跟自己倾慕的女子相见、同处，从而引发无尽的闲愁。作者设喻夸张而精警，词藻华丽而贴切。全词景象朦胧，意境深邃，在写愁作品中高出一筹，是贺铸词的代表作。特别是后三句被人交口称赞，贺铸因此被称为“贺梅子”。

浣溪沙

贺铸

楼角初消一缕霞[①]，淡黄杨柳暗栖鸦，玉人和月摘梅花[②]。
笑捻(niǎn)粉香归洞户[③]，更垂帘幕护窗纱，东风寒似夜来些[④]。

①**霞**：晚霞。 ②**玉人**：美人。**和月**：趁着月色。 ③**粉香**：指梅花。**洞户**：指闺房。④**寒似**：寒于。**些**：句末语气词。

此词全篇写景，以景衬人，借景抒情。月美，花美，人更美。春风拂面，撩起人的万千思绪。美人在想些什么呢？作者没有道出，给读者留下了广阔的想象空间。全词像一幅画，画中景物和人物历历如在眼前。

贺铸

天香

烟络横林①，山沉远照②，迤逦(yǐ lǐ)黄昏钟鼓③。烛映帘栊(lóng)④，蛩(qióng)催机杼(zhù)⑤，共苦清秋风露。不眠思妇，齐应和、几声砧杵(zhēn chǔ)⑥。惊动天涯倦宦⑦，骎骎(qīn)岁华行暮⑧。　当年酒狂自负⑨，谓东君、以春相付⑩。流浪征骖(cān)北道⑪，客樯(qiáng)南浦⑫。幽恨无人晤(wù)语⑬。赖明月、曾知旧游处。好伴云来，还将梦去⑭。

①**烟络**：云雾缭绕。**横林**：横向延展的林带。　②**远照**：夕阳。　③**迤逦**：连续不断。④**帘栊**：窗帘。　⑤**蛩**：蟋蟀。**机杼**：纺织工具。　⑥**砧杵**：指捣衣声。砧，捶衣服时垫在下面的石头。杵，捣衣棒。　⑦**倦宦**：厌倦做官的人，此为作者自指。⑧**骎骎**：迅速的样子。**岁华**：年月。**行**：将。　⑨**酒狂**：爱饮酒的狂人。　⑩**东君**：主管春天的神。　⑪**骖**：马。**北道**：北方旱路。⑫**樯**：代指船。**南浦**：南方水路。⑬**晤语**：对谈。　⑭**将**：带。

此词写羁旅行役、悲秋怀人的落寞之情。词中过去、未来，征夫、思妇，景物、情语等交错叠出，给人以目不暇接之感，可谓健笔写柔情，横空盘硬语，充分体现了弓刀武人出生的贺铸的才略和豪情。

苏幕遮

周邦彦

燎沉香①，消溽（rù）暑②。鸟雀呼晴，侵晓窥檐语③。叶上初阳干宿雨④，水面清圆，一一风荷举。　　故乡遥，何日去？家住吴门⑤，久作长安旅⑥。五月渔郎相忆否？小楫（jí）轻舟⑦，梦入芙蓉浦⑧。

①**燎**：烧。**沉香**：沉香木，名贵的香料。　②**溽暑**：湿热的夏天。　③**侵晓**：天刚亮。侵，近。　④**叶**：荷叶。**宿雨**：隔夜雨。　⑤**吴门**：浙北旧属吴地，此指杭州。　⑥**长安**：指北宋首都汴京（今河南开封）。　⑦**楫**：船桨。　⑧**芙蓉浦**：荷花塘。芙蓉，荷花。

此词写思乡之情。在一个盛夏时节，词人因见园中池塘里的荷叶，联想到家乡钱塘（今杭州）的荷塘，思乡之情溢于言表。周邦彦词向以讲究辞藻、用典和韵律著称，本篇却极少雕饰，通俗易懂，这在周词中是比较少见的。

周邦彦（1056—1121），字美成，号清真居士，钱塘（今浙江杭州）人。宋徽宗时提举大晟府（即主管中央音乐机关）。他精通音律，注重技巧，创作了不少新的词调，为格律派词人所宗，在历史上产生了较大的影响。有《片玉集》传世。

周邦彦

兰陵王

柳

柳阴直，烟里丝丝弄碧[①]。隋堤上[②]，曾见几番，拂水飘绵送行色[③]。登临望故国[④]，谁识，京华倦客[⑤]？长亭路，年去岁来，应折柔条过千尺[⑥]。　闲寻旧踪迹，又酒趁哀弦[⑦]，灯照离席。梨花榆火催寒食[⑧]。愁一箭风快[⑨]，半篙(gāo)波暖，回头迢(tiáo)递便数驿[⑩]，望人在天北。　凄恻，恨堆积。渐别浦萦(yíng)回[⑪]，津堠(hòu)岑(cén)寂[⑫]，斜阳冉冉春无极。念月榭携手[⑬]，露桥闻笛[⑭]。沉思前事，似梦里，泪暗滴。

①**烟**：指雾气。**碧**：指嫩绿色的柳枝。　②**隋堤**：指北宋都城东京（今河南开封）汴河的河堤，这条堤是隋朝时修的，沿堤种柳。　③**绵**：指柳絮。**行色**：指行人。　④**故国**：故乡。　⑤**京华倦客**：作者自指。京华，京城。　⑥**柔条**：指柳条。　⑦**趁**：伴随。　⑧**榆火**：榆柳之火。寒食节禁火，过了寒食，要用新取的火。唐宋时，朝廷把榆柳中取出来的火赏赐给文武百官。**寒食**：清明前两天为寒食节，这一天不能生火。　⑨**一箭**：如箭一样飞快的船。　⑩**迢递**：遥远的样子。**驿**：驿站。　⑪**别浦**：水边送别的地方。**萦回**：曲折的样子。　⑫**堠**：渡口候望船只的地方，即码头。**岑寂**：寂寞。　⑬**月榭**：月光下的榭。榭，建在高台上的四边有栏杆的房屋。　⑭**露桥**：被露水打湿的桥。

这是一首伤别词，当写于作者最后一次离京时。一叠咏柳起兴，借柳荫、柳丝、柳絮、柳条铺写别情。二叠写离筵和惜别，点明时节。三叠写上路，风快、船快、路远、人远，不由使人无限惆怅，别情满怀。此词音节短促，词意萦回，似有吐不尽的心事，让人回味无穷，是宋人慢词中的名篇佳作。

应天长

周邦彦

条风布暖[1]，霏(fēi)雾弄晴[2]，池塘遍满春色。正是夜堂五月，沉沉暗寒食[3]。梁间燕，社前客[4]。似笑我、闭门愁寂。乱花过，隔院芸香[5]，满地狼藉。　　长记那回时[6]，邂逅(xiè hòu)相逢[7]，郊外驻油壁[8]。又见汉宫传烛，飞烟五侯宅[9]。青青草，迷路陌[10]，强(qiǎng)载酒、细寻前迹[11]。市桥远，柳下人家，犹自相识。

①**条风**：春风。　②**霏雾**：云雾。　③**寒食**：寒食节。　④**社前客**：春社前来的客人，即指燕子。　⑤**芸香**：泛指花香。　⑥**时**：语气词，相当于“呵”。　⑦**邂逅**：不期而遇。　⑧**油壁**：油壁车，一种轻便车子，多为妇女所乘。　⑨**“又见”二句**：化用唐朝韩翃《寒食》“日暮汉宫传蜡烛，轻烟散入五侯家”诗意。汉成帝时，同一日封舅王氏五人为侯。此以“五侯”泛指富贵人家。这两句话点明时间为寒食节，地点在都城。　⑩**路陌**：小路。　⑪**强**：勉强。

这是一首寒食节怀人词。词人故地重游，春色依旧，但物是人非，佳人不再，空留下美好的回忆萦绕眼前，叫人伤感不已。词人运笔如飞，触景伤情，伴随时空的变化，情感之潮时高时低，百折千回。

满庭芳

周邦彦

夏日溧(lì)水无想山作

风老莺雏(chú)[1]，雨肥梅子，午阴嘉树清圆[2]。地卑山近，衣润费炉烟[3]。人静乌鸢(yuān)自乐[4]，小桥外、新绿溅溅[5]。凭阑(lán)久，黄芦苦竹[6]，拟泛九江船。　　年年，如社燕[7]，飘流瀚海[8]，来寄修椽(chuán)[9]。且莫思身外[10]，长近尊前[11]。憔悴江南倦客，不堪听、急管繁弦。歌筵畔，先安簟(diàn)枕[12]，容我醉时眠。

①**莺雏**：幼莺。　②**午阴**：正午的树阴。　③**润**：潮湿。**炉**：薰炉。　④**乌鸢**：乌鸦和鹞鹰。此泛指飞禽。　⑤**新绿**：指河水。**溅溅**：水流很急的样子。　⑥**黄芦苦竹**：白居易《琵琶行》诗有“住近湓江地低湿，黄芦苦竹绕宅生”句。此句是说自己与白居易谪居九江时所住的地方相似。　⑦**社燕**：即燕子。燕子每年春社前后从南方飞来，秋社前后又飞回南方。　⑧**瀚海**：沙漠。此指偏远的地方。　⑨**修**：长。**椽**：屋椽。　⑩**身外**：身外之物，指功名利禄。　⑪**尊**：酒杯。　⑫**簟**：竹席。

这首词是周邦彦任溧水（今江苏溧水）县令时所作。词中选取春末夏初特有的景物，化用杜甫、白居易等人的诗句，旨在表现词人厌倦官场、悲喜无定、苦乐交叠的复杂心情。由于写景精当，用典入化，使得这首词显得富艳工整，含蓄蕴藉。

周邦彦

瑞龙吟

章台路[①]，还见褪(tuì)粉梅梢，试花桃树[②]。愔愔(yīn)坊陌人家[③]，定巢燕子[④]，归来旧处。　黯凝伫。因念个人痴小[⑤]，乍窥门户。侵晨浅约宫黄[⑥]，障风映袖，盈盈笑语。　前度刘郎重到[⑦]，访邻寻里，同时歌舞。唯有旧家秋娘[⑧]，声价如故。吟笺(jiān)赋笔，犹记燕台句[⑨]。知谁伴、名园露饮[⑩]，东城闲步？事与孤鸿去。探春尽是，伤离意绪。官柳低金缕[⑪]，归骑晚，纤纤池塘飞雨。断肠院落，一帘风絮。

①**章台路**：汉朝长安章台下有章台路，是歌妓聚居之处。　②**试花**：花刚开。③**愔愔**：安静。**坊陌人家**：娼家。　④**定巢**：安巢。　⑤**个人**：伊人。　⑥**约**：涂。**宫黄**：妇女化妆的黄粉。　⑦**"前度"句**：用唐朝刘禹锡《再游玄都观》"种桃道士归何处，前度刘郎今又来"诗意。　⑧**秋娘**：唐代金陵的歌妓。此指代词人的旧情人。⑨**燕台句**：李商隐曾为歌妓柳枝作《赠柳枝》五首，序称"柳枝为洛中里娘（歌妓），曾咏余《燕台诗》"。作者以此比喻自己与歌妓的交往。　⑩**露饮**：脱帽饮酒。⑪**官柳**：大道上的柳树。**金缕**：金线般的柳条。

此词约写于宋哲宗绍圣四年（1097）。周邦彦十年外任后，调回汴京任国子监主簿。但政治风雨、人事沧桑，使初回京城的他有不胜今昔之感，于是写下了这首寄托遥深的词。此词表面看，写的是旧地重游，追念词人当年爱过的一位歌妓，因而触发伤离意绪，实为借香草美人寄托政治感慨。全词语言华美，声韵铿锵，用典精确，脉络繁复而清晰，层次错落而有致，遂使本篇倍受赞誉，是周词中最具代表性的作品，历来被看作压卷之作。

周邦彦

齐天乐

秋思

绿芜凋尽台城路[1]，殊乡又逢秋晚[2]。暮雨生寒，鸣蛩(qióng)劝织[3]，深阁时闻裁剪。云窗静掩[4]。叹重拂罗茵[5]，顿疏花簟(diàn)[6]。尚有綀(shū)囊[7]，露萤清夜照书卷[8]。　　荆江留滞最久[9]，故人相望处[10]，离思何限？渭水西风，长安乱叶，空忆诗情宛转。凭高眺远，正玉液新篘(chōu)[11]，蟹螯(áo)初荐[12]。醉倒山翁[13]，但愁斜照敛。

①**绿芜**：丛生的绿草。**台城**：皇宫。此指晋、宋时的宫殿，故址在今南京市玄武湖旁。②**殊乡**：他乡。　③**鸣蛩**：蟋蟀。**劝织**：蟋蟀又名促织，所以说"劝织"。　④**云窗**：雕有云状花纹的窗。　⑤**茵**：褥子。　⑥**花簟**：织有花纹的竹席。　⑦**綀囊**：粗麻布袋。⑧**露萤**：沾着露水的萤火虫。　⑨**荆江**：楚地，在今湖南湖北一带。　⑩**故人**：老朋友。⑪**玉液**：酒的美称。**篘**：过滤。　⑫**荐**：献。　⑬**山翁**：西晋人山简喜饮酒，常大醉。此暗指作者所怀念的老朋友。

此词是周邦彦晚年客居江宁（今江苏南京）时所作。词中描写景物，追怀往事，表现了老年人常有的迟暮之悲。其间又交织着羁旅行役之愁，故地故人之思和对时间、往事的留恋之情，读来甚感悲凉，曾引起许多失意文人的共鸣。

夜游宫

周邦彦

叶下斜阳照水，卷轻浪、沉沉千里[①]。桥上酸风射眸(móu)子[②]，立多时，看黄昏灯火市。　　古屋寒窗底[③]，听几片、井桐飞坠[④]。不恋单衾(qīn)再三起，有谁知，为萧娘书一纸[⑤]？

①沉沉：深远的样子。　**②酸风**：凄风。**眸子**：眼睛。　**③古屋**：旧房子。　**④井桐**：水井旁的桐叶。　**⑤"为萧娘"句**：用唐朝杨巨源《崔娘》"风流才子多春思，肠断萧娘一纸书"诗意。萧娘是唐人对所爱恋的女子的泛称。

这是一首怀人词。作者着力铺叙自己从黄昏到夜晚，又从黑夜到三更凄凄惶惶、寝卧不安的情景，巧妙地写出了自己因思念而长夜难眠、久久不宁的心绪。加上景物点缀，化用唐人诗意，从而构成了一个完美的意境。

周邦彦

解语花

上　元[1]

风消焰蜡，露浥烘炉[2]，花市光相射。桂华流瓦[3]，纤云散、耿耿素娥欲下[4]。衣裳淡雅，看楚女、纤腰一把[5]。箫鼓喧、人影参差[6]，满路飘香麝[7]。　因念都城放夜[8]，望千门如昼，嬉笑游冶[9]。钿车罗帕[10]，相逢处、自有暗尘随马。年光是也，惟只见、旧情衰谢。清漏移[11]，飞盖归来[12]，从舞休歌罢[13]。

①**上元**：元宵节。　②**浥**：沾湿。**烘炉**：指花灯。　③**桂华流瓦**：月光流洒到屋瓦上。桂华，月光。　④**耿耿**：明亮的样子。**素娥**：嫦娥。　⑤**楚女**：美女。　⑥**参差**：长短不齐。　⑦**香麝**：浓郁的香气。　⑧**放夜**：古代实行宵禁，只在元宵节夜晚放禁，因称“放夜”。　⑨**游冶**：游玩娱乐。　⑩**钿车**：镶嵌有金宝的车子，此指装饰华丽的车子。**罗帕**：丝绸手帕。　⑪**清漏移**：时间过去。漏，漏壶，古代的计时器具。　⑫**飞盖**：马车。　⑬**从**：任从。

此词描写元宵灯会。作者在极力铺写上元灯节的欢声笑语、灯月交辉、人灯相映的太平盛况的同时，流露出一种因仕途失意而郁郁不欢、众人皆乐我独悲的纤细情感。以乐景写哀情，倍增其哀，便是此词的高明之处。

周邦彦

六丑

正单衣试酒，怅客里、光阴虚掷。愿春暂留，春归如过翼①，一去无迹。为问家何在？夜来风雨，葬楚宫倾国②。钗钿(diàn)堕处遗香泽③，乱点桃蹊(xī)④，轻翻柳陌。多情更谁追惜？但蜂媒蝶使，时叩窗隔⑤。　　东园岑(cén)寂⑥，渐蒙笼暗碧。静绕珍丛底⑦，成叹息。长条故惹行客⑧，似牵衣待话，别情无极。残英小、强(qiǎng)簪巾帻(zé)⑨。终不似、一朵钗头颤袅⑩，向人攲(qī)侧⑪。漂流处，莫趁潮汐。恐断红、尚有相思字⑫，何由见得！

①过翼：飞过的鸟。　**②楚宫倾国**：指楚宫美人，这里比喻蔷薇花。　**③钗钿**：比喻花朵。　**④桃蹊**：桃树下的小路。　**⑤窗隔**：窗子。　**⑥岑寂**：寂静。　**⑦珍丛**：指蔷薇花丛。　**⑧行客**：行人。　**⑨巾帻**：头巾。　**⑩颤袅**：轻微颤动。　**⑪攲**：通“攲”，斜。　**⑫断红**：落花。**相思字**：唐朝卢渥在宫门外的沟里看到一片红叶，上有一首情诗。

此词咏物抒怀，借花写人。处处写花又处处写人：春光已逝，花草凋零，比喻自己华年不再；花恋人，人惜花，寓知音难得，情谊可贵。作者赋予花以人的性格，又将人幻化为花，让读者分不出何为人，何为花，花人合一，情景浑融，创造出一个高妙的境界，使此词成为咏物词中的名篇。

金陵怀古[1]

佳丽地[2]，南朝盛事谁记[3]？山围故国绕清江[4]，髻鬟（jì huán）对起[5]。怒涛寂寞打孤城，风樯遥度天际。　断崖树，犹倒倚，莫愁艇子曾系[6]。空遗旧迹郁苍苍，雾沉半垒[7]。夜深月过女墙来[8]，赏心东望淮水[9]。　酒旗戏鼓甚处市？想依稀、王谢邻里[10]。燕子不知何世，向寻常、巷陌人家，相对如说兴亡，斜阳里。

①**金陵**：今江苏南京。　②**佳丽地**：指金陵。南朝诗人谢朓《入朝曲》："江南佳丽地，金陵帝王州。"　③**南朝**：南北朝时的宋、齐、梁、陈，它们都建都金陵。　④**故国**：指金陵。　⑤**髻鬟**：形容青山。　⑥**莫愁**：莫愁女。　⑦**垒**：营垒。　⑧**女墙**：城上矮墙。　⑨**赏心**：赏心亭。**淮水**：秦淮河。　⑩**依稀**：大约。**王谢**：东晋豪门王导、谢安的家族。从此以下诸句化用刘禹锡《乌衣巷》诗："朱雀桥边野草花，乌衣巷口夕阳斜。旧时王谢堂前燕，飞入寻常百姓家。"

此词写兴亡之感。作者巧妙地融合谢朓、刘禹锡等人的诗句，通过对金陵的多处景观进行描写，绘画出一幅金陵古城兴衰成败的沧桑图，同时阐发了自己的政治见解，抒发了作者的人生感慨。全词纵横开阖，场面宏大，化用前人诗句而不留痕迹，在艺术上具有很高的造诣。

周邦彦

蝶恋花

早行

月皎惊乌栖不定[①]，更漏将阑(lán)[②]，辘轳(lù lú)牵金井[③]。唤起两眸(móu)清炯炯(jiǒng)[④]，泪花落枕红绵冷。　执手霜风吹鬓影，去意徊徨(huái huáng)[⑤]，别语愁难听。楼上阑干横斗柄[⑥]，露寒人远鸡相应。

①**皎**：洁白。**栖**：栖息。　②**更漏**：漏壶。古代的计时器，夜间根据漏刻传更。**阑**：尽。　③**辘轳**：汲水用的滑车。**金井**：有雕饰的井栏。　④**炯炯**：光亮的样子。　⑤**徊徨**：心神不定的样子。　⑥**阑干**：横斜的样子。**斗柄**：北斗七星中第五星至第七星连接起来的形状像斗的柄。

这是一首送别词。词人从别前惊魂不定，彻夜难眠；别时执手不舍，泪眼凝噎；别后久久伫立，忘了回家三个方面，写出了依依惜别之情。词中场面阴冷，境界凄迷，增强了送别时的伤感之情，是一首很有特色的送别词。

相见欢

朱敦儒

金陵城上西楼[①]，倚清秋[②]。万里夕阳垂地，大江流。　中原乱[③]，簪（zān）缨散[④]，几时收[⑤]？试倩（qìng）悲风吹泪[⑥]，过扬州[⑦]。

①金陵：今江苏南京。　**②倚清秋**：倚靠栏杆欣赏清秋景色。　**③中原乱**：指1127年金兵攻占中原，北宋灭亡。**④簪缨**：指贵族。簪为簪子，缨为帽带，是贵族的装束。**⑤收**：收复失地。　**⑥倩**：请。**悲风**：秋风。　**⑦过扬州**：扬州以北为金人占领区。这句话的意思是说，请秋风吹着我的眼泪，跨过扬州，送到中原地区。

此词当作于靖康之难以后，词人登上金陵城楼，面对滚滚长江和沦陷的山河，不禁感慨万千。他要托"悲风"向中原父老捎去自己的忧国之泪，语气沉痛，感人泪下。

朱敦儒（1081—1159），字希真，号岩壑老人，又称伊川老人、洛川先生，洛阳（今属河南）人。宋高宗绍兴五年（1135）赐进士出身，任秘书省正字，官至鸿胪少卿。

其词风格旷达，一扫当时词坛绮靡柔媚的风气，继承了苏轼词风而又有所变化。有词集《樵歌》三卷。

渔父词

摇首出红尘[①]，醒醉更无时节。活计绿蓑(suō)青笠[②]，惯披霜冲雪[③]。

晚来风定钓丝闲，上下是新月。千里水天一色，看孤鸿明灭[④]。

①**红尘**：尘世，此指官场。 ②**绿蓑青笠**：这是渔人的装束。 ③**冲**：冒。 ④**明灭**：或隐或现。

朱敦儒晚年隐居嘉禾（今浙江嘉兴）鸳鸯湖畔，在那里写了一组六首《渔父词》，这是其中第四首，旨在表现自己的旷达闲适之情。词中那位醒醉无时、披霜冒雪、自由自在的渔父便是作者自身的写照。全词语言轻快，意境高远。

采桑子

吕本中

恨君不似江楼月，南北东西。南北东西，只有相随无别离。　　恨君却似江楼月，暂满还亏。暂满还亏，待得团圆是几时？

此词写闺妇之怨。这位妇人一会儿恨君不似月，一会儿恨君恰似月，无理而有情。作者像一位高明的医生，诊出了思妇心绪不宁、心思矛盾的脉象，并把它放在同一时间、空间，利用江楼、江月这些特定景物，用对比手法和民歌中常用的回环往复形式，使思妇的内心世界得以淋漓尽致地表露。

吕本中（1084—1145），原名大中，字居仁，号紫微，人称东莱先生，寿州（治今安徽凤台）人。宋高宗绍兴年间进士，官至中书舍人兼权直学士院，因力主抗金而被罢官。其诗受黄庭坚影响较深，被后人列入江西诗派。其词清新雅丽，民歌气息较浓。有《东莱集》。

吕本中

南歌子

驿路侵斜月，溪桥度晓霜。短篱残菊一枝黄，正是乱山深处过重阳[①]。　旅枕元无梦[②]，寒更每自长[③]。只言江左好风光[④]，不道中原归思转凄凉[⑤]。

①**重阳**：重阳节，在农历九月九日。　②**元**：原来。　③**寒更**：指寒夜。　④**江左**：江东，长江中下游一带的江南地区。　⑤**不道**：不料。**中原归思**：回归中原的想法。

公元1127年，金兵攻破汴京，掳走徽、钦二帝，北宋旧臣各自亡命。吕本中也仓皇南逃，避身湖、广一带。这首《南歌子》词即作于逃难途中。节逢重阳，却值避乱之时，身在乱山深处。江左虽好，偏遇羁旅中人，有家难归。万千愁绪，便凝成了这首寄思遥远、深沉委婉的词篇。

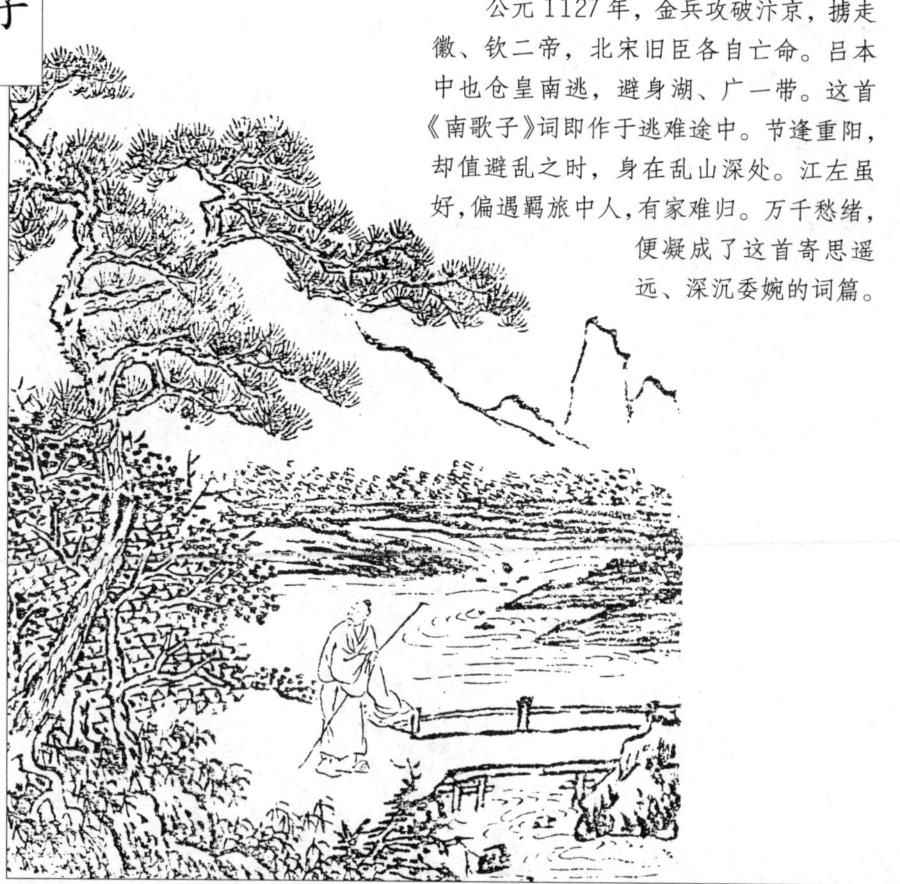

如梦令

李清照

昨夜雨疏风骤，浓睡不消残酒。试问卷帘人[①]，却道海棠依旧。知否？知否？应是绿肥红瘦[②]。

①卷帘人：正在卷帘的侍女。　**②绿**：指海棠的叶。**红**：指海棠的花。

此词写惜春之情。词人用极其精炼的对话，勾勒出一幅春雨过后红花凋零、绿叶繁茂的画面，惜春之情蕴含其中，不言自喻。通篇语言轻快，巧夺天工。

李清照（1084—约1151），号易安居士，齐州章丘（今山东章丘西北）人。丈夫赵明诚是著名的金石考据家。北宋灭亡后，夫妻南渡，不久赵明诚病死。之后，金兵南下，李清照辗转于越、杭、金华等地，饱受颠沛流离之苦。渡江前，由于生活优裕，她的词内容狭窄，主要描写闺情相思之类的题材。南渡后，词风大变，作品中多反映国破家亡之痛和对故土故人的思念之情。她是我国文学史上杰出的女词人，其词婉约清新，被称为『易安体』，有《漱玉词》传世，存词七十八首。

点绛唇

李清照

寂寞深闺，柔肠一寸愁千缕。惜春春去，几点催花雨[①]。

倚遍栏干，只是无情绪！人何处？连天芳草，望断归来路。

①**催花雨**：春雨。

此词写春愁。晚春季节，词人凭栏眺望，面对催花春雨和连天芳草，只是提不起精神来。此词旨在表现女词人与丈夫别后，倍感孤单寂寞的情绪。作者妙笔传神，词意深婉凄迷，促人遐思。

记　梦

天接云涛连晓雾，星河欲转千帆舞[1]。仿佛梦魂归帝所。闻天语，殷勤问我归何处[2]？　　我报路长嗟日暮[3]，学诗漫（màn）有惊人句[4]。九万里风鹏正举[5]。风休住，蓬舟吹取三山去[6]。

①**星河**：天河。**转**：指拂晓前天河西移。　②**殷勤**：情意恳切的样子。　③**报**：回答。**嗟**：叹。　④**漫**：空。　⑤**九万里风**：《庄子·逍遥游》说，大鹏需要凭借九万里高的大风上托，然后可以往南飞翔。**举**：飞。　⑥**蓬舟**：像飞蓬一样轻快的船。**三山**：神说中的蓬莱、方丈、瀛洲三座仙山。

此词记梦抒怀。词人运笔如飞，舟行海上却上下东西，展开一幅壮阔场景；晓雾弥天，星河转移，呈现恢宏壮阔的气势。词中表现了一位怀抱奇才的女子有志难展的苦闷，以及只能在梦想的王国中求得精神慰藉的无奈，风格雄健，豪气直压须眉。

李清照

如梦令

常记溪亭日暮[1]，沉醉不知归路。兴尽晚回舟，误入藕花深处[2]。争渡，争渡，惊起一滩鸥鹭。

①**常**：通“尝”，曾经。**溪亭**：济南名泉，临近大明湖。　②**藕花**：荷花。

此词记一次春日郊游：兴尽醉归，天色已晚，一时难辨归路，桨声、笑语声、惊起鸥鹭的拍翅声，构成一幅欢乐的画面。全词情景交融，明丽动人。

离别

李清照

凤凰台上忆吹箫

香冷金猊(ní)[①]，被翻红浪，起来慵(yōng)自梳头[②]。任宝奁(lián)尘满[③]，日上帘钩。生怕离怀别苦，多少事、欲说还休。新来瘦，非干病酒[④]，不是悲秋。　　休休！这回去也，千万遍阳关[⑤]，也则难留。念武陵人远[⑥]，烟锁秦楼[⑦]。惟有楼前流水，应念我、终日凝眸(móu)。凝眸处，从今又添、一段新愁。

①**金猊**：狮形铜香炉。猊，狻(suān)猊,这里指狮子。　②**慵**：懒。　③**宝奁**：华丽的梳妆匣。④**干**：关涉。　⑤**阳关**：王维《送元二使安西》诗有“西出阳关无故人”句，后人将此诗作为送别曲。　⑥**武陵人**：《桃花源记》中的渔人。这里比喻曾隐居乡间十年的作者的丈夫赵明诚。⑦**秦楼**：秦穆公之女弄玉所住之楼。这里比喻作者自己所住之楼。

此词写别后相思之愁，作于宋徽宗宣和初年。其时作者的丈夫赵明诚出任莱州太守，李清照独居青州乡里。词人从别前挽留写到别后惆怅，层层深入。词中选择了一些生活琐事和生活细节，用旁敲侧击的手法来表现离愁，显得特别深细委婉，缠绵动人。

李清照

一剪梅

红藕香残玉簟（diàn）秋[①]。轻解罗裳[②]，独上兰舟[③]。云中谁寄锦书来[④]？雁字回时[⑤]，月满西楼。　　花自飘零水自流。一种相思，两处闲愁。此情无计可消除，才下眉头，却上心头。

①**红藕**：红荷花。**玉簟**：精美的竹席。　②**罗裳**：丝绸制的裙子。　③**兰舟**：船的美称。　④**锦书**：锦字回文书，此指情书。　⑤**雁字**：雁飞行时排成“一”字形或“人”字形，故称雁字。雁是候鸟，据说能传书信。

此词写离愁。作者以女子所特有的敏感，通过视觉、触觉和内心感受来描写和体味深秋，抒写情怀，笔触细腻，语言淡而有味。特别是最后三句，成了广为传诵的写愁名句。

小重山

李清照

春到长门春草青[①]，红梅些子破[②]，未开匀。碧云笼碾玉成尘[③]，留晓梦，惊破一瓯(ōu)春[④]。　　花影压重门[⑤]，疏帘铺淡月[⑥]，好黄昏。二年三度负东君[⑦]，归来也，著(zhuó)意过今春[⑧]。

①长门：长门宫，汉武帝皇后陈阿娇失宠后居于此。　**②些子**：有些。**破**：指绽开。　**③碧云**：指茶叶的颜色。**笼**：茶笼，放茶的器具。**玉**：指名贵的茶叶。　**④一瓯春**：一瓯春茶。指饮下一瓯茶，驱除了早晨留在脑际的梦境。　**⑤重门**：多层之门。　**⑥疏帘**：稀疏的门帘。　**⑦二年三度**：农历闰年时，一年中首尾有两个立春日，因而两年就有三个立春日。**东君**：春天之神，此指春天。　**⑧著意**：用心。

此词写惜春之情。初春时节，从清晨到黄昏月夜，所见满眼是烂漫春光。词人惊喜之下，懊悔以前错过春光，决意此番要好好珍惜。惜春之情中隐含着惜时之意，蕴藉精巧。

醉花明

九　日[1]

薄雾浓云愁永昼[2]，瑞脑销金兽[3]。佳节又重阳，玉枕纱橱[4]，半夜凉初透。　　东篱把酒黄昏后[5]，有暗香盈袖。莫道不消魂[6]，帘卷西风，人比黄花瘦[7]。

①**九日**：九月九日重阳节。　②**永昼**：漫长的白天。　③**瑞脑**：香料名。**金兽**：兽形的铜香炉。　④**玉枕**：瓷枕。**纱橱**：纱帐。因形状如橱，故称。　⑤**东篱**：菊园的代称。典出陶渊明"采菊东篱下"诗句。　⑥**消魂**：形容极度愁苦。　⑦**黄花**：菊花。

这是一首著名的重阳词，作者借咏重阳佳节写相思之苦。词人在对自然景物的描写中，加入了自己浓重的感情色彩，从而创造出优美的意境。特别是末句以黄花喻人的憔悴，以消瘦暗示相思之苦，含蓄隽永，让人回味无穷。

李清照

念奴娇

春 情

萧条庭院，又斜风细雨，重门须闭。宠柳娇花寒食近[①]，种种恼人天气。险韵诗成[②]，扶头酒醒[③]，别是闲滋味。征鸿过尽[④]，万千心事难寄。　　楼上几日春寒，帘垂四面，玉栏干慵(yōng)倚[⑤]。被冷香消新梦觉，不许愁人不起。清露晨流，新桐初引[⑥]，多少游春意！日高烟敛[⑦]，更看今日晴未？

①**寒食**：寒食节，在清明节前两天。　②**险韵诗**：用字数很少的韵押韵的诗，如江韵、佳韵等，可供选择的韵脚字很少，这样的诗不易写。　③**扶头酒**：一种烈性酒，容易喝醉。　④**征鸿**：飞雁。　⑤**慵**：懒。　⑥**引**：生长。　⑦**烟敛**：雾收。

此词写春日闺情。词中众多的景物描写都是为了表达词人难以排遣的离情别绪。作者以春日阴晴不定比喻自己心绪不宁，以春寒被冷暗示自己独居孤凄，用笔委婉细腻，耐人寻味。

李清照

永遇乐

落日熔金①，暮云合璧②，人在何处？染柳烟浓，吹梅笛怨③，春意知几许？元宵佳节，融和天气，次第岂无风雨④？来相召、香车宝马⑤，谢他酒朋诗侣。　中州盛日⑥，闺门多暇，记得偏重三五⑦。铺翠冠儿⑧，拈(niān)金雪柳⑨，簇带争济楚⑩。如今憔悴，风鬟(huán)雾鬓⑪，怕见夜间出去⑫。不如向、帘儿底下，听人笑语。

①**熔金**：形容落日的颜色。　②**暮云合璧**：傍晚的云彩联成一片，像一块璧玉。③**梅**：指《梅花落》曲调。　④**次第**：转眼。　⑤**召**：邀请。　⑥**中州**：指北宋都城汴京（今河南开封）。　⑦**三五**：正月十五元宵节。　⑧**铺翠冠儿**：镶了翡翠的帽子。⑨**金雪柳**：用黄纸或白纸扎的柳枝，是妇女元宵节戴的头饰。　⑩**簇带**：满头插戴。**济楚**：整齐漂亮。　⑪**风鬟雾鬓**：形容头发散乱斑白。　⑫**怕见**：懒得。

此词作于李清照晚年时期。词人以大量的篇幅写昔年汴京元宵的热闹繁华，用来反衬今日元夜的冷清孤寂，有往事不堪回首之慨。作品旨在表现词人对中原沦丧的哀痛和失去亲人、了无生趣的感伤，读后令人哀惋叹惜。

武陵春

李清照

风住尘香花已尽，日晚倦梳头。物是人非事事休，欲语泪先流。　　闻说双溪春尚好[1]，也拟泛轻舟[2]。只恐双溪舴艋（zé měng）舟[3]，载不动、许多愁[4]。

①双溪：水名，在今浙江金华。　**②拟**：打算。　**③舴艋舟**：一种小船。　**④许多**：这么多。

宋高宗绍兴四年（1134），金兵再度南下，李清照随官兵乘小舟溯富春江至金华避难，此词即作于避乱金华期间。此时国恨、家愁堆积在作者心头，已无法用言语表达，词人仅以“物是人非”四字笼统概括，含有不尽的言外之意。末两句顺手点拨眼前景物，将抽象的愁情形象化，成为写愁的千古绝唱。

李清照

声声慢

寻寻觅觅，冷冷清清，凄凄惨惨戚戚[①]。乍暖还寒时候[②]，最难将息[③]。三杯两盏淡酒，怎敌他、晚来风急？雁过也，正伤心，却是旧时相识[④]。　　满地黄花堆积[⑤]。憔悴损[⑥]，如今有谁堪摘[⑦]？守著窗儿，独自怎生得黑[⑧]？梧桐更兼细雨[⑨]，到黄昏、点点滴滴。这次第[⑩]，怎一个愁字了得！

①**戚戚**：忧愁的样子。　②**乍**：突然。　③**将息**：调养。　④**旧时相识**：指这只雁曾经为她带过信。　⑤**黄花**：菊花。　⑥**憔悴损**：憔悴煞。损，煞，语气词。⑦**谁**：什么。　⑧**怎生**：怎样。　⑨**细雨**：小雨。　⑩**次第**：情形。

此词抒写国破家亡的深愁巨恨。词人以超人的笔法和精炼的语言，将自己的愁情加以浓缩，集中而概括地反映了南渡以来词人的生活情形和精神面貌。词中虽然哀愁满目，但仍能看出词人对生活的执着。此词历来以用叠字精绝著称于世，写景状物十分精绝，是李清照词的代表作。

秦楼月

向子諲

芳菲歇[1]，故园目断伤心切。伤心切。无边烟水，无穷山色。　可堪更近乾龙节[2]，眼中泪尽空啼血。空啼血。子规声外[3]，晓风残月。

①**芳菲歇**：指百花凋谢。　②**乾龙节**：帝王生日。此指宋钦宗生日。　③**子规**：杜鹃。

此词写家国之思。词人由春尽花谢联想到已沦陷的中原故园和被掳的徽、钦二帝，目断心伤，痛心疾首。向子諲曾在金兵围攻潭州（今长沙）时，率军民浴血死战，充分表现了他的爱国精神，可为此词的印证。

向子諲（yīn）（1085—1152），字伯恭，号芗林居士，临江（今江西清江）人。历官京畿转运副使、户部侍郎，因与秦桧不和，致仕。有《酒边词》传世。

李重元

忆王孙

春词

萋萋芳草忆王孙①，柳外楼高空断魂，杜宇声声不忍闻②。欲黄昏，雨打梨花深闭门。

①**萋萋**：茂盛的样子。**王孙**：贵族公子。　②**杜宇**：杜鹃。

此词写思妇怀人。作者借景抒情，用萋萋芳草、楼外烟柳、杜鹃哀鸣、雨打梨花等景象烘托出女主人公的孤寂愁苦心情，深婉含蓄，让人回味无穷。

李重元，约1122年前后在世。生平不详。黄升《花庵词选》卷七录其《忆王孙》词四首，分别吟咏春、夏、秋、冬四景。

临江仙

陈与义

夜登小阁，忆洛中旧游[1]。

忆昔午桥桥上饮[2]，坐中多是豪英。长沟流月去无声[3]。杏花疏影里，吹笛到天明。

二十余年如一梦，此身虽在堪惊。闲登小阁看新晴[4]。古今多少事，渔唱起三更[5]。

①**洛中**：洛阳。 ②**午桥**：午桥庄，在洛阳城南。 ③**长沟**：大河。 ④**新晴**：雨后初晴。 ⑤**渔唱**：渔人唱的歌。**三更**：半夜。

此词由回忆洛阳旧游时的豪情引发出无限感慨，旨在表现南渡以来国况日下的现实，词人的抑郁和不满隐含其中。全词情调由豪放而入平淡，似有一股不尽的哀声回响于耳边，让人倍感凄凉。

陈与义（1090—1139），字去非，号简斋，洛阳（今属河南）人。宋徽宗政和三年（1113）进士，任太学博士。南渡后，历官中书舍人、吏部侍郎，官至参知政事。以诗著称，是南宋著名的诗人。其词学苏轼，清婉豪放。有《简斋集》。

陈与义

临江仙

高咏楚词酬午日[①]，天涯节序匆匆[②]。榴花不似舞裙红。无人知此意，歌罢满帘风。　　万事一身伤老矣！戎葵凝笑墙东[③]。酒杯深浅去年同。试浇桥下水，今夕到湘中[④]。

①**楚词**：即楚辞，屈原作品。**午日**：即五月五日端午节。　②**天涯**：当时作者流寓两湖（今湖南、湖北）间，远离家乡。　③**戎葵**：蜀葵。　④**湘中**：屈原死的地方。这句是说用酒遥祭屈原。

靖康之难后，国破家亡，有志之士日夜悲痛，无心过任何节日。时逢端午佳节，词人想起在端午日投江殉国的爱国诗人屈原，感慨系之，写下此词。词人高咏楚辞，凭吊屈原，旨在表达自己的爱国情愫。

张元幹

贺新郎

寄李伯纪丞相[1]

曳杖危楼去[2]。斗垂天、沧波万顷[3]，月流烟渚(zhǔ)[4]。扫尽浮云风不定，未放扁(piān)舟夜渡[5]。宿雁落、寒芦深处[6]。怅望关河空吊影[7]，正人间、鼻息鸣鼍(tuó)鼓[8]。谁伴我，醉中舞？　十年一梦扬州路[9]。倚高寒、愁生故国[10]，气吞骄虏[11]。要(yāo)斩楼兰三尺剑[12]，遗恨琵琶旧语[13]。漫(màn)暗涩、铜华尘土[14]。唤取谪仙平章看[15]，过苕(tiáo)溪、尚许垂纶(lún)否[16]？风浩荡，欲飞举[17]。

①**李伯纪**：即李纲，字伯纪，时任丞相，力主抗金。②**危楼**：高楼。③**斗**：北斗星。④**烟渚**：雾气弥漫的小洲。渚，水中小岛。⑤**扁舟**：小船。⑥**寒芦**：深秋的芦苇。⑦**关河**：关山河流。**吊影**：慰问自己的影子。⑧**鼍鼓**：鳄鱼皮制的鼓。鼍，扬子鳄。⑨**"十年"句**：十年以前，即1129年，金兵攻占扬州，宋高宗南逃。扬州当时是淮南东路的首府。⑩**高寒**：指高楼。典出苏轼词《水调歌头》"高处不胜寒"句。**故国**：指被金人占领的中原地区。⑪**骄虏**：指敌人。⑫**要斩**：腰斩。**楼兰**：西汉时西域小国，楼兰王作匈奴间谍，杀害汉朝使节，傅介子受命刺杀楼兰王。此以楼兰比喻金人。⑬**琵琶旧语**：汉元帝派王昭君出塞，与匈奴和亲。昭君善弹琵琶。这里是影射南宋王朝屈辱求和。⑭**漫**：白白地。**暗涩**：指宝剑生锈颜色发暗。**铜华**：铜锈。⑮**谪仙**：李白。此借指李纲。**平章**：评论。⑯**苕溪**：水名，在今浙江省北部，流入太湖。**垂纶**：垂钓。纶，钓鱼线。⑰**举**：飞。

张元幹（1091—约1170），字仲宗，自号真隐山人，又号芦川老隐，长乐（今属福建）人。官至将作少监。他极力主张抗金，靖康元年（1126）被东京留守李纲辟为幕僚，参加抗金。李纲罢相，他亦遭贬逐。后来又因作《贺新郎》词送胡铨，触怒秦桧，被削除官籍。他的文学成就主要在于词的创作，其词长于抒发悲愤之感，以豪放为主，间有婉约之作，对后来的辛弃疾等爱国词人产生过重要影响。有《芦川词》。

张元幹

贺新郎

此词作于宋高宗绍兴九年（1139）。抗金名将李纲因上书反对议和被罢官，张元幹闻讯后，怀着满腔义愤写下了这首词，表达对李纲的支持和同情。词人忆往昔，看今日，内心像大潮奔涌，义愤填膺。为了国家的前途和命运，作者希望李纲不要因此隐退，而要为抗金事业继续奋斗。全词慷慨激昂，感人肺腑，是张元幹词的代表作之一。

张元幹

贺新郎

送胡邦衡谪新州[1]

梦绕神州路[2]。怅西风、连营画角[3]，故宫离黍[4]。底事昆仑倾砥柱[5]，九地黄流乱注[6]？聚万落千村狐兔。天意从来高难问[7]，况人情老易悲难诉。更南浦[8]，送君去！　凉生岸柳催残暑。耿斜河[9]，疏星淡月，断云微度[10]。万里江山知何处？回首对床夜语。雁不到、书成谁与[11]？目尽青天怀今古，肯儿曹恩怨相尔汝[12]？举大白[13]，听《金缕》[14]。

①**胡邦衡**：胡铨，字邦衡。**新州**：治所在今广东新兴。　②**神州**：中国。此指被金人占领的中原地区。　③**画角**：号角。　④**故宫离黍**：《诗经·王风·黍离》写东周大夫经过西周都城镐（hào）京，看到废弃的宫殿里长满了禾黍，十分悲伤。这里借指沦陷的北宋都城汴京。　⑤**底事**：为什么。**昆仑**：昆仑山，代表北宋王朝。**砥柱**：砥柱山，在黄河中。　⑥**九地**：九州之地，指天下。**黄流**：黄河水。　⑦**天意**：指皇帝的意图。　⑧**更**：又。**南浦**：送别之处。　⑨**耿**：明亮。**斜河**：天河。　⑩**断云**：片云。　⑪**雁不到**：相传大雁往南不过衡阳，新州在衡阳以南，为大雁不到之地。**书**：信。⑫**肯**：怎能。**儿曹**：儿辈。**恩怨相尔汝**：彼此之间很亲密地谈论恩怨。典出韩愈《听颖师弹琴》“昵昵儿女语，恩怨相尔汝”诗句。尔汝，你。　⑬**大白**：酒杯。　⑭**《金缕》**：就是指这首《贺新郎》的曲子。《金缕曲》是《贺新郎》词调的别名。

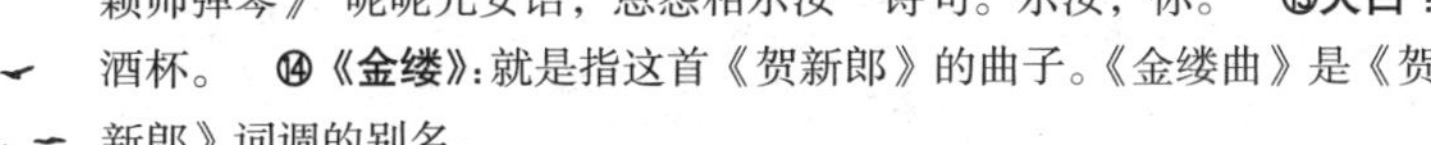

此词作于宋高宗绍兴十二年(1142)。原枢密院编修胡铨因上书请斩秦桧而被贬谪，四年后又被除名并流放岭南。在亲友都避之唯恐不及的情况下，张元幹不顾个人安危，为胡铨饯别，并写下此词。面对中原沦陷，主战派频遭打击，山河收复无望，壮志难酬的现实，词人含泪为志同道合的仁人志士劝酒，旷达中显出无奈，词风沉郁悲壮。此词与《贺新郎·曳杖危楼去》同为张元幹的代表作。

张元幹

石州慢

己酉秋，吴兴舟中作。

雨急云飞，惊散暮鸦，微弄凉月。谁家疏柳低迷①，几点流萤明灭。夜帆风驶，满湖烟水苍茫，菰(gū)蒲零乱秋声咽②。梦断酒醒时，倚危樯清绝③。　　心折④。长庚光怒⑤，群盗纵横⑥，逆胡猖獗⑦。欲挽天河，一洗中原膏血。两宫何处⑧？塞垣(sài yuán)只隔长江⑨，唾壶空击悲歌缺⑩。万里想龙沙⑪，泣孤臣吴越⑫。

①**低迷**：模糊。　②**菰蒲**：茭白。　③**危樯**：高高的桅杆。**清绝**：形容心情凄凉悲切。　④**心折**：比喻伤心之极。　⑤**长庚**：金星。金星主战争。　⑥**群盗**：指苗傅、刘正彦等作乱。　⑦**逆胡**：指金兵。　⑧**两宫**：指被金人掳走的宋徽宗和宋钦宗。　⑨**塞垣**：边界。　⑩**唾壶**：痰盂。　⑪**龙沙**：沙漠。指囚禁二帝的边远地区。　⑫**孤臣**：作者自称。

宋高宗建炎三年（1129，即己酉年），金兵大举渡江南侵，宋高宗逃往越州（今绍兴）、明州（宁波），朝臣各自亡命。张元幹当时正在吴兴（今浙江湖州），面对如此惨象，满腔悲愤，写下此词。词的上片借景写情，下片直抒胸臆，词人忧心如焚，泣血疾呼，令人感奋。

胡铨

好事近

富贵本无心，何事故乡轻别？空使猿惊鹤怨[①]，误薜（bì）萝秋月[②]。　　囊锥刚要出头来[③]，不道甚时节[④]！欲驾巾车归去[⑤]，有豺狼当辙[⑥]！

①猿惊鹤怨：典出南朝齐孔稚圭《北山移文》“蕙帐空兮夜鹤怨，山人去兮晓猿惊”，意思是说，自己出来做官使猿鹤惊恐抱怨。　**②薜萝秋月**：指隐士住处的清幽景色。薜萝，薜荔和女萝。　**③囊锥**：用毛遂自荐的典故。这里是说，自己像毛遂那样刚要表现出才能。**刚**：硬。　**④不道**：不想。　**⑤巾车**：有帷幕的车子。　**⑥豺狼当辙**：暗射秦桧等投降派把持朝政。辙，车辙，此指道路。

胡铨因上书请斩秦桧而被一贬再贬，此词是作者于宋高宗绍兴十八年（1148）在贬所新州（今广东新兴县）写的。作者引典设喻，借古讽今，痛斥豺狼当道，抒发壮志难酬的愤慨，表现了词人虽然身遭贬谪，仍不畏权势，不忘国事，坚持斗争的大无畏英雄气概。

胡铨（1102—1180），字邦衡，号澹庵，吉州庐陵（今江西吉安）人。宋高宗建炎二年（1128）进士。他是南宋主战派的代表，曾因上疏请杀秦桧被贬新州（今广东新兴），又移徙吉阳军（今海南岛崖县）。直到宋孝宗时才被重新起用，历任国史院编修官、权兵部侍郎等职，以资政殿学士致仕。有《澹庵文集》。

岳飞

小重山

昨夜寒蛩不住鸣[①]。惊回千里梦，已三更。起来独自绕阶行，人悄悄，帘外月胧明[②]。

白首为功名。旧山松竹老[③]，阻归程。欲将心事付瑶琴[④]。知音少，弦断有谁听？

①**蛩**：蟋蟀。 ②**胧明**：月光明亮。 ③**旧山**：指家乡的山。 ④**瑶琴**：琴的美称。

此词即景抒情，隐括时事。词人通过梦中、梦后情景的对比，抒发了自己收复中原理想受阻、心事无人理解的苦闷。这首词旨在表达词人反对议和、反对投降的决心，与《满江红·怒发冲冠》词的主题完全一致，只是此词表现得比较曲折深婉而已。

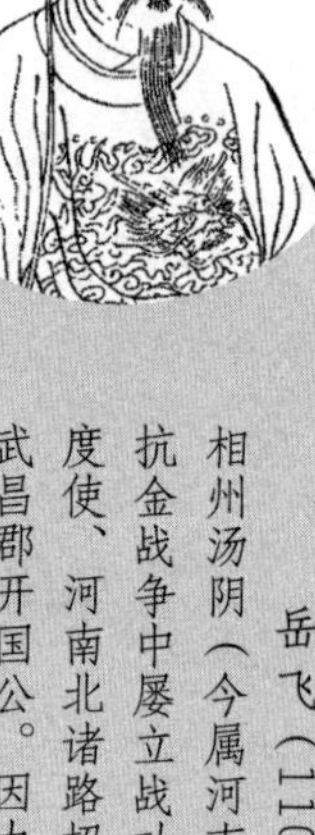

岳飞（1103—1142），字鹏举，相州汤阴（今属河南）人。少年从军，在抗金战争中屡立战功，历统军、清远军节度使、河南北诸路招讨使、枢密副使，封武昌郡开国公。因力主抗金，不得高宗之意，秦桧等人以『莫须有』的罪名将他处死。宋孝宗淳熙六年（1179）平反，赐武穆。宋宁宗时追封鄂王。他是南宋著名的爱国将领。有《岳武穆遗文》传世，词仅存三首。

写怀

怒发冲冠，凭栏处、潇潇雨歇[①]。抬望眼、仰天长啸，壮怀激烈。三十功名尘与土[②]，八千里路云和月。莫等闲、白了少年头[③]，空悲切。　　靖康耻[④]，犹未雪。臣子恨，何时灭？驾长车、踏破贺兰山缺[⑤]。壮志饥餐胡虏肉，笑谈渴饮匈奴血[⑥]。待从头、收拾旧山河，朝天阙[⑦]。

①**潇潇**：雨声。　②**三十**：当时岳飞三十岁左右。**尘与土**：比喻功名微小。③**等闲**：随便。　④**靖康耻**：指北宋亡国的耻辱。宋钦宗靖康二年（1127），金人攻陷北宋首都汴京，掳走宋徽宗和宋钦宗。⑤**长车**：兵车。**贺兰山**：山名。此代指西北边界。　⑥**胡虏、匈奴**：指金人。　⑦**天阙**：皇宫，此代指皇帝。

此词约写于宋高宗绍兴初年。词人旨在抒发自己渴望为国杀敌立功，早日克复中原的壮志豪情。全词声情激越，音韵铿锵，使一位铮铮铁骨的爱国将领形象跃然纸上，读来叫人热血沸腾。这是一首气壮山河、千古传诵的著名爱国主义词篇。

康与之

长相思

南高峰，北高峰[①]，一片湖光烟霭(ǎi)中[②]。春来愁杀侬(nóng)[③]。　郎意浓，妾意浓，油壁车轻郎马骢(cōng)[④]。相逢九里松[⑤]。

①**南高峰、北高峰**：在杭州西湖边，两峰合称“双峰插云”，是西湖的著名景观。 ②**烟霭**：云气。 ③**侬**：我，吴方言。 ④**“油壁车”句**：典出乐府《苏小小歌》：“妾乘油壁车，郎骑青骢马。何处结同心？西陵松柏下。”南齐时钱塘（今杭州）名妓苏小小，常乘油壁车出游，一日，遇骑青骢马的少年阮郁，两人一见钟情，苏小小吟此诗，约他到西泠桥畔相会。油壁车，妇女坐的一种轻便车。骢，青白色的马。 ⑤**九里松**：杭州地名，在西湖西面，因栽有九里路的松树而得名。

这首词用比兴手法写男女爱情。春日西湖烟霭朦胧，苏小小故事神秘诱人，这些都是为了渲染郎情妾意如胶似漆的缠绵气氛。全词语言朴素，富有民歌风味。

康与之，字伯可，又字叔闻，号顺庵，洛阳（今属河南）人。南渡后，居嘉禾（今浙江嘉兴）。建炎初年，上《中兴十策》，名振一时。后谄事秦桧，为『秦门十客』之一，以文词待诏宫廷。秦桧死，他被贬至岭南，卒。其词音律严整，哀感顽艳，风格近似柳永。有《顺庵乐府》。

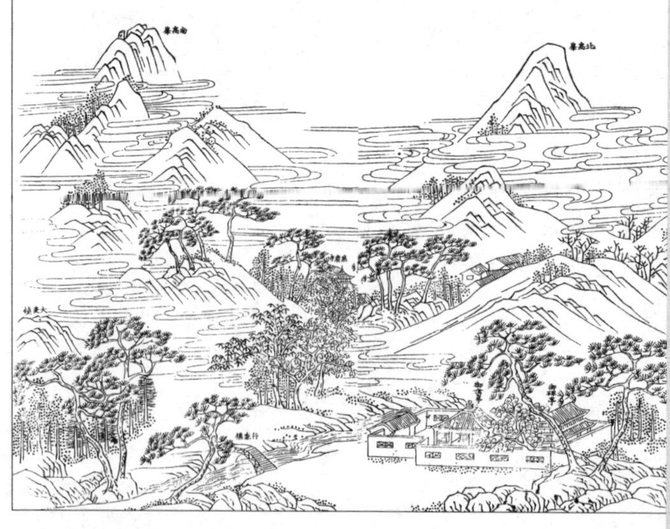

韩元吉

霜天晓角

题采石蛾眉亭①

倚天绝壁，直下江千尺。天际两蛾凝黛(dài)②，愁与恨、几时极③？　暮潮风正急，酒阑(lán)闻塞(sài)笛④。试问谪仙何处⑤？青山外⑥，远烟碧。

①**采石**：采石矶，在今安徽当涂牛渚山下。　②**两蛾凝黛**：指长江两岸对峙的东西梁山。此以女人的两道眉毛作譬喻。蛾，眉毛。黛，画眉的颜料。　③**极**：尽。　④**酒阑**：酒席结束。阑，尽。**塞笛**：即笛声，笛产于西北，故称塞笛。　⑤**谪仙**：指李白。　⑥**青山**：山名，在今安徽当涂，李白死于当涂，葬于青山。

词人用拟人的手法写东、西梁山像两道蛾眉，凝聚着无穷的愁恨；用长江大潮隐喻当时宋、金对峙的严峻局势；以寻觅李白表达词人渴望像李白那样"为君谈笑静胡沙"，充分表达了词人渴望抗金复国的强烈愿望。

韩元吉(1118—1187)，字无咎，号南涧，许昌（今河南许昌）人。晚年迁居信州上饶（今江西上饶）。宋孝宗时，官至吏部尚书、龙图阁学士，死后封颍川郡公。他力图恢复中原失地，但同时也反对轻率用兵，与陆游、辛弃疾过从甚密，词风接近辛弃疾。《花庵词选》称之为『政事、文学为一代冠冕』。有《南涧诗余》。

韩元吉

好事近

汴(biàn)京赐宴[①]，闻教坊乐有感[②]。

凝碧旧池头，一听管弦凄切[③]。多少梨园声在[④]，总不堪华发[⑤]。

杏花无处避春愁，也傍野烟发[⑥]。惟有御沟声断[⑦]，似知人呜咽。

①汴京：今河南开封，北宋都城，此时为金国南京。 **②教坊**：皇家音乐班子。**③“凝碧”二句**：唐玄宗天宝末年，安禄山攻陷洛阳，大会凝碧池，令乐工奏乐。乐工雷海青丢下乐器，望西（唐玄宗逃到蜀地，在洛阳的西面）大哭。王维听说此事，作诗曰：“万户伤心生野烟，百官何日再朝天？秋槐叶落深宫里，凝碧池头奏管弦。”这里借用安禄山事比喻金主在汴京设宴。 **④梨园声**：指北宋皇家音乐。唐玄宗选年轻子弟三百，在梨园教以音乐，后因以梨园指演剧的地方。 **⑤华发**：白发。**⑥野烟**：用王维诗意，指万户伤心之地，即失陷的汴京。 **⑦御沟**：皇宫旁边的水沟。**断**：尽。

宋孝宗乾道八年（1172）十二月，韩元吉作为南宋使者出使金国，并出席金人在汴京所设的宴会。席间听到乐工演奏北宋的宫廷音乐，百感交集，写下此词。词中用语非常婉转，含义深邃飘渺，旨在表达一个南宋使臣的爱国情思和亡国哀痛，让人倍感凄切。

朱淑真，号幽栖居士，钱塘（今浙江杭州）人。丈夫为商人，抑郁而终。淑真自幼聪慧，通音律，能绘画，其词多写幽怨、感伤之情，清新婉丽，蓄思含情，能道人意中事，属婉约词派。有《断肠词》。

朱淑真

谒金门

春半

春已半，触目此情无限。十二栏干闲倚遍，愁来天不管。　好是风和日暖，输与莺莺燕燕[1]。满院落花帘不卷，断肠芳草远[2]。

①**莺莺燕燕**：指莺燕都成双，暗示自己单身只影。
②**芳草**：指情人。

这是一首伤春怀人的闺怨词。上片写倚栏远眺，满目皆愁，无法排遣。下片写莺燕争春，落花芳草，引起词人对远行恋人的思念。此词题旨深婉，弦外有音。后人辑朱淑真词集名《断肠词》，即以此词末句命名。

朱淑真

眼儿媚

迟迟春日弄轻柔[1]，花径暗香流。清明过了，不堪回首，云锁朱楼[2]。　　午窗睡起莺声巧，何处唤春愁？绿杨影里，海棠亭畔，红杏梢头。

①**迟迟**：形容日长而暖。**轻柔**：指迎风飘舞的柳树嫩枝。　②**朱楼**：指女子的闺楼。

朱淑真由于婚姻不幸，长期寄居娘家，因而特别多愁善感。这首词写春愁。在一般人眼里，鸟语花香、桃红柳绿的春天是那么美丽，在词人的眼里却到处都是哀愁。这就是移情作用，完全是因为主人公的心境造成的。这首词写景、抒情都很细腻，很能体现作者的才华。清代学者王夫之说："以乐景写哀，以哀景写乐，一并增其哀乐。"在这首词中效果是十分明显的。

蝶恋花

送春

楼外垂杨千万缕，欲系青春，少住春还去。犹自风前飘柳絮[①]，随春且看归何处？　　绿满山川闻杜宇[②]，便作无情[③]，莫也愁人意。把酒送春春不语，黄昏却下潇潇雨。

①**犹自**：仍然。　②**杜宇**：杜鹃鸟，相传为古蜀帝杜宇之魂所化。　③**便作**：即使。

这首送春词还是写春愁。作者着力描写春天的种种景物，并巧妙地利用“春”字的多重意义，使此词旨意曲折丰富。作者伤春不仅仅是感伤自然界春天的逝去，更是感伤自己人生春天的一去不复返，同时还哀伤自己爱情春天的消逝，可谓情感飘渺，机锋四射。

踏莎行

张抡

山居

秋入云山，物情潇洒，百般景物堪图画。丹枫万叶碧云边，黄花千点幽岩下。　　已喜佳辰，更怜清夜[1]，一轮明月林梢挂。松醪(láo)常与野人期[2]，忘形共说清闲话。

①怜：爱。　**②松醪**：松花酒。**野人**：山野之人。

张抡以《踏莎行·山居》为题的词共有十首，这首词是第七首。此词描写深秋时节山间赏月的雅趣，旨在表现作者闲适旷达、淡泊宁静的心境。全词借景抒情，淡彩素墨，情景交融，意境优美，山居乐趣充溢其间。

张抡（lún），字才甫，号莲社居士，开封（今属河南）人。宋高宗时为忠训郎，多次出使金国，孝宗时为宁武军承宣使。其词多写山川景物，风格秀丽雅致，南渡以后词风渐变。有《莲社词》及《道情鼓子词》。

上元有怀[1]

双阙中天[2]，凤楼十二春寒浅[3]。去年元夜奉宸(chén)游[4]，曾侍瑶池宴[5]。玉殿珠帘尽卷，拥群仙、蓬壶阆(làng)苑[6]。五云深处[7]，万烛光中，揭天丝管[8]。　驰隙流年[9]，恍如一瞬星霜换[10]。今宵谁念泣孤臣[11]，回首长安远[12]。可是尘缘未断，漫惆怅、华胥(xū)梦短[13]。满怀幽恨，数点寒灯，几声归雁。

①**上元**：元宵节。　②**双阙**：宫门前的双柱。　③**凤楼**：指宫内的楼阁。　④**元夜**：元宵夜。**宸**：原指帝王的住所，代指皇帝。　⑤**瑶池**：传说西王母所住的地方，此指皇宫内。　⑥**蓬壶阆苑**：蓬壶与阆苑都是仙人所居之地，这里指宫殿。　⑦**五云**：五色祥云。　⑧**揭天**：高入云天。**丝管**：指音乐。　⑨**驰隙流年**：比喻光阴迅速。驰隙，像奔跑的马经过一道缝隙那么快。　⑩**星霜换**：指一年过去。　⑪**孤臣**：作者自称。　⑫**长安**：汉唐都城，此代指北宋都城汴京。　⑬**漫**：空。**华胥梦**：相传黄帝曾经梦游华胥国。这里指梦游汴京。

此词是作者元宵夜感怀之作。上片写景，描写昔日汴京的繁华，用词华艳；下片抒情，写眼前的凄凉景况，深沉凄婉。通过今昔元宵夜景象的对比，表达了词人忧心国事，无限惆怅的心情。

袁去华

水调歌头

袁去华，字宣卿，奉新（今江西奉新）人。宋高宗绍兴十五年（1145）进士，曾知善化、石首。有《宣卿词》。

定王台[1]

雄跨洞庭野，楚望古湘州[2]。何王台殿？危基百尺自西刘[3]。尚想霓旌(ní jīng)千骑[4]，依约入云歌吹[5]，屈指几经秋[6]。叹息繁华地，兴废两悠悠。

登临处，乔木老，大江流。书生报国无地，空白九分头[7]。一夜寒生关塞(sài)，万里云埋陵阙[8]，耿耿恨难休。徙(xǐ)倚霜风里[9]，落日伴人愁。

①**定王台**：在今湖南长沙，相传是汉景帝之子定王刘发为望其母唐姬之墓而建。 ②**楚望**：湘州为楚地，属望一级的郡。唐宋时将郡县划分为畿、赤、望、紧、上、中、下级别。 ③**危基**：高高的台基。**西刘**：指西汉刘发。 ④**霓旌**：像虹霓一样的旌旗。 ⑤**依约**：仿佛。**歌吹**：歌乐声。 ⑥**秋**：年。 ⑦**九分头**：指头上白发已有十分之九。 ⑧**陵阙**：皇家墓地。 ⑨**徙倚**：徘徊。

此词约写于作者任善化(今湖南长沙)知县期间。词人于深秋时节，登台览胜，吊古伤今，借咏古今兴衰之事，一叶胸中郁闷。全词用语奇峻，写景壮丽，意境雄浑苍凉，气势宏伟阔大，充分表达了作者壮志难酬、报国无门的深沉苦闷。

郊原初过雨。见败叶零乱，风定犹舞。斜阳挂深树。映浓愁浅黛①，遥山眉妩②。来时旧路尚岩花，娇黄半吐。到而今、唯有溪边流水，见人如故。　　无语。邮亭深静③，下马还寻，旧曾题处④。无聊倦旅，伤离恨，最愁苦。纵收香藏镜⑤，他年重到，人面桃花在否⑥？念沉沉、小阁幽窗⑦，有时梦去。

瑞鹤仙

①**浓愁浅黛**：比喻颜色深浅不一的山色。　②**眉妩**：美丽。　③**邮亭**：驿亭。　④**旧曾题处**：从前曾经题过字的地方。　⑤**收香藏镜**：比喻对爱情忠贞不二。收香，用西晋韩寿典故：贾充之女偷了其父的奇香送给情人韩寿，后来二人结成夫妇。藏镜，用破镜重圆典故：南朝陈亡，驸马徐德言与妻乐昌公主分手时，各执镜子的一半，后来凭此得以团聚。　⑥**人面桃花**：用唐崔护《题都城南庄》“人面不知何处去，桃花依旧笑春风”诗意，此指所恋的女子。　⑦**沉沉**：形容夜深。

此词抒写离恨。从所写景物来看，是深秋郊野骤雨刚过的景象。词人借景抒情，点拨景物，化用典故，巧妙地将自己的凄凉情感融入其中，从而将对心上人的深情思念细腻而委婉地表现出来。此词风格柔媚轻婉，与前面那首《水调歌头·定王台》的风格截然不同，体现了作者词风的多面性。

陆游

鹊桥仙

夜闻杜鹃

茅檐人静，蓬窗灯暗，春晚连江风雨。林莺巢燕总无声，但月夜常啼杜宇[1]。

催成清泪，惊残孤梦，又拣深枝飞去。故山犹自不堪听[2]，况半世飘然羁(jī)旅[3]。

①**杜宇**：杜鹃鸟。传说杜鹃鸟是蜀帝杜宇死后所化。②**故山**：故乡。此句是说，在故乡听杜鹃啼叫都感到难受。 ③**羁旅**：客居异乡。

此词写作者夜听杜鹃“不如归去”的啼鸣，触动身世之悲，想到自己半世漂泊，功业无成，不禁潸然落泪，从梦中惊醒。表达了词人壮志难酬，报国无门的苦闷心情。

陆游（1125—1210），字务观，号放翁，越州山阴（今浙江绍兴）人。宋高宗绍兴二十三年（1153）进士第一，被秦桧除名。宋孝宗时，赐进士出身，授枢密院编修。乾道六年（1170），为夔州通判。两年后入四川宣抚使王炎幕府。光宗时除朝议大夫、礼部郎中等职，终因力主抗金，被劾去职，晚年退居山阴老家。他是我国历史上著名的爱国主义诗人，也是南宋词坛的重要词人。其词风格多样，既有纤丽之作，也多雄快之篇。杨慎《词品》说：『其纤丽如淮海，雄快似东坡。』有《陆游集》。

陆游

鹧鸪天

家住苍烟落照间[①]，丝毫尘事不相关[②]。斟残玉瀣(xiè)行穿竹[③]，卷罢黄庭卧看山[④]。　贪啸傲[⑤]，任衰残，不妨随处一开颜。元知造物心肠别[⑥]，老却英雄似等闲！

①**苍烟**：青烟。　②**尘事**：世间杂事。　③**玉瀣**：美酒。　④**黄庭**：《黄庭经》，道教经籍。　⑤**啸傲**：放歌长啸，傲然自得。形容放旷不受拘束。　⑥**元知**：原知。**造物**：上天。

此词是陆游罢官家居期间所作。从表面看，苍烟落照，一尘不染，啸傲看山，英雄赋闲，全是闲情逸致。仔细品味，便觉得一股“老却英雄”报国无门的不平之气隐在字里行间，震撼人心。此词是陆游词中词旨曲折隐微、风格飘逸高妙一类的作品。

陆游

钗头凤

红酥手[①]，黄縢(téng)酒[②]，满城春色宫墙柳[③]。东风恶，欢情薄。一怀愁绪，几年离索[④]。错！错！错！　春如旧，人空瘦，泪痕红浥(yì)鲛(jiāo)绡(xiāo)透[⑤]。桃花落，闲池阁。山盟虽在，锦书难托[⑥]。莫！莫！莫！

①**红酥手**：红润而又柔软的手。　②**黄縢酒**：黄封酒。宋时官酒用黄纸封口。③**宫墙**：指绍兴城墙。宋高宗曾以绍兴为陪都，所以称宫墙。　④**离索**：离散。⑤**浥**：湿润。**鲛绡**：指手帕。传说南海中有鲛人，水居如鱼，能织丝绢，其织品称鲛绡。　⑥**锦书**：情书。

陆游初娶表妹唐琬，情投意合。但陆母不喜欢唐琬，最终听信谗言，强令夫妻离异。后陆游再娶，唐琬也改嫁他人。几年后的一个春日，两人邂逅于山阴（今绍兴）的沈园。唐琬遣人送酒肴致意。陆游满怀伤感，乘醉挥毫在沈园壁上题下此词。词人抚今追昔，想到往日恩爱，今朝离索，不禁肝肠寸断，哽咽难言，无限辛酸蕴藏在词的字里行间。唐琬见后曾和词一首，同样如歌如怨，如泣如诉，让人不忍卒读。不久，唐琬抑郁而死。这两首词记叙了一个旧时代的婚姻悲剧，千百年来传诵不衰，催人泪下。

七月十六日晚，登高兴亭[①]，望长安南山[②]。

秋到边城角声哀[③]，烽火照高台[④]。悲歌击筑[⑤]，凭高酹(lèi)酒[⑥]，此兴悠哉[⑦]！　　多情谁似南山月？特地暮云开。灞(bà)桥烟柳[⑧]，曲江池馆[⑨]，应待人来[⑩]。

①**高兴亭**：在南郑（今陕西汉中）城西北。　②**长安**：今陕西西安。**南山**：终南山。　③**边城**：指南郑。南郑临近宋金边界。**角声**：号角声。　④**高台**：指高兴亭。　⑤**筑**：古代的一种打击乐器。　⑥**酹酒**：将酒洒在地上，以示祭奠。　⑦**悠**：长。　⑧**灞桥**：在长安城东灞水上，此地多柳树，古人常在此折柳送别。**烟柳**：雾气缭绕的柳树。　⑨**曲江**：池名，在长安城东南，是名胜之地。　⑩**人**：指宋军。

宋孝宗乾道八年（1172），陆游应川陕安抚使王炎之邀，入川至抗金前线南郑任职。此词是陆游与王炎登上南郑城西北高兴亭时所作。词人凭高远望，不禁激情奔涌，听着军营号角声，恨不得马上收复失地。此词情调乐观昂扬，气势豪迈，是陆游词中豪放之作。

初自南郑来成都作[1]

羽箭雕弓，忆呼鹰古垒，截虎平川[2]。吹笳(jiā)暮归野帐[3]，雪压青毡[4]。淋漓醉墨，看龙蛇飞落蛮笺[5]。人误许[6]，诗情将略，一时才气超然。　何事又作南来，看重阳药市[7]，元夕灯山[8]？花时万人乐处，欹(qī)帽垂鞭[9]。闻歌感旧，尚时时流涕尊前。君记取：封侯事在，功名不信由天。

①**南郑**：今陕西汉中。　②**平川**：平原。　③**笳**：胡笳，管乐器，多在军中使用。**野帐**：野营的帐篷。　④**青毡**：盖在帐篷上的毡。　⑤**龙蛇**：形容字迹像飞舞的龙蛇。**蛮笺**：指蜀地生产的纸。⑥**许**：赞成。　⑦**重阳药市**：成都重阳节有药市。蜀地以产药材闻名。　⑧**元夕**：元宵。⑨**欹帽垂鞭**：歪戴着帽，手提着鞭。形容闲散的样子。欹，斜。

此词作于陆游奉命从南郑前线回调成都后方之初，此时王炎也被朝廷召回京城。作品旨在表现词人留恋南郑军营的战斗生活的心情。面对沉醉在药市、灯山、花海中的成都，词人忧心忡忡；眼看南郑的抗金事业半途而废，词人借酒浇愁，满腔悲愤泄于笔端。

记梦寄师伯浑[①]

雪晓清笳（jiā）乱起[②]，梦游处、不知何地？铁骑无声望似水[③]。想关河[④]，雁门西[⑤]，青海际[⑥]。　睡觉（jué）寒灯里[⑦]，漏声断、月斜窗纸[⑧]。自许封侯在万里。有谁知？鬓虽残，心未死。

①**师伯浑**：师浑甫，字伯浑，隐士。　②**雪晓**：下雪的清晨。**清笳**：凄凉的胡笳声。　③**铁骑**：铁甲骑兵。④**关河**：关塞河防，这里指代边境。　⑤**雁门**：雁门关，在今山西代县雁门山上。　⑥**青海际**：青海边。青海，青海湖。　⑦**睡觉**：睡醒。觉，醒。　⑧**漏声断**：指天亮。漏壶里的水滴完，即夜尽天明时候。

此词记梦言志。词中借梦境向朋友诉说自己离开南郑前线后的痛苦心情，表达了词人始终不忘抗金复国、立功边塞的雄心壮志和对朝廷主和派排挤打击抗金志士的愤懑。全词意境壮阔，风格豪迈，很有感染力。

陆游

鹊桥仙

华灯纵博[①]，雕鞍驰射，谁记当年豪举？酒徒一一取封侯，独去作、江边渔父。　　轻舟八尺，低篷三扇，占断蘋洲烟雨[②]。镜湖元自属闲人[③]，又何必、官家赐与[④]！

①**纵**：尽情。**博**：一种赌输赢的游戏。　②**占断**：占尽。**蘋洲烟雨**：指水边美景。蘋洲，长有蘋草的小洲。　③**镜湖**：在浙江绍兴。**元自**：原自。　④**官家**：皇帝。

此词是陆游罢官家居时所作。词人忆及当年南郑抗金斗争因得不到朝廷的支持而废止，今日朝廷却使酒徒封侯，英俊沉沦，自己只好去做渔父闲人，内心非常痛苦。此词旨意曲折隐微，表面的旷达中深寓着壮志难酬的幽愤和无可奈何的苦痛。

陆游

水调歌头

多景楼[1]

江左占形胜[2]，最数古徐州[3]。连山如画，佳处缥缈著危楼[4]。鼓角临风悲壮，烽火连空明灭[5]，往事忆孙刘[6]。千里曜(yào)戈甲[7]，万灶宿貔貅(pí xiū)[8]。

露沾草，风落木，岁方秋。使君宏放[9]，谈笑洗尽古今愁。不见襄阳登览[10]，磨灭游人无数，遗恨黯难收[11]。叔子独千载[12]，名与汉江流。

①**多景楼**：在江苏镇江北固山甘露寺内。 ②**江左**：江东。**形胜**：指山川壮美。③**古徐州**：古代九州之一。京口（今镇江）属古徐州。 ④**著**：安置。**危楼**：高楼。⑤**明灭**：忽明忽暗。 ⑥**孙刘**：孙权和刘备，他们曾合力破曹。 ⑦**曜**：照耀。⑧**貔貅**：猛兽名，比喻士兵。 ⑨**使君**：指镇江府知府方滋。 ⑩**襄阳登览**：西晋大将羊祜镇守襄阳，登岘山，感慨古来贤士多默默无闻。 ⑪**遗恨**：羊祜镇守襄阳，广聚粮草，准备灭吴。但他生前没有实现灭吴的愿望。⑫**叔子**：羊祜字叔子。

宋孝宗隆兴二年（1164）八月，时任镇江通判的陆游，随同镇江知府方滋登上北固山多景楼，词人有感而作此词。词人面对江北景物，想到三国时期孙刘联军战胜强敌的往事，联系当今抗金屡受挫折、敌人步步紧逼的形势，不禁感慨万千。词中以东晋名将羊祜勉励方滋，希望他有所作为。全词风格悲慨苍凉，充分体现了作者抗金爱国的情怀。

陆游

卜算子

咏梅

驿外断桥边[1]，寂寞开无主。已是黄昏独自愁，更著(zhuó)风和雨[2]。

无意苦争春，一任群芳妒。零落成泥碾作尘，只有香如故。

①驿：驿站。 ②著：加上。

此词托物言志。词中咏梅花孤独冷清，无意争春，虽遭风雨侵袭，犹自吐芬芳、散香气。这些描写都具有象征意义，旨在向人们暗示自己的抗金志向无人理解并屡遭投降派打击的遭遇；同时也表达了词人虽身处逆境，仍将清高自洁、坚贞不屈的决心。

陆游

诉衷情

当年万里觅封侯，匹马戍梁州[①]。关河梦断何处[②]？尘暗旧貂裘[③]。　胡未灭[④]，鬓先秋[⑤]，泪空流。此生谁料，心在天山[⑥]，身老沧洲[⑦]！

①梁州：宋孝宗乾道八年（1172），陆游在川陕安抚使王炎手下任干办公事，驻守南郑（今陕西汉中），南郑地处古梁州。　**②关河**：关塞河防，指山川险要之处，这里指代边境。　**③“尘暗”句**：战国时，苏秦游说秦王不成，貂裘敝，黄金尽。后人常用此典比喻功业不就。　**④胡**：指金人。　**⑤秋**：指秋霜，形容鬓发白。**⑥天山**：在今新疆境内，此泛指边疆。　**⑦沧洲**：水边，古代多指隐者居住的地方。这里指作者晚年所居的绍兴镜湖边。

此词是陆游晚年闲居故乡时所作。词中追忆当年的豪壮，感叹今日的衰老，有烈士暮年、壮心不已之慨。陆游一生以抗金复国为己任，但终因主和派掌握朝政而报国无门，壮志难酬。词人将其郁愤之气倾注在词中，故此词苍茫悲壮，幽咽沉郁，感人肺腑。

谢池春

陆游

壮岁从戎，曾是气吞残虏。阵云高、狼烟夜举[1]。朱颜青鬓，拥雕戈西戍[2]。笑儒冠自来多误[3]。　　功名梦断，却泛扁(piān)舟吴楚[4]。漫悲歌、伤怀吊古[5]。烟波无际，望秦关何处[6]？叹流年、又成虚度[7]。

①**狼烟**：烽火。　②**西戍**：指当年在南郑军营的事。南郑在西方。　③**儒冠**：指读书人。　④**扁舟**：小船。**吴楚**：指南方。　⑤**漫**：空。　⑥**秦关**：秦地关塞，此指南郑。　⑦**流年**：像流水一样逝去的岁月。

词人感慨自己纵有报国热情和立功壮志，到头来还是一事无成，年华虚度。词中作者将自己“气吞残虏”的昔日雄姿与泛舟吴楚的今日现实两相对照，说明功业难成，并非自己的过错。词中用语沉痛，情感凄凉，写出了旧时代有志之士的共同悲哀。

范成大（1126—1193），字致能，号石湖居士，苏州吴县（今江苏苏州）人。宋高宗绍兴二十四年（1154）进士，累官吏部尚书、参知政事，进资政殿学士。晚年退居故乡石湖。他是南宋著名的诗人，为『中兴四大诗人』之一。其词多写闲适生活，词风与婉约派一脉相承。有《石湖词》。

范成大

蝶恋花

春涨一篙（gāo）添水面[①]。芳草鹅儿[②]，绿满微风岸。画舫（fǎng）夷犹湾百转[③]，横塘塔近依前远[④]。

江国多寒农事晚[⑤]。村北村南，谷雨才耕遍。秀麦连冈桑叶贱[⑥]，看看尝面收新茧（jiǎn）[⑦]。

①**一篙**：指水深的程度。 ②**鹅儿**：小鹅。小鹅黄中透绿，与嫩草颜色相近。 ③**画舫**：彩船。**夷犹**：行驶缓慢的样子。 ④**横塘**：苏州西南的大塘。 ⑤**江国**：水乡。 ⑥**秀麦**：扬花的麦子。 ⑦**看看**：转眼。

这首田园词是范成大退居石湖时所作。词中描写江南水乡春耕劳动的情景，极富生活气息。范成大的田园诗很著名，这首田园词一如他的田园诗，闲适自得，清新明丽，自然可爱。

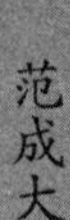

南柯子

怅望梅花驿[1]，凝情杜若洲[2]。香云低处有高楼，可惜高楼不近木兰舟[3]。　　缄（jiān）素双鱼远[4]，题红片叶秋[5]。欲凭江水寄离愁，江已东流，那肯更西流。

①**梅花驿**：寄送信件的驿站。从南朝范晔“折梅逢驿使，寄与陇头人”诗句中化出。此句是说等待信件。　②**杜若洲**：生长杜若的水中小岛。此指欲采杜若送伊人。杜若，香草名。　③**木兰舟**：船的美称。　④**缄素**：古人用帛写信，因称书信为缄素。缄，捆扎。**双鱼**：汉朝蔡邕《饮马长城窟行》：“客从远方来，遗（wèi）我双鲤鱼。呼儿烹鲤鱼，中有尺素书。”后因用双鱼指代书信。　⑤**题红**：唐朝卢渥在宫门外的沟里看到一片红叶，上题有一首诗。此以题红表示书信。

此词写离别相思之情。上片写远方的男子盼望亲人的消息，下片写女子思念远方的丈夫，并设法传递消息。词人频繁用典，不断化用古人诗意，从而使此词字直意曲，情韵飘缈，有一种含蓄之美。

范成大

水调歌头

细数十年事，十处过中秋。今年新梦，忽到黄鹤旧山头①。老子个中不浅，此会天教重见，今古一南楼②。星汉淡五色③，玉镜独空浮④。　敛秦烟⑤，收楚雾⑥，熨江流⑦。关河离合⑧，南北依旧照清愁。想姮（héng）娥冷眼⑨，应笑归来霜鬓，空敝黑貂裘⑩。酾（shī）酒问蟾兔⑪，肯去伴沧洲⑫？

①**黄鹤旧山头**：黄鹤山，在今湖北武汉。　②**“老子”三句**：东晋庾亮镇守武昌时，曾于秋夜与属下登此南楼，说：“老子于此处兴复不浅。”范成大以庾亮自比，说今日又重演九百年前的南楼会。　③**星汉**：银河。　④**玉镜**：月亮。　⑤**秦**：指江北地区。　⑥**楚**：指江汉一带。　⑦**熨**：使平滑。　⑧**关河**：山河。**离合**：偏义复词，指离，分裂。　⑨**姮娥**：嫦娥。　⑩**“空敝”句**：据《战国策》载，苏秦游说秦王，无功而返，黑貂之裘敝，黄金百斤尽。此处作者借指自己奔走多年而潦倒依旧。⑪**酾酒**：斟酒。**蟾兔**：月亮。　⑫**沧洲**：归隐之地，此指故乡。

宋孝宗淳熙四年（1177）中秋，范成大因病卸下四川制置使之职，乘船东归，路过鄂州（今湖北武昌），应邀出席知州刘邦翰在黄鹤楼设的赏月宴，席间赋此词。词中借中秋赏月发端，感慨自己多年来游宦风尘，飘泊无定。进而想到如今老病缠身，渴望退居山林，安度人生。词中情感波动明显，愤激中有苍茫之感，形象而具体地反映了一个封建文人理想破灭后的惨淡心境。

杨万里（1127—1206），字廷秀，号诚斋，吉水（今属江西）人。宋高宗绍兴二十四年（1154）进士，曾任秘书监，官至宝谟阁学士。他秉性刚直，主张抗金，因不满权相韩侂胄（tuō zhòu），家居十五年不出，忧愤而死。其诗清新活泼，自成一体，人称『诚斋体』，为『中兴四大诗人』之一。其词风与诗相近，有《诚斋乐府》传世。

好事近

杨万里

七月十三日夜登万花川谷望月作

月未到诚斋[①]，先到万花川谷。不是诚斋无月，隔一庭修竹[②]。　如今才是十三夜，月色已如玉。未是秋光奇绝[③]，看十五十六。

①诚斋：杨万里在吉水的书斋名。 **②修**：长。 **③未是**：还不是。

此词咏月。词中景物全是信手拈来，毫无斧凿之痕，更兼语言明白如话，情、景、理水乳交融，因而使这首词在古今咏月词中可称得上一首别具一格的珍品。

如梦令

严蕊

严蕊，字幼芳，天台（今浙江天台）军妓，色艺双全。存词三首。

道是梨花不是，道是杏花不是。白白与红红，别是东风情味[①]。曾记，曾记，人在武陵微醉[②]。

①**情味**：情趣。　②**武陵**：指陶渊明《桃花源记》中的桃花源。

此词咏桃花，又不同于一般的咏物词。词人利用桃花与妓馆，桃花与桃花源的文化联系，巧妙地将一个风尘女子的不幸身世和志向怀抱寄寓其中。手法新颖，近乎俏皮，又有点像打哑谜，很符合人物的身份，也体现了作者的才气。这首词在当时很有名。

严蕊

卜算子

不是爱风尘[①]，似被前缘误[②]。花落花开自有时，总赖东君主[③]。
去也终须去，住也如何住[④]？若得山花插满头[⑤]，莫问奴归处[⑥]。

①**风尘**：指妓女生活。 ②**前缘**：前生的缘分。 ③**东君**：春天之神。 ④**住**：留下来。 ⑤**山花插满头**：指山村的农妇生活。 ⑥**奴**：女子自称。

作为官妓的严蕊因与当地官员过往甚密而被捕入狱，在狱中，严蕊受苦受辱，几近于死，却不愿连累别人。数月后，新任长官同情她，有心开脱她，命她自陈。严蕊不加思索，写下此词。此词自陈身世，写得不卑不亢。她首先为自己不幸沦落风尘作辩护，接着表达了自己渴望过正常人生活的心愿。既没有低声下气乞求对方，又恰到好处地点明自己的命运掌握在对方手中。此词写得含蓄委婉，颇有骨气，据说长官当日就判她出狱从良，可能也是出于对她才华的钦佩。这首词在当时流传很广，在文人中影响很大。

六州歌头

张孝祥

长淮望断[1]，关塞莽然平[2]。征尘暗，霜风劲，悄边声[3]。黯(àn)销凝[4]。追想当年事[5]，殆(dài)天数，非人力。洙泗(zhū sì)上[6]，弦歌地[7]，亦膻(shān)腥[8]。隔水毡(zhān)乡[9]，落日牛羊下[10]，区(ōu)脱纵横[11]。看名王宵猎[12]，骑(jì)火一川明。笳(jiā)鼓悲鸣，遣人惊[13]。　念腰间箭，匣中剑，空埃蠹(dù)[14]，竟何成！时易失，心徒壮，岁将零[15]。渺神京[16]。干羽方怀远[17]，静烽燧(suì)[18]，且休兵。冠盖使[19]，纷驰骛(wù)，若为情？闻道中原遗老，常南望翠葆霓旌(bǎo ní)[20]。使行人到此[21]，忠愤气填膺(yīng)，有泪如倾。

①**长淮**：淮河。当时是宋金的分界线。　②**莽然**：草木茂密的样子。　③**悄边声**：边界静悄无声。暗指南宋撤掉淮河边防，不修武备。　④**黯**：黯然，精神沮丧的样子。**销凝**：伤神。　⑤**当年事**：指靖康之难。宋钦宗靖康二年（1127），金人攻破汴京（今河南开封），掳走徽宗、钦宗二帝。⑥**洙泗**：洙水和泗水，都流经鲁国曲阜（今山东曲阜），孔子曾在此讲学。　⑦**弦歌地**：指有礼乐文化的地方。　⑧**膻腥**：牛羊的腥臊气。此指中原文明之地被吃牛羊肉的金人占领。⑨**水**：指淮河。**毡乡**：指金人居住的地方。　⑩**“落日”句**：讽刺金人落后的游牧生活方式。意思是说，太阳下山了，牛羊从山坡上下来。　⑪**区脱**：匈奴语，边境上的土堡。⑫**名王**：匈奴中著名的王。此指金人将帅。　⑬**遣**：使。⑭**埃蠹**：指尘积虫蛀。　⑮**零**：尽。　⑯**神京**：指北宋首都汴京。　⑰**干羽**：古代舞蹈时所执的两种器物，舞干羽表示偃武修文。干，盾。羽，野鸡尾。**怀远**：安抚远方之人。此指南宋统治者对金屈膝求和。　⑱**烽燧**：边境上的烽火。

张孝祥（1132—1170），字安国，号于湖居士，乌江（今安徽和县东北）人。宋高宗绍兴二十四年（1154）中进士第一名，曾任建康留守，荆南、荆湖北路安抚使等职，因主战受主和派排斥。词风豪放清丽，是上继苏轼下启辛弃疾的词人。有《于湖词》传世。

⑲冠盖使：指出使金国的使臣。冠，冠服。盖，车盖。 **⑳翠葆霓旌**：皇帝出行时的仪仗。翠葆，用翠鸟毛装饰的车盖。霓旌，绣有云彩的旗子。 **㉑行人**：使臣。

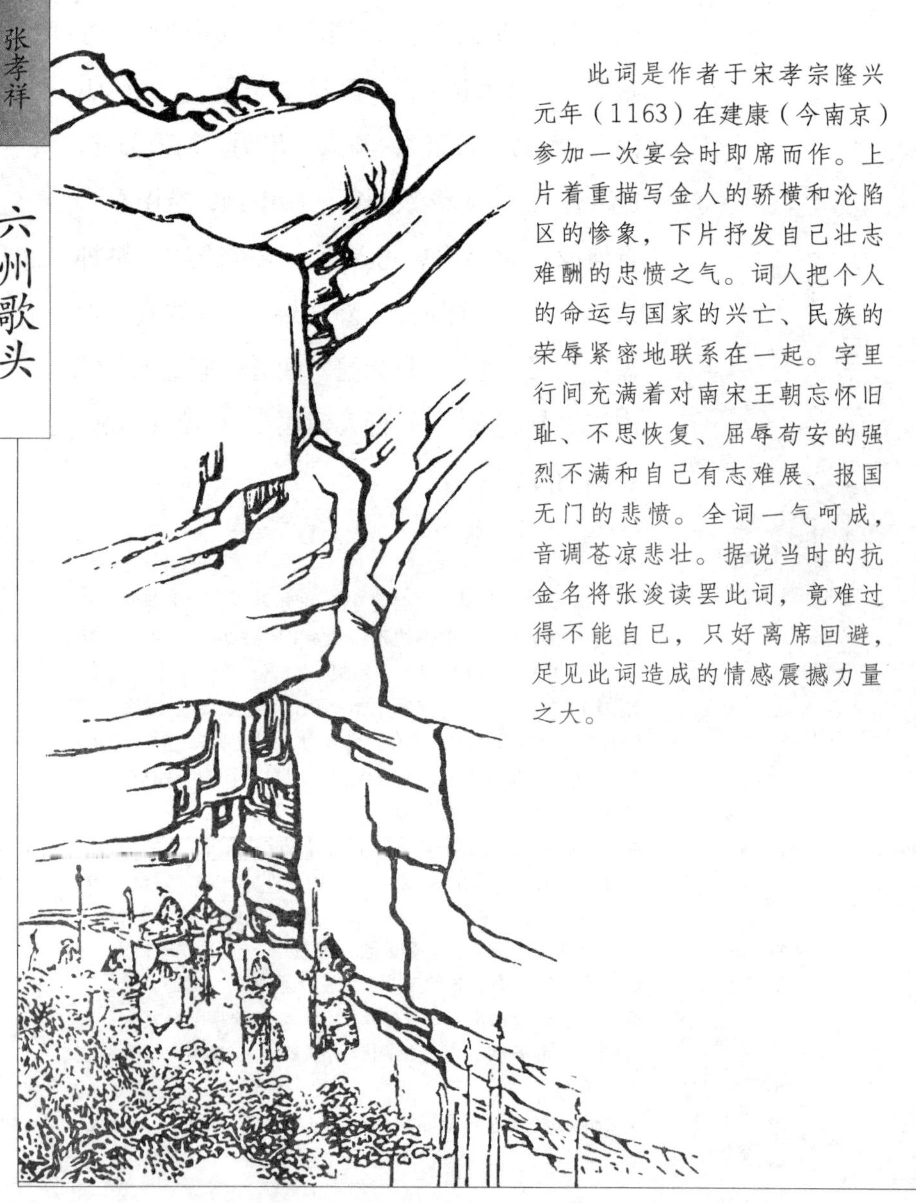

此词是作者于宋孝宗隆兴元年（1163）在建康（今南京）参加一次宴会时即席而作。上片着重描写金人的骄横和沦陷区的惨象，下片抒发自己壮志难酬的忠愤之气。词人把个人的命运与国家的兴亡、民族的荣辱紧密地联系在一起。字里行间充满着对南宋王朝忘怀旧耻、不思恢复、屈辱苟安的强烈不满和自己有志难展、报国无门的悲愤。全词一气呵成，音调苍凉悲壮。据说当时的抗金名将张浚读罢此词，竟难过得不能自已，只好离席回避，足见此词造成的情感震撼力量之大。

张孝祥

水调歌头

金山观月[①]

江山自雄丽，风露与高寒。寄声月姊（zǐ）[②]，借我玉鉴此中看[③]。幽壑（hè）鱼龙悲啸，倒影星辰摇动，海气夜漫漫。涌起白银阙（què）[④]，危驻紫金山[⑤]。　　表独立[⑥]，飞霞佩[⑦]，切云冠[⑧]。漱（shù）冰濯（zhuó）雪，渺视万里一毫端。回首三山何处[⑨]，闻道群仙笑我，要（yāo）我欲俱还[⑩]。挥手从此去，翳（yì）凤更骖（cān）鸾（luán）[⑪]。

①**金山**：在江苏镇江。 ②**月姊**：指月亮。 ③**玉鉴**：玉镜。 ④**白银阙**：指金山寺。 ⑤**危**：高。**紫金山**：金山。 ⑥**表独立**：用屈原《九歌·山鬼》“表独立兮山之上”诗意。表，突出的样子。 ⑦**霞佩**：仙人所佩的饰物。 ⑧**切云冠**：一种高帽。 ⑨**三山**：即神话中的蓬莱、方丈、瀛洲。 ⑩**要**：邀请。 ⑪**翳凤**：用凤羽作车盖。**骖鸾**：用鸾鸟驾车。

此词是作者宋孝宗乾道三年（1167）在镇江金山寺夜间观月时所作。面对雄奇壮丽的千古江山，词人展开想象的翅膀：他对明月倾吐心声，欲借月亮宝鉴辨人间忠奸；他又想驾凤骖鸾，飘飘然去会群仙。全词纵横开阖，驰骋想象，让现实生活中倍受压抑的心灵尽情地舒展，是一篇浪漫主义的杰作。

张孝祥

念奴娇

过洞庭[1]

洞庭青草[2]，近中秋，更无一点风色。玉鉴琼田三万顷[3]，着我扁(piān)舟一叶[4]。素月分辉[5]，明河共影[6]，表里俱澄澈。悠然心会[7]，妙处难与君说。　应念岭表经年[8]，孤光自照[9]，肝胆皆冰雪。短鬓萧疏襟袖冷[10]，稳泛沧溟(míng)空阔[11]。尽挹(yì)西江[12]，细斟(zhēn)北斗[13]，万象为宾客[14]。扣舷(xián)独啸[15]，不知今夕何夕。

①**洞庭**：洞庭湖，在今湖南省。　②**青草**：湖名。青草湖在洞庭湖南，古代两湖相连，总名洞庭湖。　③**玉鉴琼田**：形容月光下皎洁的湖水。鉴，镜子。琼，美玉。　④**扁舟**：小船。　⑤**素月**：洁白的月亮。　⑥**明河**：天河。　⑦**会**：领会。　⑧**岭表**：岭外，岭指五岭，即今两广地区。**经年**：过了一年。作者时任广西路经略安抚使。　⑨**孤光**：指月亮。　⑩**萧疏**：稀少。　⑪**沧溟**：大海。　⑫**挹**：用勺子舀水。　⑬**北斗**：北斗星。北斗星的形状像酒斗。　⑭**万象**：万物。　⑮**扣**：敲。

此词是作者在贬官途中路过岳阳，泛舟洞庭湖时写的。面对风清月明、万籁俱寂的湖面，词人思潮如涌，经历了一场灵魂的洗礼，感悟了许多宇宙和人生的哲理。此词意境空灵飘逸，能让读者感受到作者那高洁的人格、高尚的气节和高远的胸怀。

辛弃疾（1140—1207），字幼安，号稼轩，历城（今山东济南）人。他出生的时候，家乡已被金人占领。二十一岁时，组织义军抗金，后归南宋，被任命为江阴佥判，历任湖北、湖南、江西等地安抚使。

他多次上书朝廷，提出抗金主张，均不被采纳。曾两次被罢黜，退居乡间二十多年，最后病死于江西铅（yán）山。他是我国历史上杰出的爱国词人，他的词继承了苏轼的豪放词风，深沉雄浑，感情充沛，对当代以及后代词人产生了深远的影响。后人将他与苏轼并称为『苏辛』，足见其在词坛上的地位。今存词六百多首。有《稼轩长短句》。

辛弃疾

八声甘州

夜读《李广传》①，不能寐，因念晁(cháo)楚老、杨民瞻约同居山间，戏用李广事，赋以寄之。

故将军饮罢夜归来②，长亭解雕鞍。恨灞(bà)陵醉尉，匆匆未识，桃李无言③。射虎山横一骑，裂石响惊弦④。落魄封侯事⑤，岁晚田园。

谁向桑麻杜曲⑥，要短衣匹马⑦，移住南山？看风流慷慨，谈笑过残年。汉开边、功名万里⑧，甚当时健者也曾闲⑨？纱窗外斜风细雨，一阵轻寒。

①**李广**：西汉名将，在抗击匈奴战争中屡建战功，但始终未能封侯，最后因进军途中迷路，落后于约定期限，被迫自杀。　②**故将军**：原来的将军，即李广。李广曾因罪罢职，闲居蓝田。有一天出城饮酒，晚间归来，灞陵尉不让他进城。　③**桃李无言**：即“桃李不言，下自成蹊”。这句话的意思是说，李广虽然自己不说，但别人都知道他是天下的英雄。　④**“射虎”二句**：李广曾出去打猎，看到草中有一只虎，用箭射之，近前一看，却是一块大石，箭头没入石中。　⑤**落魄**：不得志的样子。**封侯**：李广虽屡立战功，但由于种种原因，一直不能封侯。　⑥**桑麻**：泛指农事。**杜曲**：地名，在长安城南。　⑦**短衣匹马**：打猎的装束。　⑧**开边**：开拓边疆。　⑨**甚**：为什么。**健者**：指李广。**闲**：闲散无事，指没有被重用。

辛弃疾

八声甘州

这是一篇借古讽今之作。词人通过叙述一代名将李广的才略和不幸遭遇，寄托自己的身世感慨，抒发自己的抑郁情怀。词中夹叙夹议，化用前人诗文，蕴藉含蓄，浑然天成。全篇气劲辞婉，深沉悲壮，具有很强的艺术感染力。

登建康赏心亭[1]

楚天千里清秋[2]，水随天去秋无际。遥岑(cén)远目[3]，献愁供恨，玉簪(zān)螺髻(jì)[4]。落日楼头，断鸿声里[5]，江南游子[6]。把吴钩看了[7]，阑(lán)干拍遍，无人会[8]，登临意[9]。　休说鲈鱼堪脍(kuài)，尽西风、季鹰归未[10]？求田问舍，怕应羞见，刘郎才气[11]。可惜流年[12]，忧愁风雨，树犹如此[13]！倩(qìng)何人[14]，唤取红巾翠袖[15]，揾(wèn)英雄泪[16]！

①**建康**：今江苏南京。　②**楚天**：南方的天空。长江中下游一带战国时属楚国。　③**遥岑**：远山。　④**玉簪螺髻**：碧玉簪和螺形发髻，这里比喻山的形状。　⑤**断鸿**：失群孤雁。　⑥**江南游子**：作者自称。　⑦**吴钩**：吴地出产的一种弯形的刀。　⑧**会**：懂得。　⑨**登临**：登高望远。　⑩**“休说”三句**：意思是说自己不想归隐。晋朝吴郡人张翰（字季鹰）在洛阳做官，秋风起，想起家乡的莼菜羹与鲈鱼脍，就辞官回家了。脍，把鱼肉切细。　⑪**“求田”三句**：表示自己不愿购置田产，做富家翁。刘备曾批评许汜（sì）只知买田买地，而不忧心国事。刘郎，刘备。　⑫**流年**：像流水一样逝去的时光。　⑬**树犹如此**：晋朝桓温北伐前秦，路过金城，见到年轻时种的柳树都长成参天大树，因而感慨万分。　⑭**倩**：请。　⑮**红巾翠袖**：歌女的打扮，这里指歌女。　⑯**揾**：擦。

这首词是辛弃疾在宋孝宗乾道五年（1169）任建康通判时写的。登上赏心亭，看到的却不是赏心悦目的风景，而是孤鸿哀鸣、群山凝恨的萧瑟秋光。这是中原遗民的血泪倾诉，也是词人悲愤胸怀的袒露。造成这一切的根本原因是朝廷奉行投降路线，屈膝求和，打击坚持抗金的志士。因此，词人只能感叹愧对古代英雄，今日知音难觅。全词情感凝重，感慨深沉，充满悲壮色彩。

辛弃疾

菩萨蛮

书江西造口壁[1]

郁孤台下清江水[2]，中间多少行人泪！西北望长安[3]，可怜无数山！　　青山遮不住，毕竟东流去。江晚正愁予[4]，山深闻鹧鸪(zhè gū)[5]。

①**造口**：今皂口镇。　②**郁孤台**：在今江西赣州。**清江**：指赣江。　③**长安**：此代指宋都汴京。　④**愁予**：使我发愁。　⑤**鹧鸪**：鸟名，它的叫声似“行不得也哥哥”。

宋高宗建炎三年（1129），金兵攻入江西。隆祐太后沿赣江南逃，金兵一路追杀到赣州造口，赣江两岸百姓惨遭劫杀蹂躏。宋孝宗淳熙三年（1176），辛弃疾任江西提点刑狱，来到造口，想起当年的惨剧，写下此词。词人对当年惨遭不幸的逃亡百姓深表同情，对汴京等地至今沦陷敌手感到痛心，对朝廷苟且偷安的政策深表忧虑。词人比兴寄托，融情于景，使此词言近而旨远。

晚　春

宝钗分，桃叶渡①，烟柳暗南浦②。怕上层楼③，十日九风雨。断肠片片飞红，都无人管，更谁劝、啼莺声住？　鬓边觑(qù)，试把花卜归期④，才簪(zān)又重数。罗帐灯昏，呜咽梦中语：是他春带愁来，春归何处？却不解、带将愁去⑤。

①**桃叶渡**：在今南京秦淮河与青溪合流处，相传是晋王献之与爱妾桃叶分别的地方。这里指情人相别的地方。　②**烟柳**：浓密的柳叶。**南浦**：代指送别之地。③**层楼**：高楼。　④**卜**：卜算。　⑤**解**：懂。

此词托闺怨以言志。词人用托物比兴的手法，通过描写闺妇的深深别情和对相见无期的哀怨，隐喻词人对国事日非、中原恢复无期的忧虑，从而表现出词人的忧国忧民之情。相比辛弃疾众多的豪放词，本篇风格轻柔妩媚，情感缠绵悱恻，在辛词中别具一格。

辛弃疾

青玉案

元　夕[1]

东风夜放花千树，更吹落，星如雨。宝马雕车香满路。凤箫声动[2]，玉壶光转[3]，一夜鱼龙舞[4]。　　蛾儿雪柳黄金缕[5]，笑语盈盈暗香去[6]。众里寻他千百度。蓦（mò）然回首[7]，那人却在，灯火阑珊（lán shān）处[8]。

①**元夕**：元宵节。　②**凤箫**：箫。　③**玉壶**：月亮。　④**鱼龙舞**：指舞鱼灯、龙灯。⑤**蛾儿、雪柳、黄金缕**：都是妇女头上所戴的装饰品。　⑥**盈盈**：仪态美好的样子。**暗香**：幽香。　⑦**蓦然**：突然。　⑧**阑珊**：零落的样子。

这是一首别有寄托的元宵词，词中那位高洁、幽独的美人正是投闲置散、仕途失意却仍然恪守素志、不随流俗的词人自身形象的写照。清代著名学者王国维在《人间词话》中引“众里寻他千百度。蓦然回首，那人却在，灯火阑珊处”几句，用来说明古今成大事业者所必须经过的三个境界之一，使此词的影响更大了。

村居

茅檐低小，溪上青青草。醉里吴音相媚好[1]，白发谁家翁媪（ǎo）[2]？

大儿锄豆溪东，中儿正织鸡笼。最喜小儿无赖[3]，溪头卧剥莲蓬。

①**吴音**：南方话。**相媚好**：互相融洽和好。 ②**翁媪**：老头老太。媪，老年妇女。
③**无赖**：顽皮。

此词是辛弃疾晚年闲居江西上饶农村期间所作。词人用非常简捷的语言描绘出一幅农村五口之家的生活劳作图，写出了作者眼中和平宁静、朴素安适的农村生活景象，表现了词人厌倦官场生活和对虽然辛苦但充满人情味的农民生活的喜爱和向往之情。全词语言朴素，意境清新淡雅，给人以美的享受。

独宿博山王氏庵[1]

绕床饥鼠，蝙蝠翻灯舞。屋上松风吹急雨，破纸窗间自语。
平生塞（sài）北江南，归来华（huá）发苍颜。布被秋宵梦觉，眼前万里江山。

①**博山**：在今江西广丰县。**庵**：小茅屋。

此词作于宋孝宗淳熙八年（1181），当时作者罢官回到江西上饶老家。一个清秋的夜晚，词人来到博山脚下一王姓人家投宿。简陋的屋子，荒凉冷落的环境，令词人久久不能入睡。他思前想后，心潮起伏，为自己一生报国无门、壮志难酬而感慨万千。词人用眼前的凄凉环境衬托自己坎坷不幸的一生，足令读者为之动容。

鹧鸪天

辛弃疾

陌上柔桑破嫩芽[1]，东邻蚕种已生些。平冈细草鸣黄犊(dú)[2]，斜日寒林点暮鸦。　山远近，路横斜，青旗沽(gū)酒有人家[3]。城中桃李愁风雨，春在溪头荠(jì)菜花。

①**陌**：田间小路。　②**平冈**：平坦的山坡。**细草**：小草。**黄犊**：黄毛小牛。　③**青旗**：酒家的布招帘。**沽酒**：卖酒。

此词写乡村风光。柔桑、嫩芽、幼蚕、平冈、黄犊、暮鸦、山路横斜、小店人家，组成了一幅优美的乡野风情画，表达了词人轻松喜悦的心情。末两句借景抒情，意味深长地传达了词人的志趣和胸怀，使此词更加含蓄蕴藉。

辛弃疾

鹧鸪天

著(zhuó)意寻春懒便回[1]，何如信步两三杯[2]？山才好处行还倦，诗未成时雨早催。　携竹杖，更芒鞋[3]。朱朱粉粉野蒿(hāo)开[4]。谁家寒食归宁女[5]，笑语柔桑陌上来[6]。

①**著意**：一心一意。**懒**：兴致尽。　②**何如**：不妨。　③**更**：换。**芒鞋**：草鞋。④**朱朱粉粉**：红红白白。　⑤**寒食**：寒食节，在清明节前两天。**归宁**：妇女回娘家。⑥**柔桑陌**：桑田里的小路。柔，嫩。陌，田间小路。

此词写作者在乡间闲步时的感受和见闻。暮春时节，百花开始凋谢，词人借着酒兴，在村路上散步，想找寻一些春日的优美景致。结果真的看见了一幅很美的风景：一个身姿娇美的村妇大概是刚从娘家回来，正满面春风，笑语盈盈地朝这边走来哩。此情此景，令人精神为之一振。词人抓住这瞬间的景致，稍加点缀，用以表现自己的闲适之情。

鹧鸪天

辛弃疾

有客慨然谈功名，因追念少年时事，戏作。

壮岁旌(jīng)旗拥万夫[1]，锦襜(chān)突骑渡江初[2]。燕兵夜娖(chuò)银胡簶(lù)[3]，汉箭朝飞金仆姑[4]。　追往事，叹今吾，春风不染白髭(zī)须[5]。却将万字平戎策[6]，换得东家种树书。

①**壮岁**：青年时期。**拥**：统领。**夫**：成年男子，这里指战士。　②**锦襜**：锦绣的军服。襜，短衣。**突骑**：冲锋陷阵的骑兵。**渡江**：宋高宗绍兴三十二年（1162），辛弃疾带人闯入金营，活捉叛徒张安国，渡江南下归宋。当时辛弃疾二十三岁。　③**燕兵**：北方的士兵，此指金兵。**娖**：整顿。**银胡簶**：银色的箭筒。　④**汉**：指宋朝。**金仆姑**：箭名。　⑤**髭**：嘴上边的胡子。　⑥**平戎策**：作者曾写过《美芹十论》《九议》等文，阐述抵抗金人的方略。

词人追忆自己青年时期的壮举，慨叹时光流逝，如今乡居赋闲，无所作为，表达了自己壮志难酬的不平与悲愤。通篇声情激越，充满了悲壮气氛，千载之下，仍令读者为之扼腕太息。

辛弃疾

破阵子

为陈同甫赋壮词以寄之[①]

醉里挑灯看剑，梦回吹角连营[②]。八百里分麾(huī)下炙(zhì)[③]，五十弦翻塞(sài)外声[④]。沙场秋点兵。　马作的卢飞快[⑤]，弓如霹雳弦惊。了却君王天下事[⑥]，赢得生前身后名。可怜白发生[⑦]！

①陈同甫：陈亮，字同甫。　**②角**：号角。**连营**：连结在一起的军营。　**③八百里**：指牛。晋朝王恺（kǎi）有牛名八百里驳，与王济打赌，王济获胜，杀牛做烤肉。后因以八百里代指牛。**麾下**：部下。**炙**：烤肉。　**④五十弦**：指瑟。瑟本有五十弦，黄帝以其过于悲伤，减为二十五弦。后世以五十弦指瑟。这里泛指各种乐器。　**⑤作**：如。**的卢**：古代名马。　**⑥天下事**：指恢复中原的大事。　**⑦可怜**：可惜。

这首词是作者写给南宋爱国词人陈亮的。作者以浪漫主义与现实主义相结合的手法，辅以梦境和醉意，以抒发自己的豪情壮志。词中写梦境畅快淋漓，振奋人心；写现实情绪一落千丈，欲言又止。两相对比，反差强烈，表现了理想与现实之间的巨大矛盾，表达了词人年事渐高而报国无门、壮志难酬的深沉悲愤。

西江月

遣　兴[①]

醉里且贪欢笑，要愁那得功夫。近来始觉古人书，信著全无是处。　　昨夜松边醉倒，问松“我醉何如”？只疑松动要来扶，以手推松曰“去”！

①**遣兴**：遣怀。

此词借醉意抒写情志。词人醉后对自己一生的信仰和追求给予全盘否定，这当然是愤激之语。其实，词人连醉倒也不要人扶，足见其特立独行的坚定意志。此词写忧愁手法新颖，描写醉态惟妙惟肖，活画出一个处在深深苦闷之中的志士形象。

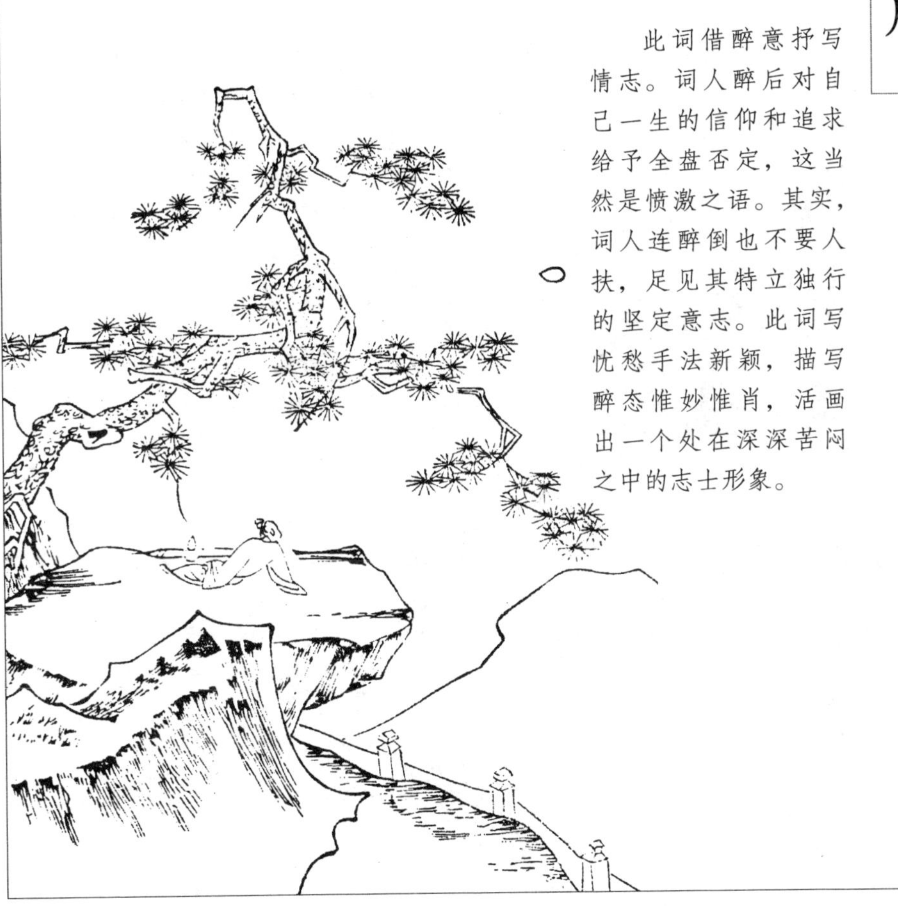

辛弃疾

西江月

夜行黄沙道中[①]

明月别枝惊鹊[②]，清风半夜鸣蝉。稻花香里说丰年，听取蛙声一片。　　七八个星天外，两三点雨山前。旧时茅店社林边[③]，路转溪桥忽见[④]。

①**黄沙**：黄沙岭，在今江西上饶境内。　②**别枝**：斜出的树枝。　③**社林**：土地庙边的树林。社，土地庙。　④**见**：出现。

此词是辛弃疾闲居江西带湖时所作。词中描写农村夏夜的幽美景色，旨在表现词人对乡村环境的喜爱和闲适恬淡的心情。全词用白描和拟人化的手法，语言节奏明快，生动传神，生活气息浓郁，是辛弃疾乡村词的代表作之一。

京口北固亭怀古[①]

千古江山，英雄无觅，孙仲谋处[②]。舞榭(xiè)歌台，风流总被[③]，雨打风吹去。斜阳草树，寻常巷陌，人道寄奴曾住[④]。想当年、金戈铁马，气吞万里如虎。　　元嘉草草[⑤]，封狼居胥[⑥]，赢得仓皇北顾[⑦]。四十三年[⑧]，望中犹记，烽火扬州路。可堪回首[⑨]，佛狸祠下[⑩]，一片神鸦社鼓[⑪]！凭谁问，廉颇老矣，尚能饭否[⑫]？

①**京口**：今江苏镇江市。　②**孙仲谋**：孙权字仲谋。　③**风流**：指英雄事业的流风余韵。　④**寄奴**：南朝宋武帝刘裕的小名。　⑤**元嘉**：南朝宋文帝刘义隆的年号。**草草**：马马虎虎。　⑥**封狼居胥**：汉朝大将霍去病追击匈奴至狼居胥山，封山而还。这里是说刘义隆在公元 450 年出兵北伐惨败之事。封，在山上筑坛祭神。　⑦**赢得**：落得。　⑧**四十三年**：四十三年前，作者曾在扬州一带抗金。　⑨**可堪**：哪堪。⑩**佛狸祠**：在今江苏六合瓜步山上。公元 450 年，魏太武帝拓跋焘追击宋文帝的军队至此，在山上建行宫，后来改为祠。佛狸是太武帝的小名。　⑪**神鸦**：祭祀时前来吃祭品的乌鸦。**社鼓**：祭神时的鼓声。　⑫**“凭谁问”三句**：廉颇本是赵国名将，因遭人陷害，定居魏国。后秦国攻打赵国，赵王想起用廉颇，派使者前去打探廉颇的身体状况。廉颇当着使者的面吃了一斗米，十斤肉，表示自己不老，仍能为赵国出力。但使者回去说了廉颇的坏话，赵王最终没有起用廉颇。这里作者自比廉颇。

辛弃疾

永遇乐

此词写于宋宁宗开禧元年（1205），当时韩侂胄（tuō zhòu）掌握朝政，为了北伐邀功，起用六十六岁的辛弃疾任镇江知府，制造声势。辛弃疾积极支持北伐抗金，但又对韩侂胄不作准备、冒然北伐的行为深表忧虑。此词借古论今，以词议政，词中总结了历史上北伐失败的教训，告诫当今统治者不要草率轻进，表现了一位成熟的政治家的胸襟和战略眼光。作者同时对自己虽被起用但仍未被委以重任，难以施展才华深感苦闷。全篇叙事、写景、抒情、议论相结合，纵横开阖，一气贯注，具有很高的艺术性和思想性，是辛弃疾后期词的代表作。

辛弃疾

南乡子

登京口北固亭有怀[①]

何处望神州[②]？满眼风光北固楼。千古兴亡多少事？悠悠！不尽长江滚滚流。　　年少万兜鍪(móu)[③]，坐断东南战未休[④]。天下英雄谁敌手？曹刘[⑤]！生子当如孙仲谋[⑥]。

①**京口**：今江苏镇江市。**北固亭**：即北固楼，在镇江北固山上。　②**神州**：指被金人占领的中原地区。　③**年少**：指孙权。他十九岁便继承其兄孙策之位统领江东。**兜鍪**：头盔，此指代士兵。　④**坐断**：占据。　⑤**曹刘**：曹操和刘备。　⑥**孙仲谋**：孙权字仲谋。

此词作于辛弃疾任镇江知府期间。词人借古讽今，眼望滚滚江水，感叹兴衰往事，极力赞美东吴英主孙权，目的是针对屈辱苟安的南宋统治者，只是比较婉转罢了。同为登北固亭怀古之作，《永遇乐·千古江山》的风格沉郁顿挫，苍茫悲壮；本篇的风格则清新明快，情绪昂扬。它们都能给人以深刻的印象，反映出作者对同样题材进行不同处理的艺术才能。

辛弃疾

丑奴儿

书博山道中壁[1]

少年不识愁滋味，爱上层楼[2]。爱上层楼，为赋新诗强说愁。
而今识尽愁滋味，欲说还休。欲说还休，却道天凉好个秋！

①**博山**：在今江西广丰县。　②**层楼**：高楼。

这首词是辛弃疾闲居带湖时期所作。词中用对比、反衬、烘托、渲染等手法，极力铺写一个“愁”字，旨在表达词人感伤时事、报国无门的深沉忧思。全篇语言通俗，词意回环，言有尽而意无穷。

丑奴儿近

辛弃疾

博山道中效李易安体[①]

千峰云起，骤雨一霎(shà)儿价[②]。更远树斜阳，风景怎生图画[③]？青旗卖酒[④]，山那畔别有人家。只消山水光中，无事过这一夏。

午醉醒时，松窗竹户，万千潇洒。野鸟飞来，又是一般闲暇。却怪白鸥，觑(qù)着人欲下未下[⑤]。旧盟都在[⑥]，新来莫是，别有说话？

①**李易安**：李清照号易安居士。 ②**价**：助词，相当于“地”。 ③**怎生**：怎样。 ④**青旗**：酒店的布招帘多用青布做成。 ⑤**“却怪”二句**：典出《列子·黄帝》，海上有好鸥者，每日从群鸥游。其父说：“吾闻鸥鸟皆从汝游，汝取来吾玩之。”次日至海上，鸥鸟舞而不下。 ⑥**旧盟**：作者曾作《水调歌头·盟鸥》。古人常用与鸥鸟订盟表示隐居之意。

此词写博山道中的夏日风景。骤雨刚过，大自然的一切显得清新爽朗，词人随意在一个乡间小店醉酒、午睡、醒来，流连山光水色，与野鸟、白鸥结盟对话，意趣非常闲适。此词形式上一改以往辛词堆砌词藻、叠用典故的风格，刻意仿效李清照词风，用亲切有味的口语写成。意境上也颇似李清照词，闲适中透出一股淡淡的哀愁。

辛弃疾

沁园春

灵山齐庵赋[1]，时筑偃湖未成。

叠嶂（zhàng）西驰[2]，万马回旋，众山欲东。正惊湍（tuān）直下[3]，跳珠倒溅；小桥横截，缺月初弓[4]。老合投闲[5]，天教多事，检校长身十万松[6]。吾庐小，在龙蛇影外[7]，风雨声中。　争先见（xiàn）面重重[8]，看爽气、朝来三数峰[9]。似谢家子弟[10]，衣冠磊落[11]；相如庭户[12]，车骑雍容[13]。我觉其间，雄深雅健，如对文章太史公[14]。新堤路，问偃湖何日，烟雨濛濛？

①**灵山**：山名，在今江西上饶境内。**赋**：作词。　②**叠嶂**：层层叠叠的山峰。　③**惊湍**：急速的水流。　④**缺月初弓**：形似弓形的初月。　⑤**合**：应该。**投闲**：过闲散生活。　⑥**检校**：掌管。　⑦**龙蛇**：指松树弯曲的枝干。　⑧**见面**：指山峰在雾气中显露出来。　⑨**爽气**：山间的清新空气。**三数**：几座。表示不多。　⑩**谢家**：东晋谢安家族。　⑪**衣冠磊落**：服饰庄重大方。　⑫**相如**：西汉文学家司马相如。　⑬**雍容**：从容有威仪的样子。　⑭**太史公**：西汉司马迁，他曾为太史令。从“谢家子弟”至此，都是用来形容清晨山峰的秀气。

此词是辛弃疾闲居江西上饶时期所作。内容是描写他在灵山新造的齐庵的环境。词人用类比、拟物等手法，写山似奔马，松似战士，充满生机；以风流倜傥的历史人物和雄深雅健的太史公文章比拟灵山的深邃宏伟，不仅写出了山的形态。还写出了山的神韵。这在古人模山范水的作品中是别出心裁的，也是作者胸襟和气质的写照。

辛弃疾

摸鱼儿

淳熙己亥[1]，自湖北漕移湖南[2]，同官王正之置酒小山亭[3]。为赋。

更能消几番风雨[4]，匆匆春又归去。惜春长怕花开早，何况落红无数[5]。春且住！见说道、天涯芳草迷归路。怨春不语。算只有殷勤，画檐蛛网，尽日惹飞絮[6]。　长门事[7]，准拟佳期又误[8]。蛾眉曾有人妒[9]。千金纵买相如赋，脉脉此情谁诉？君莫舞[10]，君不见、玉环飞燕皆尘土[11]。闲愁最苦。休去倚危栏[12]，斜阳正在，烟柳断肠处。

①**淳熙己亥**：宋孝宗淳熙六年（1179）。　②**“自湖北”句**：是说由荆湖北路转运副使调任荆湖南路转运副使。宋朝称转运使为漕司。　③**同官**：同样职务的人。此时王正之接替辛弃疾任荆湖北路转运副使。**小山亭**：在荆湖北路转运副使衙门内。④**消**：禁得住。　⑤**落红**：落花。　⑥**飞絮**：飘荡的柳絮。　⑦**长门事**：汉武帝的陈皇后失宠，住在长门宫，她以黄金百斤请司马相如写一篇解愁的文章。相如写了《长门赋》，终于使武帝感悟，陈皇后又得宠幸。　⑧**准拟**：预料。　⑨**蛾眉**：指美貌。⑩**君**：指妒忌的人，此暗指当权者。　⑪**玉环飞燕**：玉环是杨贵妃的小名，飞燕即赵飞燕，汉成帝的皇后，二人皆极受皇帝宠爱，且都好妒。⑫**危栏**：高楼上的栏杆。危，高。

由湖北调到湖南，离抗金前线更远了，这对于慷慨南来、矢志抗金的辛弃疾来说，心里自然不好受，于是写成了这首题旨深曲的作品。此词继承了屈原以来用“香草美人”设喻的手法，通篇用暗喻，借暮春的景物和前代后妃的哀怨故事来抒发自己的感慨与义愤，情致缠绵，词意激切，是辛弃疾婉约词中的代表作。

贺新郎

辛弃疾

别茂嘉十二弟。鹈鴂、杜鹃实两种[1]，见《离骚补注》。

绿树听鹈鴂。更那堪、鹧鸪声住[2]，杜鹃声切[3]！啼到春归无寻处，苦恨芳菲都歇[4]。算未抵、人间离别。马上琵琶关塞黑[5]，更长门翠辇辞金阙[6]。看《燕燕》，送归妾[7]。　将军百战身名裂[8]。向河梁、回头万里，故人长绝[9]。易水萧萧西风冷，满座衣冠似雪。正壮士悲歌未彻[10]。啼鸟还知如许恨，料不啼清泪长啼血。谁共我，醉明月？

①鹈鴂：伯劳鸟。 **②鹧鸪声**：鹧鸪的叫声似“行不得也哥哥”。 **③杜鹃声**：杜鹃的叫声似“不如归去”。 **④芳菲**：百花。 **⑤马上琵琶**：指王昭君出嫁匈奴的途中。王昭君善弹琵琶。 **⑥长门**：汉宫殿名，汉武帝皇后陈阿娇失宠后居于此。此比喻王昭君原来所住之处。**翠辇**：翠羽装饰的宫车。**金阙**：宫殿。 **⑦看《燕燕》，送归妾**：春秋时，卫庄公之妾戴妫（guī）之子完继位，但不久即被州吁所杀，戴妫因而离开卫国回娘家。庄公之妻庄姜为她送行，作《燕燕》诗。 **⑧将军**：汉朝将军李陵，抗击匈奴，兵败投降。 **⑨“向河梁”二句**：用李陵别苏武事。苏武出使匈奴，被扣十九年，守节不屈。后归汉，李陵前去送别。河梁，桥。故人，指苏武。 **⑩“易水萧萧”三句**：战国时燕太子丹在易水边送荆轲入秦行刺秦王，送行者都穿戴白衣冠，荆轲歌“风萧萧兮易水寒，壮士一去兮不复还”。彻，完。

这是一首送别词。词人以暮春时节几种啼声悲凉的鸟声渲染气氛，罗列了历史上四个充满悲剧色彩的离别故事，用来比喻他与辛茂嘉堂弟的凄凄别情。同时，词中融入了词人自己的身世之感和家国之悲，从历史到现实，从而产生了动人心魄的悲剧力量。

辛弃疾

贺新郎

邑中园亭，仆皆为赋此词[1]。一日独坐停云[2]，水声山色竞来相娱。意溪山欲援例者，遂作数语，庶几仿佛渊明思亲友之意云[3]。

甚矣我衰矣！怅平生、交游零落，只今余几？白发空垂三千丈，一笑人间万事。问何物能令公喜？我见青山多妩媚，料青山见我应如是。情与貌，略相似。　　一尊搔首东窗里[4]，想渊明《停云》诗就，此时风味。江左沉酣求名者[5]，岂识浊醪(láo)妙理[6]！回首叫、云飞风起。不恨古人吾不见，恨古人不见吾狂耳。知我者，二三子[7]。

①**此词**：指《贺新郎》词调。　②**停云**：亭名，在江西铅（yán）山县作者寓所中。　③**渊明**：陶渊明。　④**尊**：酒杯。　⑤**江左**：指东晋。　⑥**浊醪**：浊酒。　⑦**二三子**：诸君大家。

此词借陶渊明《停云》诗意，抒发自己知音难觅、壮志难酬的孤寂和惆怅。全篇感情浓烈，波澜起伏，在悲凉的气氛中表现出作者豪放不羁的性格，是辛弃疾的代表作之一。

辛弃疾

浣溪沙

父老争言雨水匀，眉头不似去年颦（pín）①，殷勤谢却甑（zèng）中尘②。
啼鸟有时能劝客，小桃无赖已撩人③，梨花也作白头新。

①**颦**：皱眉。 ②**殷勤**：诚恳的样子。**谢**：推辞。**甑**：一种蒸东西的炊具。 ③**小桃**：桃树。**无赖**：可爱。

此词写风调雨顺给农民带来的喜悦。词人用白描的手法描绘了胸无城府、喜怒形于色的淳朴农民形象，真实可爱。对春日景物的描写，清新自然，活泼宜人。词人热爱农村生活，关心农民疾苦的情感也自然蕴含其中。辛弃疾的几首以乡村生活为题材的词都有轻捷明快、意境清新的特点，本篇也不例外。

陈亮

水调歌头

送章德茂大卿使虏①

不见南师久②，漫(màn)说北群空③。当场只手，毕竟还我万夫雄。自笑堂堂汉使④，得似洋洋河水⑤，依旧只流东！且复穹(qióng)庐拜⑥，会向槁(gǎo)街逢⑦。　尧之都，舜之壤，禹之封⑧。于中应有，一个半个耻臣戎⑨。万里腥膻(shān)如许，千古英灵安在？磅礴(páng bó)几时通⑩？胡运何须问⑪，赫日自当中⑫。

陈亮（1143—1194），字同甫，人称龙川先生，婺（wù）州永康（今属浙江）人。宋孝宗乾道五年（1169）应吏部试，被黜。隆兴初，上《中兴十论》，力陈抗金之策，触怒当局，被诬入狱。遂愤而治学十年，光宗绍熙四年（1193）进士第一，授建康府通判，未到任而卒。他是南宋著名的哲学家、文学家。他的词处处表现出强烈的爱国思想，风格与辛弃疾相近，豪放壮烈。有《龙川词》传世。

①**章德茂**：章森字德茂。**大卿**：古人称六部尚书为大卿，时章森为户部尚书。**虏**：指金国。　②**南师**：指南宋的军队。　③**谩**：胡乱。**北群空**：据说伯乐经过冀北，好马被他挑选一空。后常以“北群空”表示没有良马。此比喻没有人才。　④**汉使**：指南宋使节。　⑤**洋洋**：水流盛大的样子。**河**：黄河。　⑥**穹庐**：北方游牧民族住的帐篷。此指金国朝廷。　⑦**会**：将。**槁街**：汉朝长安城内少数民族及外国使者居住的地方。“且复”以下两句是说，汉朝使者都到金国朝拜，在金国相遇。　⑧**“尧之都”三句**：意思是说中原是尧舜禹传下来的疆土。　⑨**臣戎**：臣服金国。　⑩**磅礴**：指浩然正气。　⑪**胡**：指金人。　⑫**赫日**：灿烂的太阳，指宋朝。以上两句是说，宋朝国运正盛，金国就要灭亡。

这是一首内容独特的送别词。宋孝宗淳熙十三年（1186），章德茂代表朝廷出使金国，去为金主祝寿。这本是件很屈辱的事情，陈亮的送别词却能独辟蹊径，深化主题，结合当时的一些重要政治问题，展开议论和抒情，写得激昂慷慨，气势磅礴，表现出强烈的民族自尊心和乐观主义精神，读来振奋人心。本篇是陈亮词的压卷之作，在南宋爱国词中也有突出的地位。

陈亮

贺新郎

寄辛幼安[①]，和见怀韵。

老去凭谁说[②]？看几番神奇臭腐，夏裘冬葛[③]！父老长安今余儿[④]？后死无仇可雪[⑤]。犹未燥当时生发[⑥]！二十五弦多少恨[⑦]，算世间那有平分月！胡妇弄，汉宫瑟[⑧]。　树犹如此堪重别[⑨]！只使君从来与我[⑩]，话头多合。行矣置之无足问，谁换妍(yán)皮痴骨[⑪]？但莫使、伯牙弦绝[⑫]！九转丹砂牢拾取[⑬]，管精金只是寻常铁。龙共虎，应声裂[⑭]。

①**辛幼安**：辛弃疾字幼安。　②**凭**：靠。　③**神奇臭腐，夏裘冬葛**：指世事不断变幻。　④**长安**：代指汴京。　⑤**后死**：后辈人。**无仇可雪**：指不知道有家仇国恨需报。　⑥**生发**：指婴儿。婴儿刚生下来时头发未干。　⑦**二十五弦**：指瑟。瑟音悲哀。　⑧**胡妇弄，汉宫瑟**：胡指金，汉指宋。胡女弹汉瑟，指宋宫文物为金所掠。⑨**树犹如此**：晋朝桓温北伐前秦，路过金城，见到年轻时种的柳树有十抱大了，因而感慨万分，说："树犹如此，人何以堪！"　⑩**使君**：指辛弃疾。　⑪**妍皮痴骨**：漂亮的外貌，愚笨的内心。　⑫**伯牙弦绝**：伯牙把钟子期引为知音，钟子期死后，伯牙断绝琴弦，以示不再弹琴。此句意谓不要朋友永诀。　⑬**九转丹砂**：经九炼而成的丹砂，可以点铁成金。这里比喻永不懈怠、可成救国大业的坚定信心。⑭**龙共虎，应声裂**：指龙虎丹炼成后迸裂出鼎。比喻大业成功。

此词是陈亮写给知音同道辛弃疾的。作者笔意纵横，驱策无忌，畅谈时事，忧心如焚；叙及友情时，也不忘互相勉励。陈亮与辛弃疾不仅仅政治抱负完全一致，词风也属一派。此词在用典、议论、情辞激切等方面都与辛词如出一辙，只是显得更激切明快，乐观昂扬些。

刘过（1154—1206），字改之，号龙洲道人，吉州太和（今江西泰和）人。他曾伏阙上书，力主抗金，但未被任用。流落江湖间。他是辛派词人，其词风格粗犷豪放。有《龙洲词》。

刘过

唐多令

重过武昌①

芦叶满汀（tīng）洲②，寒沙带浅流。二十年、重过南楼③。柳下系舟犹未稳，能几日，又中秋。

黄鹤断矶（jī）头④，故人曾到否？旧江山、浑是新愁⑤。欲买桂花同载酒，终不似、少年游！

①**武昌**：今属湖北武汉。 ②**汀洲**：水中陆地。 ③**南楼**：定远楼，在武昌黄鹤山上。 ④**黄鹤断矶头**：即黄鹤矶。 ⑤**浑**：全。

武昌扼水陆交通要冲，是南宋的边防重镇。黄鹤山是武昌的风景佳处，二十年前，作者曾来过这里。这次词人登临，无心欣赏风光，而是触景生情，觉得“旧江山、浑是新愁”，表达忧国伤时的情感。

姜夔

点绛唇

丁未冬过吴松作[①]

燕雁无心，太湖西畔随云去。数峰清苦[②]，商略黄昏雨[③]。　　第四桥边[④]，拟共天随住[⑤]。今何许[⑥]？凭阑（lán）怀古[⑦]，残柳参差（cēn cī）舞[⑧]。

①**丁未**：宋孝宗淳熙十四年（1187）。**吴松**：今江苏吴江县。　②**清苦**：形容山的荒凉。　③**商略**：商量。　④**第四桥**：即吴江城外的甘泉桥。　⑤**天随**：唐朝诗人陆龟蒙号天随子，他曾住在松江。　⑥**何许**：何处。　⑦**阑**：栏杆。⑧**参差**：长短不齐的样子。

词中以燕雁自比，感叹人生飘泊；又说自己想和陆龟蒙做邻居，似寓归隐之意；加上山雨欲来、残柳飘舞的环境烘托，使此词意境空灵飘缈，体现了姜夔词的“清空”风格。

姜夔（kuí）（约1155—1209），字尧章，饶州鄱阳（今属江西）人。早年流寓湘鄂间，诗人萧德藻爱其才，以侄女妻之。卜居湖州，与弁（biàn）山白石洞天为邻，因号白石道人。后与杨万里、张镃、范成大等人游。一生屡试不第，以布衣终身。他精通书法、音乐，尤其擅长诗词。其词格律谨严，字句雕琢，词风清幽冷峭。他是格律词派的代表人物，其词上承周邦彦，下开吴文英、张炎一派。有《白石道人歌曲》传世。

元夕有所梦[1]

肥水东流无尽期[2]，当初不合种相思[3]。梦中未比丹青见[4]，暗里忽惊山鸟啼。　　春未绿，鬓先丝[5]，人间别久不成悲。谁教岁岁红莲夜[6]，两处沉吟各自知。

①**元夕**：元宵。　②**肥水**：东肥河，出合肥西北将军岭，宋时流入巢湖。　③**不合**：不该。　④**未比**：不如。**丹青**：图画。　⑤**丝**：蚕丝，比喻白发。　⑥**红莲**：指灯笼。

这是一首怀人词。二十多年前，词人在合肥曾结识一对善弹琵琶的姊妹，引为知己。后因人事沧桑，分开后一直未能再相见。但这段青年时期的恋情让词人刻骨铭心，寤寐难忘。此词用朴素自然的语言描写了这段浓烈的恋情，写得清峻隽永，洗净铅华，有空灵之美。

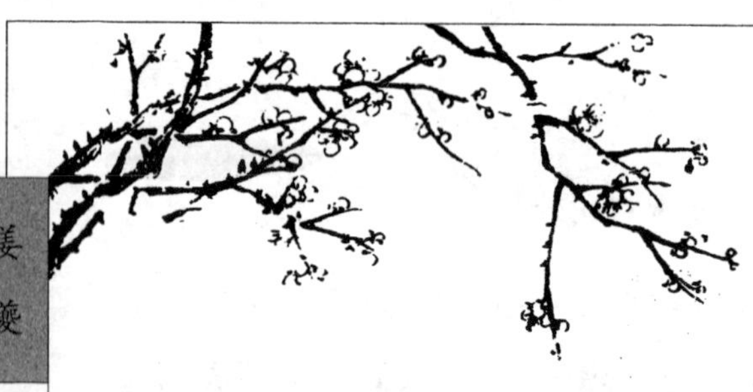

姜夔

踏莎行

自沔(miǎn)东来[①]，丁未元日至金陵[②]，江上感梦而作。

燕燕轻盈，莺莺娇软[③]，分明又向华胥(xū)见[④]。夜长争得薄情知[⑤]？春初早被相思染。　　别后书辞，别时针线，离魂暗逐郎行远。淮南皓月冷千山[⑥]，冥冥归去无人管[⑦]。

①**沔**：沔洲，今湖北汉阳。　②**丁未**：宋孝宗淳熙十四年（1187）。**元日**：元旦，即农历正月初一。**金陵**：今江苏南京。③**燕燕、莺莺**：借指所爱的人。　④**华胥**：指梦。相传黄帝曾经梦游华胥国，因以华胥代指梦。　⑤**争得**：怎得。**薄情**：薄情郎。⑥**淮南**：指合肥。　⑦**冥冥**：深夜。

此词因梦而作，抒写别后相思之情。一个如莺燕般轻盈娇媚的女子让词人魂牵梦萦，难以忘怀。词人于是想象：大概她也思我心切，怨我薄情，因而魂魄离身，来与我梦中相见吧？这一奇想无理而有情，把词人那种刻骨铭心的相思和别后孤寂的心境生动地表现了出来。

姜夔

齐天乐

丙辰岁①，与张功父会饮张达可之堂②，闻屋壁间蟋蟀有声，功父约予同赋，以授歌者。功父先成，辞甚美。予裴回茉莉花间③，仰见秋月，顿起幽思，寻亦得此④。蟋蟀，中都呼为促织⑤，善斗，好事者或以三二十万钱致一枚，镂象齿为楼观以贮之⑥。

庚郎先自吟《愁赋》⑦，凄凄更闻私语⑧。露湿铜铺⑨，苔侵石井，都是曾听伊处⑩。哀音似诉，正思妇无眠，起寻机杼(zhù)⑪。曲曲屏山⑫，夜凉独自甚情绪？　西窗又吹暗雨，为谁频断续，相和砧杵(zhēn chǔ)⑬？候馆迎秋⑭，离宫吊月⑮，别有伤心无数。《豳(bīn)》诗漫(màn)与⑯。笑篱落呼灯⑰，世间儿女。写入琴丝⑱，一声声更苦。

①**丙辰岁**：宋宁宗庆元二年（1196）。　②**张功父**：张镃字功父。　③**裴回**：徘徊。　④**寻**：不久。　⑤**中都**：杭州。　⑥**象齿**：象牙。　⑦**庚郎**：北朝北周文学家庾信。　⑧**私语**：蟋蟀声。　⑨**铜铺**：门上的铜制环钮。　⑩**伊**：指蟋蟀。　⑪**机杼**：纺织器具。蟋蟀又名促织，所以这样说。　⑫**屏山**：画在屏风上的山。　⑬**砧杵**：代指捣衣声。

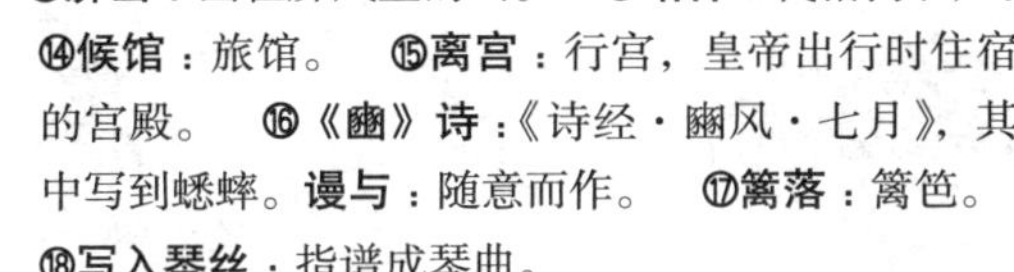

⑭**候馆**：旅馆。　⑮**离宫**：行宫，皇帝出行时住宿的宫殿。　⑯**《豳》诗**：《诗经·豳风·七月》，其中写到蟋蟀。**漫与**：随意而作。　⑰**篱落**：篱笆。　⑱**写入琴丝**：指谱成琴曲。

这是一首咏蟋蟀词。词人没有去刻画蟋蟀的形貌特征，而单单抓住蟋蟀的鸣叫声进行描写，说这种“凄凄私语”般的鸣叫声随处可闻，能让征夫、思妇、迁客、骚人、宫娥、嫔妃等各种失意者、飘泊者触动愁绪，无限哀伤，实在是动物鸣叫声中最凄迷幽怨的声音。这其实是词人自己当时心境的写照，其妙处在于托物抒情，不露痕迹。

姜夔

念奴娇

余客武陵[1]，湖北宪治在焉[2]。古城野水，乔木参天。余与二三友日荡舟其间，薄荷花而饮[3]，意象幽闲，不类人境。秋水且涸(hé)，荷叶出地寻丈[4]，因列坐其下。上不见日，清风徐来，绿云自动。间于疏处窥见游人画船，亦一乐也。朅(qiè)来吴兴[5]，数得相羊荷花中[6]。又夜泛西湖，光景奇绝，故以此句写之。

闹红一舸(gě)[7]，记来时，尝与鸳鸯为侣。三十六陂(bēi)人未到[8]，水佩风裳无数[9]。翠叶吹凉，玉容销酒[10]，更洒菰(gū)蒲雨[11]。嫣然摇动[12]，冷香飞上诗句[13]。　　日暮青盖亭亭[14]，情人不见，争忍凌波去[15]？只恐舞衣寒易落[16]，愁人西风南浦。高柳垂阴，老鱼吹浪，留我花间住。田田多少[17]，几回沙际归路。

①**武陵**：今湖南常德。②**湖北宪治**：宋朝荆南荆湖北路提点刑狱官署。③**薄**：靠近。④**寻**：八尺。⑤**朅来**：去来。偏义复词，即来。朅，去。**吴兴**：今浙江湖州。⑥**相羊**：徜徉。⑦**闹红**：盛开的荷花。**舸**：船。⑧**三十六陂**：很多荷花池。三十六是虚数，表示多。陂，池塘。⑨**水佩风裳**：用李贺《苏小小墓》

"风为裳，水为佩"诗意，指荷花荷叶。 ⑩**玉容销酒**：荷花颜色微红，好似酒意初消的美人脸。玉容，指荷花。 ⑪**菰蒲**：茭白。 ⑫**嫣然**：微笑的样子。 ⑬**冷香**：指荷花的香气。 ⑭**青盖**：荷叶。 ⑮**争忍**：怎忍。**凌波**：形容女子步态轻盈优美。⑯**舞衣**：指荷叶。 ⑰**田田**：莲叶茂密的样子。此代指莲叶。

此词咏荷花。词人没有停留在描摹荷花的姿态外形，而是从荷花的神理着笔，用拟人化的手法写出了荷花的幽韵冷香、高标独特之处。这其实就是姜夔自己孤高自赏、闲云野鹤般的人格的写照。

《吴都赋》云："户藏烟浦，家具画船。"唯吴兴为然[①]。春游之盛，西湖未能过也。己酉岁[②]，予与萧时父载酒南郭[③]，感遇成歌。

双桨来时，有人似旧曲桃根桃叶[④]。歌扇轻约飞花[⑤]，蛾眉正奇绝[⑥]。春渐远、汀(tīng)洲自绿[⑦]，更添了几声啼鴂(jué)[⑧]。十里扬州，三生杜牧，前事休说[⑨]。　又还是宫烛分烟[⑩]，奈愁里匆匆换时节。都把一襟芳思[⑪]，与空阶榆荚[⑫]。千万缕藏鸦细柳，为玉尊起舞回雪[⑬]。想见西出阳关，故人初别[⑭]。

①**吴兴**：今浙江湖州。　②**己酉岁**：宋孝宗淳熙十六年（1189）。　③**郭**：外城。　④**旧曲**：歌妓居处。**桃根桃叶**：桃叶为东晋王献之妾，桃根为其妹。宋人常用来代指歌女姊妹。　⑤**歌扇**：女子所执之团扇。**轻约**：轻接。约，拦。　⑥**蛾眉**：指女子的容貌。　⑦**汀洲**：水边平地。　⑧**鴂**：伯劳鸟。　⑨**"十里扬州"三句**：隐括杜牧《赠别》"春风十里扬州路"、黄庭坚《广陵早春》"春风十里珠帘卷，仿佛三生杜牧之"诗意，比喻旧游之美好及恍如隔世之感。三生，过去、现在、未来三世。⑩**宫烛分烟**：寒食节禁止用火，寒食后，皇帝将火种分赐近臣。此句指又到清明时节。

⑪**一襟芳思**：满腔春愁。 ⑫**榆荚**：榆树的果实。 ⑬**玉尊**：指代酒筵。**雪**：指柳絮。⑭**西出阳关，故人初别**：用唐朝王维《送元二使安西》"西出阳关无故人"诗意，喻指当时与意中人分别情景。

这是一首春游感遇词。词人在湖州画船上遇见一个妙龄歌女，行貌酷似自己年轻时在合肥认识的琵琶女，顿时触发了连绵的情思，思绪越来越远。但词人没有直接道出，而是化用古人情事，配以烟水迷离的环境，将眼前的一切虚化，一任读者自己去想象，充分体现了姜夔词"虚空"的特色。

姜夔

扬州慢

淳熙丙申至日[①]，予过维扬[②]。夜雪初霁（jì）[③]，荠（jì）麦弥望[④]。入其城，则四顾萧条，寒水自碧，暮色渐起，戍角悲吟[⑤]。予怀怆（chuàng）然，感慨今昔，因自度此曲[⑥]。千岩老人以为有《黍离》之悲也[⑦]。

淮左名都[⑧]，竹西佳处[⑨]，解鞍少驻初程[⑩]。过春风十里[⑪]，尽荠麦青青。自胡马窥江去后[⑫]，废池乔木，犹厌言兵。渐黄昏、清角吹寒[⑬]，都在空城。　杜郎俊赏[⑭]，算而今、重到须惊。纵豆蔻（kòu）词工[⑮]，青楼梦好[⑯]，难赋深情。二十四桥仍在[⑰]，波心荡、冷月无声。念桥边红药[⑱]，年年知为谁生？

①**淳熙丙申**：宋孝宗淳熙三年（1176）。**至日**：冬至日。 ②**维扬**：扬州。 ③**霁**：指雨雪停止。 ④**弥望**：满眼，一眼望不到边。 ⑤**戍角**：军中号角。 ⑥**度**：创制。 ⑦**千岩老人**：南宋诗人萧德藻的别号。**《黍离》**：即《诗经·王风·黍离》，周平王迁都洛阳后，周大夫经过故都镐（hào）京，见到宫室中长满了禾黍，悲悼周王室的衰微，作《黍离》。 ⑧**淮左**：即淮南东路。**名都**：大城。 ⑨**竹西**：亭名，在扬州城东禅智寺旁。 ⑩**初程**：作者初次到扬州，所以这样说。 ⑪**春风十里**：指先前繁华的扬州城里的街道。唐朝杜牧《赠别》诗："春风十里扬州路，卷上珠帘总不如。" ⑫**胡马窥江**：指宋高宗绍兴三十一年（1161）金兵南侵，扬州受到严重破坏。 ⑬**清角**：声调凄凉的号角。 ⑭**杜郎**：唐朝诗人杜牧。**俊赏**：出色的赞赏。 ⑮**豆蔻词工**：杜牧《赠别》诗有"娉娉袅袅十三余，豆蔻梢头二月初"句。 ⑯**青楼梦好**：杜牧《遣怀》诗有"十年一觉扬州梦，赢得青楼薄幸名"句。 ⑰**二十四桥**：扬州城内最繁华的地方有二十四座桥。 ⑱**红药**：红色的芍药花。

宋孝宗淳熙三年（1176）冬，姜夔路过扬州，写下此词。词人追忆扬州昔日的繁华历史，以极其沉痛的笔调写出了今日扬州山河残破、市井萧条的景象，从而表达了词人对金人发动的侵略战争的谴责和对时局的不满。姜夔词以抒写个人身世和男女之情者居多，此词感慨古今，忧国伤时，不论在艺术性还是思想性方面都堪称姜夔的代表作。

姜夔

长亭怨慢

余颇喜自制曲，初率意为长短句，然后协以律①，故前后阕(què)多不同。桓大司马云②："昔年种柳，依依汉南③；今看摇落，凄怆江潭④；树犹如此，人何以堪！"此语余深爱之。

渐吹尽枝头香絮⑤，是处人家⑥，绿深门户。远浦萦(yíng)回⑦，暮帆零乱向何许⑧？阅人多矣，谁得似长亭树⑨。树若有情时，不会得青青如此。　日暮，望高城不见，只见乱山无数。韦郎去也，怎忘得玉环分付⑩。第一是早早归来⑪，怕红萼(è)无人为主⑫。算空有并刀⑬，难剪离愁千缕。

①**律**：格律。　②**桓大司马**：东晋桓温。　③**依依**：轻柔飘荡的样子。　④**江潭**：江边。　⑤**香絮**：指柳絮。　⑥**是处**：到处。　⑦**远浦**：远处的江岸。**萦回**：弯弯曲曲。⑧**何许**：何处。　⑨**长亭树**：长亭边的柳树。长亭是送别之处，因而长亭树见过的离别之人最多。⑩**"韦郎"二句**：唐韦皋与玉箫有情，临别留玉指环相约，至多七年来娶。后八年不至，玉箫绝食而死。这里是说自己不会像韦皋那样负约。⑪**第一**：最重要。　⑫**红萼**：指女子。⑬**并刀**：剪刀。并州（今山西一带）出产好剪刀。

此词抒相思怀人之情。所思恋者可能仍是二十年前在合肥结识的琵琶女。词中借柳起兴，反用"树犹如此"典故，正用韦皋故事，以抒写哀怨缠绵的恋慕之情。

淡黄柳

姜夔

客居合肥南城赤阑（lán）桥之西，巷陌凄凉，与江左异[①]。唯柳色夹道，依依可怜[②]。因度此阕（què），以纾（shū）客怀[③]。

空城晓角[④]，吹入垂杨陌[⑤]。马上单衣寒恻恻[⑥]。看尽鹅黄嫩绿[⑦]，都是江南旧识。　　正岑（cén）寂[⑧]，明朝又寒食[⑨]。强（qiǎng）携酒，小桥宅[⑩]。怕梨花落尽成秋色。燕燕飞来[⑪]，问春何在，唯有池塘自碧。

①**江左**：江东。　②**依依**：轻柔的样子。**可怜**：可爱。　③**纾**：排遣。**客怀**：客居他乡的情怀。　④**晓角**：清晨的号角声。　⑤**垂杨陌**：柳丝飘拂的小路。　⑥**恻恻**：寒冷的样子。　⑦**鹅黄嫩绿**：鹅黄是柳芽的颜色，嫩绿是柳叶的颜色。　⑧**岑寂**：寂静。　⑨**寒食**：寒食节。　⑩**小桥宅**：姜夔在合肥的情人的住宅。　⑪**燕燕**：双燕。

此词以柳名篇，通篇写柳，抒发客居旧地的情怀。宋金对峙，以淮河为界，合肥已属边城。城南的赤阑桥西曾是昔日情侣的住地，此次词人旧地重游，只见民生凋敝，风物荒凉，伊人已去，只有依依垂杨还有点江南景色。当时虽在暮春时节，却给人以秋的感受。

姜夔

暗香

辛亥之冬①，予载雪诣石湖②。止既月③，授简索句，且征新声④，作此曲。石湖把玩不已，使工妓隶习之⑤，音节谐婉，乃名之曰《暗香》《疏影》。

旧时月色，算几番照我，梅边吹笛。唤起玉人⑥，不管清寒与攀摘⑦。何逊而今渐老⑧，都忘却春风词笔。但怪得竹外疏花，香冷入瑶席⑨。　江国⑩，正寂寂。叹寄与路遥，夜雪初积。翠尊易泣⑪，红萼(è)无言耿(gěng)相忆⑫。长记曾携手处，千树压、西湖寒碧。又片片吹尽也，几时见得？

①**辛亥**：宋光宗绍熙二年(1191)。 ②**石湖**：南宋诗人范成大的别号。 ③**止既月**：住了一个多月。 ④**新声**：新词调。 ⑤**工妓**：乐工歌妓。**隶习**：学习。隶，通“肄”，学习。 ⑥**玉人**：美人。 ⑦**与**：一起。 ⑧**何逊**：南朝诗人。曾在扬州作《咏早梅》诗，此处作者以何逊自比。 ⑨**瑶席**：席子的美称。 ⑩**江国**：指江南。 ⑪**翠尊**：碧绿的酒杯。 ⑫**红萼**：红梅。**耿**：悲伤的样子。

此词与《疏影》词是姐妹篇。本篇将咏梅与怀旧结合在一起，处处写梅，又处处写人，意象朦胧，因而导致后人对词旨众说纷纭。其实词人当时的情感就是复杂的，忆别离、怨漂零、感身世等兼而有之。全篇音节谐和，意境优美，是咏梅词中的佳作。

苔枝缀玉①，有翠禽小小，枝上同宿。客里相逢，篱角黄昏，无言自倚(yǐ)修竹②。昭君不惯胡沙远③，但暗忆江南江北。想佩环月夜归来④，化作此花幽独。　犹记深宫旧事⑤，那人正睡里，飞近蛾绿⑥。莫似春风，不管盈盈⑦，早与安排金屋⑧。还教一片随波去，又却怨玉龙哀曲⑨。等恁(nèn)时重觅幽香⑩，已入小窗横幅⑪。

①**苔枝缀玉**：长有苔藓的梅枝上缀着玉石般的花朵。　②**修竹**：代指美人。典出杜甫《佳人》诗："天寒翠袖薄，日暮倚修竹。"这里指梅树。　③**昭君**：王昭君，汉元帝的妃子，出嫁匈奴呼韩邪单于。　④**佩环**：杜甫《咏怀古迹》咏王昭君诗有"环佩空归月夜魂"句。此以"佩环"代指王昭君。　⑤**深宫旧事**：南朝宋武帝女寿阳公主曾卧于檐下，梅花落到额上，洗之不去，宫女竞相模仿，遂成梅花妆。　⑥**蛾绿**：蛾眉，指寿阳公主。　⑦**盈盈**：《古诗十九首·青青河畔草》有"盈盈楼上女"句，因代指美女，此指梅花。　⑧**金屋**：即"金屋藏娇"之"金屋"，指藏所爱女子的地方，此处指留住梅花。　⑨**玉龙哀曲**：指笛曲《梅花落》。玉龙，笛子名。⑩**恁时**：那时。　⑪**横幅**：横着展开的画幅。

本篇用拟人化的手法，连用五位美女来比拟梅花，突出了梅花的风神韵致。本篇多袭用典故而不拘泥于典故意义，笔调空灵蕴藉，与《暗香》一样，在给人以朦胧深邃的美感享受的同时，又能给人以人生哲理的启迪，同样是咏梅词中的佳作。

俞国宝

风入松

题酒肆

一春长费买花钱[①]，日日醉湖边。玉骢(cōng)惯识西湖路[②]，骄嘶过、沽酒楼前。红杏香中箫歌，绿杨影里秋千。　　暖风十里丽人天[③]，花压鬓云偏[④]。画船载取春归去，余情付、湖水湖烟。明日重扶残醉，来寻陌上花钿(diàn)[⑤]。

①**买花**：双关语，兼指狎妓与购花。　②**玉骢**：白马。③**丽人天**：春天。　④**鬓云**：如乌云一样的鬓发。　⑤**花钿**：首饰。

这是一首春日记游之作。作者用“醉笔”描写了南宋朝廷在美丽的西湖边醉生梦死、歌舞升平的情形，是一幅西湖游乐图。此词语言朴素自然，词风香艳绮丽。据说这首词写在西湖边的一座酒楼的屏风上，被太上皇宋高宗看见，大加赞赏，俞国宝因此被授官。

俞国宝，号醒庵，抚州临川（今江西临川）人，宋孝宗淳熙年间为太学生。有《醒庵遗珠集》，今佚。

史达祖，字邦卿，号梅溪，汴（今河南开封）人。曾在韩侂胄（tuōzhòu）门下掌文书，尽握三省权，拟帖撰旨，皆出其手。一时士大夫趋其门，呼为梅溪先生。开禧北伐败绩，达祖受株连，贬死。其词多写闲情逸致，善于咏物，多用白描手法，语言清新华丽。有《梅溪词》。

史达祖

双双燕

咏燕

过春社了[1]，度帘幕中间[2]，去年尘冷[3]。差池欲住[4]，试入旧巢相并[5]。还相(xuán xiàng)雕梁藻井[6]，又软语商量不定[7]。飘然快拂花梢，翠尾分开红影[8]。　芳径[9]，芹泥雨润[10]。爱贴地争飞，竞夸轻俊[11]。红楼归晚[12]，看足柳昏花暝(míng)[13]。应自栖(qī)香正稳[14]，便忘了、天涯芳信[15]。愁损翠黛双蛾[16]，日日画阑(lán)独凭[17]。

①**春社**：在春分前后，是祭祀土神的日子。　②**度**：穿越。　③**去年尘**：指前一年的窝里积满了灰尘。　④**差池**：燕子飞翔时尾翼舒展的样子。　⑤**相并**：双双并栖。　⑥**还**：通“旋”，一会儿。**相**：察看。**藻井**：天花板。　⑦**软语**：喃喃细语。　⑧**红影**：花影。　⑨**芳径**：花草丛中的小路。　⑩**芹泥**：带有芹草的泥土。　⑪**轻俊**：轻盈潇洒。　⑫**红楼**：富贵人家所住之楼，此指燕子巢居之处。　⑬**暝**：暗。　⑭**栖香**：在巢里睡得香甜。　⑮**芳信**：情人的信。相传燕子能替人带信。　⑯**愁损**：愁煞。**翠黛双蛾**：指妇女的眉毛。　⑰**画阑**：雕花的栏杆。

词人用白描的手法，描绘了春社过后，燕子成双成对游戏春光的神态。词中以孤身独处的闺中妇人的寂寞孤独来反衬燕子的自由愉快，通篇不出一“燕”字而处处写燕，对燕子的描写极妍尽态，行神毕肖。后人评此词为咏燕词中的绝唱。

史达祖

绮罗香

咏春雨

做冷欺花，将烟困柳①，千里偷催春暮。尽日冥迷，愁里欲飞还住。惊粉重②、蝶宿西园，喜泥润、燕归南浦。最妨他、佳约风流，钿(diàn)车不到杜陵路③。　沉沉江上望极，还被春潮晚急，难寻官渡④。隐约遥峰，和泪谢娘眉妩⑤。临断岸、新绿生时，是落红、带愁流处。记当日、门掩梨花，剪灯深夜语。

①**烟**：如烟般的雨。　②**粉**：蝴蝶的粉。　③**钿车**：镶嵌有金宝的车子。**杜陵**：在长安城南，是唐代的郊游胜地。此代指繁华之所。　④**官渡**：官家所设的渡口。⑤**谢娘**：美女。**眉妩**：眉黛。

此词借烟雨迷蒙的景色抒发词人伤春怀人的情思。全篇紧扣春雨，层层烘托，既注重景物描写，又着意寄托情感，体物写人，情景交融，使此词成为古代咏物词中的名作。

江城子

卢祖皋

画楼帘幕卷新晴。掩银屏，晓寒轻。坠粉飘香[①]，日日唤愁生。暗数十年湖上路，能几度，著娉(pīng)婷[②]。　年华空白感飘零。拥春酲(chéng)[③]，对谁醒[④]？天阔云闲，无处觅箫声。载酒买花年少事，浑不似[⑤]，旧心情。

①**坠粉**：落花。　②**著**：遇。**娉婷**：指美女。　③**酲**：醉酒。　④**醒**：酒醒。　⑤**浑**：全。

此词表面是写满地落花引出的光阴易逝、人世沧桑的感慨，实际是感叹国事日非、宋室处于风雨飘摇之中。词中写赏晴、伤春、怨别，都在感叹时事，表达自己忧国忧民的情感。

卢祖皋(gāo)(1172?—1225)，字申之，又字次夔，号蒲江，永嘉（今浙江永嘉）人。宋宁宗庆元五年（1199）进士，历官校书郎、著作郎、将作少监，嘉定十六年（1223）权直学士院。学有渊源，曾与『永嘉四灵』相唱和，词甚工，浙人多唱之。有《蒲江词稿》一卷。

卢祖皋

贺新郎

彭传师于吴江三高堂之前作钓雪亭[1]，盖擅渔人之窟宅以供诗境也，赵子野约余赋之。

挽住风前柳。问鸱(chī)鹈(yí)[2]、当日扁(piān)舟，近曾来否？月落潮生无限事，零落茶烟未久[3]。漫(màn)留得、莼(chún)鲈(lú)依旧[4]。可是功名从来误，抚荒祠、谁继风流后？今古恨，一搔首。　江涵雁影梅花瘦。四无尘，雪飞云起，夜窗如昼。万里乾坤清绝处，付与渔翁钓叟。又恰是、题诗时候。猛拍阑(lán)干呼鸥鹭，道他年、我亦垂纶(lún)手。飞过我，共尊酒。

①**三高堂**：祠堂名，其中祀春秋范蠡、西晋张翰、唐朝陆龟蒙三位高士。　②**鸱鹈**：范蠡助勾践灭吴后，隐居太湖，号鸱鹈子皮。③**未久**：因陆龟蒙时代比范蠡近得多，故说“未久”。　④**漫**：空。**莼鲈**：张翰在洛阳做官，秋风起，想起家乡的莼菜羹与鲈鱼脍，就辞官回家了。

词人通过对范蠡、张翰、陆龟蒙三位高士的赞美，表达了自己厌倦官场、想退居林下的情怀。词中借景抒情，以景衬情，写得情思高远，风神潇洒，意境清幽。

贺新郎

刘克庄

送陈子华赴真州[1]

北望神州路[2]。试平章、这场公事[3]，怎生分付[4]？记得太行山百万，曾入宗爷驾驭[5]。今把作、握蛇骑虎[6]。君去京东豪杰喜[7]，想投戈下拜真吾父[8]。谈笑里，定齐鲁[9]。

两河萧瑟惟狐兔[10]。问当年祖生去后[11]，有人来否？多少新亭挥泪客[12]，谁梦中原块土[13]？算事业须由人做[14]。应笑书生心胆怯[15]，向车中闭置如新妇。空目送，塞鸿去[16]。

刘克庄（1187—1269），字潜夫，号后村居士，莆田（今属福建）人。宋理宗淳祐六年（1246）赐同进士出身，历官秘书监、工部尚书兼侍读，以龙图阁学士致仕。学识广博，文、史、诗、词兼长。

其诗属江湖派，词受辛弃疾影响，是南宋后期重要的辛派词人。其词摆脱格律束缚，进一步朝散文化、议论化方向发展，因而造成韵味不足。有《后村长短句》。

①陈子华：陈靴字子华，此时以仓部员外郎知真州。 **②神州路**：指中原沦陷区。 **③平章**：评论。**公事**：指收复中原的大事。 **④分付**：办理。 **⑤“太行山”以下**：北宋灭亡后，北方人民组成义军集结在太行山一带抗击金兵，他们后来都归南宋大将宗泽指挥。宗爷，宗泽。驾驭，统率。 **⑥把作**：当作。**握蛇骑虎**：指朝廷把义军当作毒蛇猛虎，满怀疑惧，不敢信任使用。 **⑦京东**：京东路，辖境相当于今山东、河南东部及安徽、江苏北部。**豪杰**：指抗金的义军将士。 **⑧“想投戈”句**：张用在江西作乱，岳飞写信给他，晓以利害。张用看了信说：“果吾父也。”就投降了岳飞。这里是说陈子华到了京东后，北方义军一定会放下武器归顺他。父，意指父辈。 **⑨齐鲁**：今山东一带。因此地在春秋时期属齐国与鲁国。 **⑩两河**：指北宋的河北路与河东路。**萧瑟**：萧条。**惟**：只有。 **⑪祖生**：东晋大将祖逖，曾统兵北伐，收复黄河南岸地区。这里是指宗泽、岳飞等抗金名将。 **⑫新亭挥泪客**：东晋南迁，定都建康（今南京），士大夫在新亭举行酒会，有人感叹风景无异而山河改姓，大家悲伤流泪。 **⑬“谁梦”句**：讽刺当权者口称爱国，其实没有恢复中原失地的念头。 **⑭算**：盘算。 **⑮书生**：作者自称。 **⑯塞鸿**：北方鸿雁，此比喻陈子华。

这是一首送别词，作于宋理宗宝庆三年（1227）。词人的同乡友人陈子华去抗金前线真州（今江苏仪征）任职，词人满怀激情地希望他能效法当年宗泽、岳飞的做法，团结当地义军共同抗金，为收复中原建立奇功。词人一改以往送别词叙依依别情的老套，通篇谈国事民生大计，令人耳目一新。通篇胸怀古今，指点江山，品评人物，声情激越，气势磅礴，是南宋豪放派词的代表作之一。

贺新郎

刘克庄

九日[1]

湛(zhàn)湛长空黑[2]。更那堪、斜风细雨，乱愁如织。老眼平生空四海，赖有高楼百尺，看浩荡千崖秋色。白发书生神州泪[3]，尽凄凉不向牛山滴[4]。追往事，去无迹。　少年自负凌云笔[5]。到而今、春华落尽[6]，满怀萧瑟(sè)。常恨世人新意少，爱说南朝狂客，把破帽年年拈(niān)出[7]。若对黄花孤负酒[8]，怕黄花也笑人岑(cén)寂[9]。鸿北去，日西匿(nì)。

①**九日**：九月九日重阳节。　②**湛湛**：深的样子。　③**白发书生**：作者自称。**神州泪**：为神州而流泪。神州，中国。　④**牛山**：春秋时齐景公登上牛山，面向都城，说：怎么就离开这个地方而死呢？这里作者反其意而用之，意思是说，自己是为国家流泪，不是像齐景公那样因贪生怕死而流泪。　⑤**凌云笔**：指好文章。　⑥**春华**：指青春。⑦**“爱说”二句**：是说后人老是用孟嘉落帽的典故来写重阳登高，陈词滥调，毫无新意。⑧**黄花**：菊花。**孤负**：辜负。　⑨**岑寂**：寂寞。

词人在重阳节登上百尺高楼，看见的是满目萧瑟、山河含悲的秋景，这正是词人此时心境的写照。此词立意新颖，风格悲壮，表现了一位爱国志士忧国伤时的情怀。

戏林推[1]

年年跃马长安市[2]，客舍似家家似寄[3]。青钱换酒日无何[4]，红烛呼卢宵不寐[5]。　易挑锦妇机中字[6]，难得玉人心下事[7]。男儿西北有神州[8]，莫滴水西桥畔泪[9]。

①**林推**：姓林的推官。　②**长安**：京城的代称，此指南宋都城临安。　③**寄**：临时住所。　④**青钱**：铜钱。古代的铜钱有青、黄两色。**无何**：没有别的事。　⑤**呼卢**：赌博时的喊叫声。古时掷骰子，五子全黑叫卢，掷得卢即全胜，因而掷骰子时满场呼喊卢。**宵**：晚上。　⑥**"易挑"句**：意谓妻子的爱情总是真挚的。前秦时，窦滔任秦州刺史，其妻苏蕙思念丈夫，在锦缎上织回文诗，寄给丈夫。挑，挑花纹。机，织布机。　⑦**玉人**：美人，此指妓女。　⑧**神州**：指中原沦陷区。　⑨**水西桥**：妓女住的地方。

此词名为戏言，实际是一篇严肃的规劝文字。词中对乡人林推纵酒狂赌、寻花问柳的放浪行为进行嘲弄，希望他珍惜夫妻感情，不要再在外面拈花惹草。并且激励他，好男儿应当志存高远，为国分忧，不能醉生梦死。全词从家事到国事，从亲情到大义，层层递进，可谓言辞恳切，语重心长。

刘克庄

清平乐

五月十五夜玩月

风高浪快，万里骑蟾(chán)背[①]。曾识姮(héng)娥真体态[②]，素面原无粉黛。

身游银阙(què)珠宫[③]，俯看积气濛濛。醉里偶摇桂树[④]，人间道是凉风。

①蟾背：蟾蜍（chú）之背。蟾蜍即癞蛤蟆。传说月宫中有蟾蜍。 **②姮娥**：嫦娥。 **③银阙珠宫**：指月宫。 **④桂树**：传说月亮里有一颗桂树。

词人驰骋想象，幻想自己遨游月宫，亲眼目睹了月宫的银阙珠楼和素洁的嫦娥。在游历月宫时词人仍然难以忘怀人间百姓，希望摇动桂树给人间带来凉风，一个爱国忧民的形象跃然纸上。此词想象丰富，手法浪漫，但主题却是现实的。

浣溪沙

吴文英

门隔花深梦旧游，夕阳无语燕归愁，玉纤香动小帘钩①。　落絮无声春堕（duò）泪②，行云有影月含羞，东风临夜冷于秋。

①**玉纤**：指美人的纤纤玉手。　②**絮**：柳絮。

这是一首感梦怀人词。词人运用烘托、象征等手法，把那位让人魂牵梦萦、昼夜难忘的女子写得像曹植笔下的宓妃洛神，来去无影，充满仙气。全篇意境清幽，主旨婉曲，像李商隐的《无题》诗一样，有一种朦胧深邃之美。

吴文英（约1212—约1272），字君特，号梦窗，晚年号觉翁，四明（今浙江宁波市鄞州区）人。一生没有做官，长期以清客身份来往于江浙间。他的词音律和谐，字句工丽。但过于注重形式，堆砌典故。有《梦窗词》。

风入松

听风听雨过清明，愁草《瘗花铭》[①]。楼前绿暗分携路[②]，一丝柳，一寸柔情。料峭春寒中酒[③]，交加晓梦啼莺。　　西园日日扫林亭，依旧赏新晴。黄蜂频扑秋千索，有当时，纤手香凝。惆怅双鸳不到[④]，幽阶一夜苔生。

（瘗 yì；峭 qiào；惆怅 chóuchàng）

①**草**：书写。《**瘗花铭**》：北周庾信撰。瘗，埋葬。　②**分携**：离别。　③**料峭**：形容风寒冷。　④**双鸳**：指女子的鞋，因其上绣有鸳鸯而得名。

此词抒写别后相思之情。作者与情人在苏州西园寓居十年，情深意厚，留下了许多美好的回忆。此词即以西园的风雨、楼、路、柳、莺、黄蜂、秋千、幽阶、绿苔等景物为线索，展开一个缠绵的爱情故事，探寻伊人芳踪。全篇时空交错，情感执着，写出了主人公的一片痴情，体现了吴文英词意象空朦的特征。

陪庾幕诸公游灵岩[1]

渺空烟四远[2]，是何年、青天坠长星[3]。幻苍崖云树[4]，名娃金屋[5]，残霸宫城[6]。箭径酸风射眼[7]，腻水染花腥[8]。时靸(sǎ)双鸳响[9]，廊叶秋声[10]。　宫里吴王沉醉，倩(qìng)五湖倦客[11]，独钓醒醒。问苍天无语，华发奈山青。水涵空[12]，阑(lán)干高处，送乱鸦、斜日落渔汀(tīng)[13]。连呼酒、上琴台去[14]，秋与云平[15]。

①**庾幕**：仓台幕府，吴文英曾在苏州仓台幕府做过幕僚。**灵岩**：山名，在江苏苏州。②**渺**：很远的样子。**空烟**：空中雾气。　③**坠长星**：意思是说灵岩山是从天上掉下来的星化成的。　④**幻**：变化。**苍崖云树**：青山丛林。　⑤**名娃**：美女。**金屋**：华贵的宫室。此指西施住的馆娃宫。　⑥**残霸**：指春秋时的吴王夫差。他破越败齐，争霸中原，但后为越国所灭，霸业未成。　⑦**箭径**：灵岩山上的小溪，又叫采香径，因其笔直如箭，故称箭径。　⑧**腻水**：带有脂粉的水。　⑨**靸**：拖鞋。这里作动词用。**双鸳**：女子的鞋。　⑩**廊**：指馆娃宫中的响屧（xiè，木底鞋）廊。　⑪**倩**：请。**五湖倦客**：指范蠡。他帮助越王勾践灭吴后，隐居太湖。五湖是太湖的别名。⑫**水涵空**：指天空倒映在水中。　⑬**渔汀**：水边捕鱼的浅滩。　⑭**琴台**：在灵岩山上。⑮**秋与云平**：满天秋色，一望无际。

此词是吴文英陪幕友游苏州灵岩山吴王遗迹时写下的。全篇借幻想发端，将历史与现实、虚幻与真实、时间与空间、景物与情感紧紧地交织在一起，抒感时伤世之情，发兴亡成败之叹。全词幻境丛生，幻情无限，境界辽阔苍茫，词意深幽曲折，是吴文英词的代表作之一。

吴文英

唐多令

惜 别

何处合成愁？离人心上秋①。纵芭蕉不雨也飕飕(sōu)②。都道晚凉天气好，有明月，怕登楼。　　年事梦中休③，花空烟水流④。燕辞归、客尚淹留⑤。垂柳不萦(yíng)裙带住⑥，漫长是⑦，系行舟。

①**心上秋**：即“愁”字分拆。　②**飕飕**：风雨声。　③**年事**：年岁。　④**花空**：花落尽。　⑤**淹留**：停留。　⑥**萦**：缠绕。**裙带**：指别去的女子。　⑦**漫**：白白地。

这是一首悲秋伤别词。时值深秋，又逢离别之人，愁上加愁，天凉心更凉。往事如烟如梦，都说柳枝能留系行舟，却为何没能把心上人留住？词人怨己怨柳，百思无计。全篇未用一个典故，没有一个华丽辞藻，语言自然明快，情感率真热烈，这在词风以丽密深曲为主的吴文英词中是别具一格的。

李好古

谒金门

怀故居

花过雨，又是一番红素[①]。燕子归来衔绣幕[②]，旧巢无觅处[③]。　谁在玉楼歌舞[④]？谁在玉关辛苦[⑤]？若使胡尘吹得去[⑥]，东风侯万户[⑦]。

①**红素**：指花的颜色红白相间。　②**衔绣幕**：意谓燕子衔着泥与草在绣花的帘幕间飞翔。　③**觅**：寻找。　④**玉楼**：豪华的高楼。　⑤**玉关**：玉门关，在今甘肃省。这里指前线。　⑥**胡尘**：指蒙古人发动的战争。尘，战尘。　⑦**东风侯万户**：封东风为万户侯。

蒙古军灭了金国和西夏后，很快就全力攻打南宋，兵临长江。此词就是在这种背景下写的。词中用反衬、拟人、对比等手法，写出了山河破碎、百姓无家可归、将士在前线浴血奋战、朝廷仍在歌舞升平的现状，表现了词人对时局的忧虑和对统治者的失望。

李好古，南宋末年人，生平不详。

柳梢青

刘辰翁

春感

铁马蒙毡（zhān）[①]，银花洒泪[②]，春入愁城。笛里番腔[③]，街头戏鼓，不是歌声。　　那堪独坐青灯[④]。想故国、高台月明。辇（niǎn）下风光[⑤]，山中岁月[⑥]，海上心情[⑦]。

①**铁马**：指元军的骑兵。　②**银花**：指元宵节的花烛。③**番腔**：指蒙古人吹唱的腔调。　④**青灯**：灯火青荧，即灯光微弱。　⑤**辇下**：京城。　⑥**山中岁月**：指作者隐居在山中。　⑦**海上心情**：南宋末年，很多爱国志士逃亡海上进行抗元斗争，作者对此甚为向往。

作者写此词时，临安已被蒙古军占领，部分宋臣拥立幼主赵昰（shì）在闽广沿海继续抗元。词人隐居在家乡江西庐陵山中，时逢元宵佳节，词人感慨万千，故国之思与亡国之痛、拳拳深情与渺茫的希望交织在一起，情深意长。

刘辰翁（1232—1297），字会孟，号须溪，吉州庐陵（今江西吉安）人。宋理宗景定三年（1262）进士。曾任濂溪书院山长，宋亡不仕。他的词具辛派风格，多感慨伤时之作，是宋末元初时期重要的词人。有《须溪词》。

刘辰翁

宝鼎现

春 月

红妆春骑[1]，踏月呼影、竿旗穿市[2]。望不尽楼台歌舞，习习香尘莲步底[3]。箫声断，约彩鸾归去[4]。未怕金吾呵醉[5]。甚辇路、喧阗且止[6]，听得念奴歌起[7]。　　父老犹记宣和事[8]，抱铜仙清泪如水[9]。还转盼沙河多丽[10]。滉漾明光连邸第[11]，帘影动、散红光成绮。月浸葡萄十里[12]，看往来神仙才子[13]，肯把菱花扑碎[14]？

肠断竹马儿童[15]，空见说三千乐指[16]。等多时春不归来，到春时欲睡[17]。又说向灯前拥髻，暗滴鲛珠坠[18]。便当日，亲见《霓裳》[19]，天上人间梦里。

①**红妆春骑**：指妇女骑马春游。 ②**竿旗**：悬在杆上的旗子。 ③**习习**：风吹的样子。**莲步**：美人脚步。 ④**彩鸾**：仙女，这里指美女。 ⑤**金吾**：官名，掌管京城警卫。**呵醉**：西汉李广外出，晚上归来，至霸陵亭，霸陵尉喝醉了酒，呵止李广，不准他进城。此处借指金吾巡夜，禁止百姓夜行。 ⑥**辇路**：皇家车骑行经的道路。**喧阗**：嘈杂声。 ⑦**念奴**：唐玄宗天宝年间的名歌女。此代指歌女。 ⑧**宣和**：宋徽宗年号（1119—1125）。 ⑨**“抱铜仙”句**：汉武帝时在长安铸有铜人承露盘。东汉灭亡后，魏明帝派人将它搬到洛阳，拆运的时候，铜人流下了眼泪。这句暗指北宋灭亡。 ⑩**沙河**：沙河塘，在杭州城南五里，是繁华的地方。 ⑪**滉漾明光**：在水面闪动的灯光。滉漾，闪动。**邸第**：达官贵人的住宅。 ⑫**葡萄**：比喻水色像葡萄酒一样深碧。 ⑬**神仙才子**：指才子佳人。 ⑭**菱花扑碎**：南朝陈时，徐德言预料国破家亡，因而将镜子打破，与妻乐昌公主各执一半，以为将来团圆凭信。这句是说，尽情享乐的才子佳人们是否预料到国家将亡，准备破镜以图将来重圆？ ⑮**竹马儿童**：骑竹马为戏的儿童。 ⑯**三千乐指**：宋朝惯例，教坊队由三百人组成。一人十指，三千指即三百人。 ⑰**“等多时”二句**：意思是说，平时盼着元宵节的到来，但等到元宵节到，却冷清寂寞，让人毫无游玩的兴致，昏昏欲睡。 ⑱**鲛珠**：眼泪。 ⑲**“便当日”二句**：指宋时亲眼目睹歌舞升平景象的人。《霓裳》，《霓裳羽衣曲》，此代指歌舞。

此词感怀往事，悼念故国。词人以元宵节为描写中心，根据词调三叠的结构特点，分别写了北宋、南宋和现在三个不同时期的元宵夜的情况。词人着意渲染汴京、临安元宵夜的盛况，用来反衬今日元宵夜的凄凉，给人以今不如昔、往事不堪回首之感。此词以乐景写哀，出语沉痛，故国之思不言自明。

周密

曲游春

次施中山赋词韵[1]

禁苑东风外[2]，扬暖丝晴絮[3]，春思如织。燕约莺期，恼芳情偏在[4]，翠深红隙[5]。漠漠香尘隔[6]，沸十里乱弦丛笛[7]。看画船尽入西泠(líng)[8]，闲却半湖春色。　柳陌[9]，新烟凝碧[10]，映帘底宫眉[11]，堤上游勒[12]。轻暝(míng)笼寒[13]，怕

周密（1232—约1298），字公谨，号草窗，又号四水潜夫，济南（今山东济南）人。曾任义乌令，宋亡不仕。寓居杭州。他对诗、词、书、画均有较深的造诣。其词风与吴文英（梦窗）相近，世称「二窗」。格律谨严，语言清丽，情调凄婉。有《草窗词》，并编有词集《绝妙好词》。

梨云梦冷[14]，杏香愁幂(mì)[15]。歌管酬寒食[16]，奈蝶怨良宵岑(cén)寂[17]。正满湖碎月摇花，怎生去得？

①**施中山**：施岳。 ②**禁苑**：皇家园林。此称西湖周围。 ③**暖丝晴絮**：丝、絮与思、绪谐音。此句指春日的思绪。 ④**恼**：撩拨。 ⑤**翠深红隙**：指花叶深处。翠，指代叶。红，指代花。 ⑥**漠漠**：密集的样子。**隔**：隔障，一种似屏风的遮蔽物。 ⑦**乱弦丛笛**：形容乐器演奏声的繁盛。 ⑧**西泠**：指里西湖。 ⑨**柳陌**：种着柳树的湖堤。 ⑩**新烟**：形容浓密的柳叶。 ⑪**宫眉**：宫中眉样，指代美女。 ⑫**勒**：马勒子，此指代骑马的人。 ⑬**暝**：天色昏暗。 ⑭**梨云梦**：梨花梦。 ⑮**杏香**：杏花之香。**幂**：覆盖。 ⑯**寒食**：寒食节。 ⑰**岑寂**：寂静。

此词记都城临安寒食节前后人们探春游西湖的盛况。词人由西湖四周写到白堤、苏堤，再入西湖湖面；时间由上午至午后至晚上。时空线索清晰，让人觉得西湖的热闹处很美，空灵虚静处亦美，而月色下的夜西湖更有说不出的丰姿神韵。周密精通书画音律，尤其擅长写野史杂记，此词也如一幅风俗画，能给人以认识作用和美感享受，是词中的《武林旧事》《清明上河图》。

周密

高阳台

送陈君衡被召

照野旌(jīng)旗，朝天车马，平沙万里天低。宝带金章[①]，尊前茸帽风欹(qī)[②]。秦关汴(biàn)水经行地，想登临、都付新诗。纵英游，叠鼓清笳(jiā)，骏马名姬(jī)。　　酒酣(hān)应对燕(yān)山雪，正冰河月冻，晓陇(lǒng)云飞[③]。投老残年[④]，江南谁念方回[⑤]？东风渐绿西湖柳，雁已还、人未南归。最关情，折尽梅花，难寄相思。

①宝带金章：玉带金印。　**②尊**：饯行酒筵。**茸帽**：皮帽。**欹**：斜。　**③陇**：陇山。　**④投老**：垂老。　**⑤方回**：贺铸字方回，有《青玉案》词，写春愁。

友人陈邦衡被元朝征召去京城做官，周密赋此词为他送行。作为以守节不屈、隐居不仕著称的周密，要送好友去当元朝的官，其内心世界是相当复杂的，既有依依惜别之情，又有隐隐的担忧，也有对南宋覆亡的怅然之恨。而这一切都没有直接说出，词中只是一味铺写眼前景物，希望友人早日归来，但词人的隐痛、惆怅、无奈还是能够品味出来的。

登蓬莱阁有感

步深幽。正云黄天淡，雪意未全休。鉴曲寒沙[1]，茂林烟草，俯仰千古悠悠。岁华晚、漂零渐远，谁念我同载五湖舟[2]。磴(dèng)古松斜[3]，崖阴苔老，一片清愁。　　回首天涯归梦，几魂飞西浦，泪洒东州。故国山川，故园心眼，还似王粲(càn)登楼[4]。最负他、秦鬟(huán)妆镜[5]，好江山何事此时游！为唤狂吟老监[6]，共赋消忧[7]。

①**鉴曲**：鉴湖边。　②**五湖**：指太湖。　③**磴**：石级。　④**王粲登楼**：东汉王粲曾作《登楼赋》，抒发忧国之心与怀才不遇的情感。　⑤**秦鬟**：指秦望山，因山形如发髻。**妆镜**：指鉴湖。　⑥**狂吟老监**：指唐代诗人贺知章，他曾任秘书监，自号四明狂客，晚年隐居镜湖。　⑦**赋**：赋诗。

宋端宗景炎元年（1276）正月，元兵攻破临安，太后、幼帝被掳北去，元兵继续南下，宋朝国势日废。这年冬天，周密去绍兴访友人王沂孙，登上城外的蓬莱阁，百感交集，写下此词。此词情思哀婉，沉郁顿挫，处处渗透着一个爱国遗民的愁思哀痛。

王沂孙

眉妩

新　月

渐新痕悬柳①，淡彩穿花②，依约破初暝(míng)③。便有团圆意，深深拜，相逢谁在香径？画眉未稳④，料素娥、犹带离恨⑤。最堪爱，一曲银钩小⑥，宝帘挂秋冷。　千古盈亏休

王沂（yí）孙（?—约1290），字圣与，号碧山，又号中仙，会稽（今浙江绍兴）人。宋亡后，仕元为庆元路学正。其词以咏物见长，有《花外集》。

问[7]。叹慢磨玉斧，难补金镜[8]。太液池犹在，凄凉处，何人重赋清景[9]？故山夜永[10]，试待他、窥户端正[11]。看云外山河，还老尽、桂花影[12]。

①新痕：新月刚露出一痕。 **②淡彩**：指淡淡的月色。 **③依约**：仿佛。**初暝**：刚暗下来的天空。 **④画眉未稳**：将新月喻为没有画好的眉毛。 **⑤素娥**：嫦娥。**⑥银钩**：将新月喻为银色的帘钩。 **⑦盈亏**：指月亮的圆缺。 **⑧“叹慢磨”二句**：用缺月难补比喻残破的宋朝河山难以收复。玉斧，传说有仙人用玉斧修月。金镜，指月亮。 **⑨“太液池”三句**：宋太祖与大臣游玩宫中池苑，让卢多逊赋诗，卢诗首句即云“太液池边看月时”。此处意为太液池虽在，但都城已沦陷，皇帝流亡海外，还有谁来欣赏月色呢？太液池，汉唐时候宫中之池，此代指宋朝宫中的池苑。 **⑩永**：长。 **⑪端正**：指圆月。 **⑫“看云外山河”二句**：感叹国土沦丧，光阴虚度而回天乏力。云外山河，指故国山河。桂花影，月影，据说月中有桂树。

此词借咏新月抒发亡国之痛。新月如初，拜月习俗依旧，但山河易主，自然引发兴亡之感。词人由眉月渐圆联想到人事团圆、河山一统，不禁黯然神伤。进而由月亮的盈亏规律想到沧桑巨变，人间盛衰的兴亡非人力所能决定，表现出回天乏力、复国无望的深沉哀伤。全篇古今交错，情景交融，充满宇宙人生意识的睿智。

王沂孙

齐天乐

蝉

一襟余恨宫魂断[①]，年年翠阴庭树。乍咽凉柯(kē)[②]，还移暗叶，重把离愁深诉。西窗过雨，怪瑶佩流空，玉筝调柱[③]。镜暗妆残，为谁娇鬓尚如许[④]？　铜仙铅泪似洗[⑤]，叹移盘去远，难贮零露[⑥]。病翼惊秋[⑦]，枯形阅世[⑧]，消得斜阳几度？余音更苦。甚独抱清商[⑨]，顿成凄楚？漫(màn)想薰(xūn)风[⑩]，柳丝千万缕。

①**一襟**：满怀。**宫魂断**：据说蝉为齐国王后含恨而死后所化，所以说宫魂断。②**柯**：树枝。　③**瑶佩、玉筝**：比喻蝉声的美妙。**调柱**：调弄弦柱。　④**娇鬓**：美鬓，此指娇美。　⑤**铜仙**：即汉武帝时候铸的金铜仙人。**铅泪**：泪如铅水，比喻泪水多。⑥**零露**：落下来的露水。据说蝉饮露。　⑦**病翼**：指蝉蜕壳后的翼。　⑧**枯形**：指蝉蜕下来的壳。**阅**：经历。　⑨**清商**：一种哀怨凄凉的曲调。　⑩**漫想**：空想。**薰风**：夏天的暖风。

词人用拟人化的手法，融写景、议论、抒情于一炉，将自己的情感与蝉的形象融为一体，处处写蝉，又处处写人。通过写蝉历尽沧桑巨变，倾诉了一个亡国遗民的沉痛和无奈，字字凄楚，如泣如诉。

和周草窗寄越中诸友韵

残雪庭阴，轻寒帘影，霏霏玉管春葭[①]。小帖金泥[②]，不知春是谁家？相思一夜窗前梦，奈个人、水隔天遮[③]。但凄然，满树幽香，满地横斜[④]。　江南自是离愁苦，况游骢古道[⑤]，归雁平沙。怎得银笺[⑥]，殷勤说与年华[⑦]？如今处处生芳草，纵凭高不见天涯。更消他，几度东风，几度飞花。

①**霏霏**：纷飞的样子。**玉管春葭**：古时候季节气候的变化，用合于音乐十二律的竹管十二根，内置葭灰（芦苇里的薄膜烧成的灰），密闭室内，哪一节气到，葭灰即从管内飞出。这句话是说立春到了。　②**小帖金泥**：涂有金粉的小帖子。宋代风俗，立春日写宜春帖子贴在门上，表示新年到了。　③**个人**：那人，指周密。　④**横斜**：指梅花的影子。　⑤**游骢**：指旅途上的马。　⑥**银笺**：信笺。　⑦**殷勤**：情意恳切深厚。

宋亡以后，王沂孙等越中词友与住在杭州的周密都义不仕元，整日寄情山水，以求解脱精神苦闷，平时诗词唱和不断。此词就是王沂孙为答周密的《寄越中诸友》词而作的。词中写景清雅，抒情绵密，似有无限的酸辛，欲说不得，耐人寻味。

蒋捷

贺新郎

蒋捷，（约1245—1305后）字胜欲，号竹山，常州宜兴（今属江苏）人。宋度宗咸淳十年（1274）进士。宋亡，隐居太湖之竹山，人称『竹山先生』。其词音节和谐，风格多变，接近辛派。有《竹山词》。

兵后寓吴

深阁帘垂绣[①]，记家人、软语灯边，笑涡红透。万叠城头哀怨角[②]，吹落霜花满袖。影厮伴、东奔西走[③]。望断乡关知何处[④]？羡寒鸦、到着黄昏后，一点点[⑤]，归杨柳。　相看只有山如旧。叹浮云、本是无心，也成苍狗[⑥]。明日枯荷包冷饭，又过前村小阜（fù）[⑦]。趁未发、且尝村酒[⑧]。醉探枵（xiāo）囊毛锥在[⑨]，问邻翁、要写《牛经》否[⑩]？翁不应，但摇手。

①帘垂绣："绣帘垂"的倒文。 **②叠**：乐曲再奏叫做叠。**角**：号角。 **③厮**：相。**④乡关**：故乡。 **⑤一点点**：指乌鸦。远处的鸦看去只有一点。 **⑥"叹浮云"二句**：指事物起了根本性的变化。典出杜甫《可叹》诗"天上浮云如白衣，斯须改变如苍狗"之句。 **⑦皋**：小山。 **⑧村酒**：农家自酿的酒。 **⑨枵囊**：空袋。**毛锥**：毛笔。**⑩写《牛经》**：指代人抄书。

蒋捷的家乡宜兴被元兵占领后，他一直在外流浪，衣食无着。此词写的就是词人寓居吴门（今苏州）时的困顿情况。词中时叙时议，以昔日生活的美好反衬今日精神和物质的双重困顿，家国之恨蕴含其中，使此词在境界上要比一般的伤别离、思故乡的作品高出一筹。

蒋捷

一剪梅

舟过吴江[1]

一片春愁待酒浇。江上舟摇，楼上帘招[2]。秋娘渡与泰娘桥[3]，风又飘飘，雨又萧萧。　何日归家洗客袍？银字笙(shēng)调[4]，心字香烧[5]。流光容易把人抛[6]，红了樱桃，绿了芭蕉。

①**吴江**：今江苏吴江县。　②**帘**：酒旗。　③**秋娘渡、泰娘桥**：均为吴江地名。④**银字笙**：一种乐器。　⑤**心字香**：“心”字形的熏香。　⑥**流光**：年光。

此词写游子漂泊思归之情。吴江一带本是风光秀丽之地，又逢春天，更是景色迷人。但对于国破家亡、飘零在外的词人来说，触目皆是惹人乡思愁绪的景物。词中写春愁是淡淡的哀伤，怨而不怒，语言通俗，节奏明快，是一首清丽婉转、风格独特的令词。

蒋捷

虞美人

听雨

少年听雨歌楼上，红烛昏罗帐。壮年听雨客舟中，江阔云低，断雁叫西风[①]。　　而今听雨僧庐下[②]，鬓已星星也[③]。悲欢离合总无情，一任阶前点滴到天明。

①断雁：孤雁。　**②僧庐**：僧房。　**③星星**：形容头发斑白。

此词写词人在少年、壮年、老年三个不同的阶段、三种不同的境况下听雨的真切感受：少年时倜傥无忧，壮年时飘零凄苦，老年时孤寂沉痛。表现了词人一生由相对稳定到动荡离乱，再到国破家亡、劫后余生的生活经历。这是宋末元初社会政治状况的缩影，也是当时许多有气节的汉族文人的共同经历。

元　夕

蕙（huì）花香也，雪晴池馆如画。春风飞到，宝钗楼上[①]，一片笙（shēng）箫，琉璃光射[②]。而今灯漫挂[③]，不是暗尘明月[④]，那时元夜。况年来心懒意怯，羞与蛾儿争耍[⑤]。　江城人悄初更打[⑥]。问繁华谁解，再向天公借[⑦]？剔残红灺（xiè）[⑧]。但梦里隐隐，钿（diàn）车罗帕，吴笺（jiān）银粉呀。待把旧家风景[⑨]，写成闲话。笑绿鬟邻女，倚窗犹唱，夕阳西下[⑩]。

①**宝钗楼**：泛指歌楼酒肆。　②**琉璃**：琉璃灯。　③**漫**：随便。　④**暗尘明月**：用唐朝苏味道《上元》“暗尘随马去，明月逐人来”诗意，描写元夜的美妙景色和繁华盛况。⑤**蛾儿**：一种纸玩具，可戴头上。⑥**江城**：即临安（今杭州），因在钱塘江北岸，故称。　⑦**“问繁华”二句**：是“谁能再向天公借繁华”的倒装。解，能。　⑧**残红**：烧剩的蜡烛。**灺**：灯烛的残灰。　⑨**旧家风景**：指宋朝盛时景象。　⑩**夕阳西下**：指范周《宝鼎现》词，其首句为“夕阳西下”。此词铺叙宋时元宵的盛况。

此词写元宵夜的故国之思。词人用对比手法，以昔日元宵夜的热闹景象反衬今日元宵夜的冷清，一种对汉家习俗的留恋和对故国的思念之情深寓其中。

张炎

高阳台

西湖春感

接叶巢莺[①]，平波卷絮[②]，断桥斜日归船[③]。能几番游？看花又是明年。东风且伴蔷薇住，到蔷薇、春已堪怜。更凄然，万绿西泠(líng)[④]，一抹荒烟。　当年燕子知何处[⑤]？但苔深韦曲[⑥]，草暗斜川[⑦]。见说新愁，如今也到鸥边[⑧]。无心再续笙(shēng)歌梦[⑨]，掩重(chóng)门、浅醉闲眠。莫开帘，怕见飞花，怕听啼鹃。

张炎（1248—1314后），字叔夏，号玉田，又号乐笑翁，临安（治今浙江杭州）人。入元，家产被抄没，流寓各地。其词重视格律，属周邦彦、姜夔一派。内容多寄托身世衰败之感和家国覆亡之痛，词风流丽清畅，用字工巧，追求典雅之美。他还从事词学理论研究，撰有《词源》，是论述词律及其作法的专著。有词集《山中白云词》。

①**接叶**：茂密的树叶。 ②**絮**：扬花。 ③**断桥**：西湖白堤上的一座桥。 ④**西泠**：西泠桥，在西湖边孤山下。 ⑤**当年燕子**：刘禹锡《乌衣巷》诗："旧时王谢堂前燕，飞入寻常百姓家。"此处意谓宋时的繁华已不见。 ⑥**韦曲**：地名，在长安南郊，唐时大族韦氏居于此。 ⑦**斜川**：风景区，在江西星子、都昌二县间的湖泊中。 ⑧**到鸥边**：指隐居。 ⑨**笙歌梦**：指宋亡前的快乐生活。

此词借咏西湖抒写亡国哀愁。词人不写西湖春日的秀丽风光，而是刻意选择斜日、荒烟、苔深、草暗等暮春景物，从而渲染出凄凉荒芜的气氛，表达了词人的家国兴亡之恨。全篇声韵和谐，意境空灵幽远，但词风过于柔弱无力，缺乏慷慨之气，悲而不壮。

张炎 解连环

孤雁

楚江空晚，怅离群万里，恍然惊散。自顾影欲下寒塘，正沙净草枯，水平天远。写不成书，只寄得相思一点①。料因循误了②，残毡(zhān)拥雪③，故人心眼。　谁怜旅愁荏苒(rěn rǎn)④？漫长门夜悄⑤，锦筝弹怨⑥。想伴侣犹宿芦花，也曾念春前，去程应转。暮雨相呼，怕蓦地玉关重见⑦。未羞他双雁归来，画帘半卷。

①“写不成书”二句：雁群飞行如字，因称雁字。但一只孤雁当然不成字，也就写不成信。孤雁一只，因而只有一点。　**②因循**：怠惰。　**③残毡拥雪**：汉朝苏武出使匈奴被扣，匈奴将他关在地窖中，不给衣食，苏武只能吃毡衣之毛与雪以充饥。此处比喻南宋被俘而北行的人。　**④荏苒**：不断。　**⑤长门**：比喻冷宫。汉武帝皇后陈阿娇失宠后居此。　**⑥锦筝**：筝的美称。用筝弹的曲声调凄清哀怨。　**⑦玉关**：玉门关。

这是一首咏物词。词人通过对“孤雁”形象进行多角度、多层次的描写，表达了自己的身世之感和亡国之痛。词中人雁浑融，摹写物态，穷形尽相；传达心境，不露痕迹。特别是其中的“写不成书，只寄得相思一点”句，造语精警，景理合一，被誉为咏雁绝唱。

张炎

清平乐

采芳人杳（yǎo）①，顿觉游情少。客里看春多草草②，总被诗愁分了。

去年燕子天涯，今年燕子谁家？三月休听夜雨，如今不是催花③。

①**采芳人**：指游春采花的姑娘。**杳**：不见踪影。 ②**客里**：作客他乡里。**草草**：马马虎虎。 ③**催花**：催花雨。

此词借春愁抒写孤独无依的情感。词人自称“客里”，自比“燕子”，面对西湖的大好春光，却无心欣赏。夜雨滴答，如同敲在不眠人的心上，所有这一切都因为“愁”。但为何而愁，并未道出。只有结合词人身世，才能品出这首哀之以思的亡国之音的真味。

辛卯岁[①]，沈尧道同余北归[②]，各处杭、越[③]。逾岁，尧道来问寂寞，语笑数日，又复别去。赋此曲，并寄赵学舟[④]。

记玉关踏雪事清游[⑤]，寒气脆貂裘[⑥]。傍枯林古道，长河饮马，此意悠悠。短梦依然江表[⑦]，老泪洒西州[⑧]。一字无题处，落叶都愁。

载取白云归去，问谁留楚佩，弄影中洲[⑨]？折芦花赠远，零落一身秋。向寻常野桥流水，待招来、不是旧沙鸥[⑩]。空怀感，有斜阳处，却怕登楼[⑪]。

①**辛卯岁**：元世祖至元二十八年（1291）。　②**沈尧道**：沈钦，字尧道，张炎之友。**北归**：指1290年，张炎等北上大都（今北京），为元政府书写金字《藏经》，于次年回南方。　③**各处杭、越**：沈居杭州，张居越州（今浙江绍兴）。　④**赵学舟**：赵与仁，字学舟，宋朝宗室，张炎之友。　⑤**玉关踏雪事清游**：指年前北上大都之事。玉关，玉门关，此处泛指北方关口。　⑥**脆**：脆弱。　⑦**江表**：江南。　⑧**西州**：本指南京，此代指杭州。　⑨**"问谁留"二句**：用《楚辞·九歌·湘君》中"遗余佩兮醴浦""蹇谁留兮中洲"的典故，借指作者与沈尧道依依惜别的真挚友情。　⑩**旧沙鸥**：指老朋友。⑪**登楼**：暗用东汉文学家王粲《登楼赋》之典，此赋抒发思乡怀人之情。

此词抒离情，忆旧友，兼寓家国之痛。词人追叙往日与友人同游时的境况，渲染今日的离愁别恨，全篇笼罩在一种阴冷凄苦的氛围之中。张炎大部分词的风格都比较绵软柔弱，此词虽凄婉苦楚，但气势劲峭，腾挪顿挫舒展自如，属张炎词中较有生气的作品。